有爱的青春陪伴者

反派来自二次元

其莎 木小木 著

中国致公出版社
China Zhigong Press

图书在版编目（CIP）数据

反派来自二次元 / 木小木，其莎著. -- 北京：中国致公出版社，2019
ISBN 978-7-5145-1472-8

Ⅰ.①反… Ⅱ.①木… ②其… Ⅲ.①长篇小说－中国－当代 Ⅳ.① I247.5

中国版本图书馆 CIP 数据核字 (2019) 第 205972 号

反派来自二次元 / 木小木，其莎 著

出　　版	中国致公出版社
	（北京市朝阳区八里庄西里 100 号住邦 2000 大厦 1 号楼西区 21 层）
出　　品	大鱼文化
发　　行	中国致公出版社（010-66121708）
作品企划	大鱼文化
责任编辑	丁琪德
特约编辑	伍　利
装帧设计	颜小曼　cain 酱
印　　刷	长沙鸿发印务实业有限公司
版　　次	2019 年 11 月第 1 版
印　　次	2019 年 11 月第 1 次印刷
开　　本	880mm×1230mm 1/32
印　　张	9.25
字　　数	263 千字
书　　号	ISBN 978-7-5145-1472-8
定　　价	38.00 元

版权所有，盗版必究（举报电话：0731-85071418）
（如发现印装质量问题，请寄本公司调换，电话：0731-85071418）

·目录·

001 · 第一章
反派来了

020 · 第二章
反派又来了

039 · 第三章
反派是土豪

060 · 第四章
有夜盲症的反派

074 · 第五章
写文是门技术活

095 · 第六章
反派的逆袭

118 · 第七章
无限循环模式

135 · 第八章
用浮夸的演技拯救世界

154 · 第九章
配角的自我修养

177 · 第十章
写死男朋友的一百种方式

目录

196 · 第十一章
论跨次元的科学性

214 · 第十二章
作者又遇男配死敌

232 · 第十三章
炮灰男配被删除之后

251 · 第十四章
不是每个反派都有觉悟

270 · 尾声
最好的你

272 · 番外 1
死亡之后

275 · 番外 2
触不到的恋人

第一章 · 反派来了

小心他从电脑里爬出来报复你.

正值盛夏，骄阳似火。

安嘉鱼一进家门，就打开空调，在足足灌了两大杯的冰水后，顿生劫后重生之感。看着手中被捏出褶皱的简历，她长长地叹了一口气，这年头找个工作还真不容易。招聘会人山人海，她打印了一摞简历，却只投出去三份。

早知道就不打印这么多了，浪费的钱都够吃一顿早饭。

洗完澡后，一身清爽的安嘉鱼舒服地吹着空调，她打开电脑，登录了风起小说网的作者后台，《霸道总裁爱上我》的点击量比昨天涨了三十个，但是收藏掉了一个。安嘉鱼却不气馁，天将降大任于斯人也，总要劳其筋骨嘛。

更新完今天的三千字，安嘉鱼就去看读者评论。

作为一个小透明，她格外珍惜读者的意见。

读者"三观正直的五好青年"评论：作者大大，为什么你要把酷帅狂霸拽的卫风往死里虐啊，虽然是反派 Boss（总裁），但他好像也没做错什么啊，私心觉得他比男一号可爱多了！小心他从电脑里爬出来报复你。

安嘉鱼自言自语道："不虐反派，难道虐男女主角吗？"说完，她朝桌上镜子里的自己坚定地点点头，她就是小说里的神，有资格决定所有人的命运！

作者"南有嘉鱼"回复"三观正直的五好青年"：虐反派，不解释。

她滑动鼠标，下一个评论是什么呢？

"青天白日不下雨"评论：为什么作者大大你的每一部小说的女一号都是傻白甜，男一号都是霸道总裁，虽然我很喜欢你的故事情节，但是我接受不了这种人设啊！

"这孩子什么眼神啊，傻白甜+霸道总裁，标配好吗？"她噘着嘴，这条不回复了，下一个呢？嗯？页面怎么没反应？

今天就两条评论？

她咽了咽口水，好吧，回到刚才那条，认真地在键盘上敲打：是这样子的，傻白甜女主和霸道男主是标配，我很喜欢呢，所以写了好几部这样的甜文，当然，接下来我会考虑转变男女主角的人设，卖萌求支持！

更新更了，评论回复了，接下来本该继续码字，不过，她突然想回过头看看小说中的反派Boss。翻来覆去，每一本反派都差不多，颜好，身材好，社会精英，有钱有车有房有公司，感觉这设置特别对得起反派，读者到底觉得哪里虐了？

但安嘉鱼完全没有意识到，这些有光环加持的反派，在她的小说中永远是父母双亡，自小在福利院长大，好不容易熬出头了，就爱上女一号，站在男一号的对立面，接下去便是好兄弟背叛、女朋友被抢、公司破产、流落街头……

她打开文档，继续码字，写完这章就该大结局了，为了防止反派Boss捣乱，让男女主角后顾无忧地幸福生活，还是把他写死吧，是车祸好还是突发心脏病？好像普通了点，她托着下巴思考，有什么比较新奇的死法呢？

正当她想得入神时，电脑屏幕突然黑了，她激动地站起身，文档还没保存啊！

安嘉鱼拍了拍电脑，没反应，难道是主板烧坏了？

此时一道惊雷炸响，房里的灯开始忽亮忽灭，安嘉鱼的身体顿时僵住了。按照小说发展惯例，这是恐怖片的节奏。果不其然，镜子中不知何时出现了一道模糊的身影，她小心翼翼地转动眼球，用余光认真看了眼左侧的镜子，她的身后竟然真的有人！

安嘉鱼的脸顿时煞白。

一股冷意从脚底蔓延至四肢百骸,她忍不住打了个哆嗦,心底涌起阵阵恐慌,脑中闪过平时在网上看到的社会新闻,比如入室抢劫……她握紧双手,不断地告诉自己要冷静、冷静,越是这种时候越要沉住气,从气势上压住歹徒,才能获取一线生机。

她操起自己的键盘,转身和他对峙。

眼前的男子高大挺拔,眉如墨画,面容俊美,但神情里带着几分旁若无人的傲慢,一看就是那种特别不好接近的人。

也是安嘉鱼见过最好看的男人。

"你、你……你是谁?"尽管鼓足了勇气,但她的声音还是止不住地颤抖。

这个男人看起来不像歹徒,可往往坏人都长了一副好皮囊。

对方幽幽地开口:"作者大大,你好,我是卫风。"

卫风学着小说底下的读者评论跟安嘉鱼打招呼。

安嘉鱼举着键盘的手放低了一点,看来是狂热粉丝,真没想到,自己那么点可怜巴巴的点击量竟然还有读者追到家里来。

可是,这人是怎么进来的?

她往客厅的阳台望去,阳台的门并没有打开;她又挪了一小步到窗户边,扯开窗帘瞄了一眼,窗户也是锁着的。难道这人是凭空出现的?

安嘉鱼将键盘拿得更紧了:"你……是不是穿越者?"

卫风不是很明白她的意思,作为创造他的作者,她似乎并不认识自己……于是他再次自报家门:"我是卫风。"

"就算你和卫风撞名,我……你……也不能博得我的好感!"她颤颤巍巍道。

卫风紧紧拧起眉,为什么他要博得她的好感,他的人生已经被突然出现的弱智女一号搞得乱七八糟了,一点也不想再重来一次。

"你把武器放下,我们好好谈谈,我有重要的事情要和你协商。"

放下?开什么玩笑!安嘉鱼一把将键盘砸向他,然后朝门口跑去。

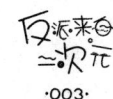

然而，卫风敏捷地接过键盘，伸手一抓就轻而易举地逮住她，拎着她的后衣领就把她扔到了床上。

安嘉鱼下意识地捂住胸口："我警告你，不要乱来，否则别怪我不客气！"

卫风的眉皱得更紧了，他竟然是眼前这个脑子进水的女人创造出来的人物，光是想到这点就头痛。他坐到床上，努力克制自己的怒气："能警告我的人应该还没出生，我劝你安静地听我把话说完。"

安嘉鱼瘪着嘴，泪水在眼眶里打转。

"不许哭！"

安嘉鱼吸吸鼻子，委屈地坐到离他不远的地板上，事实上，她身后就是墙壁，已经无处可退了。她瑟缩成一团，颤着声问："你到底是谁啊，怎么冒出来的？我告诉你，不管你是哪路神仙，现在可是法治社会……"

"我是卫风，这名字你取自《诗经》。"他紧拧着眉问，"现在，明白了吗？"

"你你你……卫风！"安嘉鱼惊诧地瞪大眼睛。

这个凭空冒出来的男人不是和她笔下的反派 Boss 同名，而是他就是本尊啊！安嘉鱼想起方才看到的评论"小心他从电脑里爬出来报复你"，顿时欲哭无泪。她真的遭报应了，小说里的卫风跑出来找她了……那位读者大大是预言帝吗？

"我问你，为什么每一回都要让我没有亲情、没有友情、没有爱情，刚才你让我去施工现场，是不是想让我在现场死于意外？"

此时灯和电脑都恢复了正常，电脑屏幕重新亮起来，上面赫然是她刚写的内容：公司宣告破产后，卫风将房子抵押还债，现已一无所有，为求生计，他在一家建筑公司谋得一职位。今日，主管领导有意刁难，命他去现场监工，他虽……

后面的还没写完，但结局确实是他在施工现场死于高空坠物。

安嘉鱼弱弱地回答："情节需要嘛，我也不是故意的，而且每本小说都有反派啊。"

卫风盯着她，好似要把她看穿："也就是说，我的命途多舛不是因为我本身如何，而是因为你的'情节需要'？你觉得这合理吗？"

合理啊，当然合理，她是自己的小说的神，她的所有决定都是对的！但是面对浑身上下都散发着冰冷气息的卫风，她没勇气说出真话，就怕反派Boss一时冲动做出什么不理智的、危害社会和谐的事情。

安嘉鱼试图转移话题："那什么……你为什么来现实世界啊？"

卫风深深呼吸两下，压抑住心口翻腾的怒火。

他走到电脑面前，随手打开一个文档："这就是我来的原因。不管在哪一个世界，我的结局都是不得好死。《霸道总裁爱上我》的世界里，我明明可以翻手为云覆手为雨，但常常身不由己，就跟中了邪似的，好比那个叫白什么的女人，我明明不喜欢她，却受你的牵制，为这样一个胸大无脑的人要死要活。"

"不是白什么的女人，那是女一号，大家都爱女一号啊……"她忍不住出言纠正。

卫风看了她一眼，她觉得他的眼神有点幽怨。

"还有《美丽俏王妃》这个穿越小说里面，我是九五之尊的皇帝，却非要抢弟弟的平民王妃，这种剧情你也写得出来！难怪你一直都是小透明！你的脑了呢？"

安嘉鱼小声反驳："脑子都用来创造你了不是……咦？不对啊，你是《霸道总裁爱上我》里面的卫风，为什么会有《美丽俏王妃》里面卫风的记忆？"

卫风神情越发冷漠，她还好意思提，因为她的随心所欲，她的小说，每一本里的反派Boss都是他。

"从名字、样貌、身高、个性、结局来说，你认为哪一本的卫风不一样？"

她不好意思地绕着手指，心里懊悔不已，早知道就不偷懒了，对反派的设定走点心。

"总之，你是我悲剧的始作俑者，你要对我负责。"

"我手无缚鸡之力，你要我怎么负责……"

卫风拍拍身边的位置："坐过来。"他见不得安嘉鱼一副见了鬼的模样，

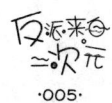

这好歹是创造他的人,虽然他现在有了自己的意识。

安嘉鱼把头摇得跟拨浪鼓似的。

"你过来,我就告诉你怎么负责?"

她微微迟疑了下:"然后你就回去你的世界?"

卫风淡淡"嗯"了一声。

安嘉鱼磨磨蹭蹭地挨着床沿坐下:"你说吧。"

"修正我的命运,给我圆满的结局,我就回去。"

安嘉鱼跟小鸡啄米似的点头,语气万分真诚:"修,我保证一定修,立刻修,那你……要不要先回去?"

"你什么时候改完,我什么时候回去。"卫风的语气里带着不容置疑的强势。

"行!"

只要能把这尊大佛送走,怎么都行!

窗外斜阳西沉,一丝清风缓缓吹拂,解了几分白日的暑气。半轮弯月已经挂在东边的天幕上,透着微弱的光,默默等待黑暗的降临。

卧房里静悄悄的,只有敲打键盘发出的轻微声响。

安嘉鱼伸了伸懒腰,十四万字啊,真是工程浩大,这才修改了一章,她就已经饿得前胸贴后背了。她蹑手蹑脚地走到房门口,回头偷偷看了一眼正倚在床上闭目养神的卫风,果然是盛世美颜啊,不愧是她笔下的人物。

"去哪儿?"颜好脾气不好的某人睁开眼。

安嘉鱼谄媚地笑着回答:"去做饭啊。您都来了这么久,一定饿了吧,我去给您弄点好吃的,小鸡炖蘑菇、糖醋里脊、蓝莓山药和萝卜青蛾排骨汤怎么样?"

听上去都是些家常菜,和他在小说的世界里过的生活相比,这些简直上不了台面,不过……

"入乡随俗,我将就一下便是了。"他的语气十分勉强。

她边腹诽边往厨房去，就这菜色还叫将就，她平时就一菜一汤，汤还能分开喝两顿呢！

"卫大哥——冰箱里没菜了，我得出门一趟！"

卫风听到动静走到厨房，确认冰箱里没菜后，面无表情道："我陪你去超市。"

安嘉鱼窃喜，要的就是这个效果。

然而，当安嘉鱼再一次被围观群众踩到脚的时候，她有点后悔带卫风来超市，她明明有更便捷的方法将他扔掉，为什么一定要来超市假装买菜呢？还浪费了一百多块的打车钱，这可是她两天的伙食费！

但是比她更郁闷的是卫风，这里的女人都太疯狂了，一群小姑娘360度环绕着他拍照就算了，还胆敢要求合影！

他突破人群，拉着安嘉鱼离开了零食区，一路上惹来不少艳羡的目光。

此刻，安嘉鱼的虚荣心得到了极大满足。曾几何时，她幻想着可以和帅破苍穹的男朋友一起逛超市，然而她只有一个不懂浪漫和生活的前男友。

"去哪儿？"她问。

他头也不回："买肉。"

两人到了冷藏柜前，安嘉鱼随手一指："哪一块鸡肉好点？怎么看上去都差不多？"

卫风不悦地扫了她一眼："我又不是厨子。"

安嘉鱼点点头，也对，他的专业是金融，特长是管理，爱好是运动。

"那我给你加个厨子的属性吧。"

他皱着眉瞪她："你敢？"

"开玩笑的，一点幽默感都没有。"

卫风淡淡地反驳："我有没有幽默感，你不是最清楚？甚至我身上有几条疤、胎记在哪里，也只有你知道。"

安嘉鱼慌忙捂住他的嘴，他还真敢讲。她尴尬地向投来暧昧眼神的大妈们解释："不是你们想的那样的。"

大妈们纷纷换上一副"小姑娘,我们是过来人,我懂"的表情。

安嘉鱼欲哭无泪,恨不得掩面而遁,催促道:"赶紧挑,买完回家做饭啦!"

卫风戳了戳肉:"这块,肉质好,新鲜。"

她狐疑地上下打量他:"真的?你不说你不会挑吗?"

"我只说我不是厨子。"

她歪着脑袋,细思片刻,怎么听上去有几分道理:"那你教教我呗。"

"这是常识,自己上网查。"

安嘉鱼用手肘捅了捅卫风,故意嘟着嘴,嗲声嗲气地说:"教教人家嘛,人家觉得你好厉害的呢——"

卫风嫌弃地推开她的手:"好好说话。"

安嘉鱼撇撇嘴,还不让人卖萌呢:"我都不知道我还给你设置了小气的属性。"

卫风无奈道:"新鲜的鸡肉有弹性,用手指按压后会恢复。"

安嘉鱼立马学以致用,果然如此。奇怪了,她自己都不懂的知识,怎么她笔下的人物竟然知道,他除了有自己的意识,难道还能自己学习吗?

肉、蔬菜、调料,晚餐需要的食材都采购齐全了,卫风径直朝收银台走去,安嘉鱼磨磨蹭蹭推着购物车跟在他身后。

他催促道:"走快点。"

安嘉鱼停下脚步:"我想买个东西。"

"我陪你去。"

她的眼中闪过一抹狡黠的笑意,哼,早料到他会步步紧跟。

"真的吗?那我们赶紧去买吧,然后回家做饭。"

片刻后,卫风就被琳琅满目的内衣裤闪瞎了眼,难怪她刚才一脸坏笑。他紧拧起眉,语气颇为无奈:"我在这儿等你,你自己去买,快一点。"

安嘉鱼无辜地眨巴眨巴眼睛:"你确定吗?你不黏着我,我还真有点不习惯呢。"

"你还想不想买了？"

"买买买！那你看好购物车哦。"她一溜烟钻进了"万花丛中"。

安嘉鱼挑了一件粉色波点蕾丝的小内衣，朝卫风比画了下，大声询问："好看吗？"

这一喊，惹来不少路人的注目。卫风狠狠瞪了她一眼，却引得不明真相的群众对他们的"互动"更有兴趣了。

"这么帅，还愿意陪女朋友来逛内衣区，简直让人分分钟想嫁！"

"可他女朋友看上去还没我漂亮，真是不公平。"

"他好像有点害羞，怎么能又帅又萌，真是犯规。欸，你说，我要是上去要号码，能成功吗？"

安嘉鱼乐了，要的就是这效果，看来得来一剂猛药。她仔细挑选比对，挑出一套黑色蕾丝透视装，啧啧啧，看得她一个大姑娘都心跳加速了。

"嗨——卫风，这套你喜欢吗？"

卫风："……"

平生第一次丢脸，居然是在这个所谓的现实世界！文韬武略样样精通的一代帝王，最终败给了安嘉鱼的不要脸。

他抛下一句"在收银台等你"，转身匆匆离开。

安嘉鱼探出脑袋，见到那道挺拔的身影渐渐消失，猛地将内衣塞到导购员怀里："请问下员工通道在哪个方向？"

导购员一脸迷茫，往身后指了下："就在那里，但是……"

"没有但是，谢了，我下回再来买内衣。"

说完，她一溜烟地跑了。

安嘉鱼摆脱了卫风后，心情好得要飞起来了，一路哼着小曲儿，连的士司机都忍不住问道："小姑娘，什么事这么高兴？说出来让大叔我也乐一乐。"

她正好没地方宣泄自己的喜悦，便兴致勃勃地和司机说起自己的故事："我啊，今天下午遇见一只大狼狗，可凶可凶了，龇牙咧嘴的，吓得我小心

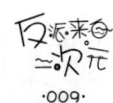

脏兮兮突突地跳啊，然后这狗一直缠着我，死活不肯走，那我能怎么办，我就带它遛弯啊，遛了一下午，就在刚才，那大狼狗可算是走了，我这悬了半天的心也放下来咯。"

"哟，那狗这么凶啊，可真是不得了！"

"可不是！"

她沾沾自喜，卫风身上一毛钱也没有，超市距离她家就算打的都要半个小时，等他想法子赚到钱，找到她家算账的时候，她应该已经修改完十四万字了。那个时候，他就不存在于现实世界，也无法对她构成威胁。

到了家，安嘉鱼美美地泡了个澡。

她裹上浴巾，对着镜子开演唱会："我得意地笑，又得意地笑，笑看红尘人不老。我得意地笑，又得意地笑，求得一生乐逍遥——嗷呜——小样，想和我斗，没门，连窗都不给你，你什么德行我最清楚不过了。今晚吃什么好呢？叫个比萨吧，手机呢？"

她满浴室找手机，找了一圈才想起手机搁在客厅的茶几上，便蹦蹦跳跳地去了客厅。然后，她就看到了坐在沙发上优哉游哉地喝咖啡的某人……

"啊——"她随手操起一个花瓶扔向卫风。

他左手接住花瓶，右手端着咖啡，一滴都没洒。

她捂住胸口："色狼！信不信我报警抓你啊？"

卫风皱着眉喝了口咖啡，理所当然地说道："你的生活品质能不能提高点，我不喜欢速溶，以后现磨吧。"

"谁要跟你聊咖啡啊！你个色狼！耍流氓是犯法的！"

他抬头，从上到下认真打量着她："我好歹也是当过皇帝的人，你到底哪来的自信我会对你耍流氓？就你这长相、这身材，连进宫选秀的资格都没有。"

安嘉鱼气得鼓起了腮帮，这个人绝对是她的报应。她咬牙切齿道："那请问，看在我让你当过皇帝的份上，你是不是应该涌泉相报？"

卫风冷冷道:"是该好好报答你,毕竟你让我坐拥后宫佳丽三千,但上至皇后下至答应,爱的全是王爷,最后我的妃子联合我的弟弟毒死了我,篡夺我的皇位。"

她噘着嘴:"剧情需要嘛。那你说说,你喜欢什么样的,我补一个给你。"

他稍稍思索,然后一本正经地回答道:"发色黑亮,发长75厘米,身高165厘米至170厘米,肤白,明眸,长睫毛,平眉,牙齿整齐;温柔大方,擅琴棋书画,有生活品位,绝不能像你这样,最重要的是专一,不可以爱上其他人,更不会联合其他人把我弄死!"

她自知理亏,便恶人先告状:"小气,说说你为什么在这里?"

卫风指了指门口的购物袋:"因为晚餐食材。"

安嘉鱼觉得二次元和三次元存在巨大的鸿沟,她的每一句话都是对牛弹琴:"我是问你怎么进门的,以及你怎么从超市回来的?"

他朝阳台看了一眼,她瞬间醒悟,果然单身的姑娘要关好门窗啊!

"以及,我是坐车回来的。"

"你哪儿来的钱打车?"

卫风松了松领带,解开第一颗扣子,好看的喉结上下滑动,引人犯罪:"顺风车。"

安嘉鱼不甘心啊,她居然才摆脱他一个泡澡的时间。

"我说,你该不会出卖色相,诱惑了无知女性,从而搭上所谓的顺风车吧?"

他冷冷"呵"了一声:"这应该感谢你给了我一副好相貌。不过我建议你穿上衣服再来进行审讯。"

安嘉鱼低头看看自己,憋着一股子气回房穿睡衣。等她再出来的时候,卫风已经玩上她的手机了。

她一把夺回手机:"个人所有,请勿惦记!"

"给我买一部。"

她恶狠狠地瞪了他一眼:"没钱!再说了,你过几天就回去了,买什么手机，浪费可耻！我大中华的传统美德是节俭好吗？"

卫风反驳："我需要手机和你位置共享。"

她眼珠子左右转了转，位置共享？这是要监视她的意思，想得美。

"行，等过两天我稿费到了就给你买。"

至于稿费，天晓得她什么时候有稿费。

卫风点点头，算是退让了。

安嘉鱼最后还是没吃上比萨，因为卫风认为既然他把肉从超市带回来了，就不能浪费食材，但是，她觉得是因为他不喜欢比萨！

迫于反派 Boss 的淫威，安嘉鱼下厨兑现了三菜一汤的承诺。

想当年，她就是靠厨艺征服了那该死的前男友，想到前男友她就来气！结果她端着菜到餐厅，却见某人正悠闲自得地看杂志，气更是不打一处来。

"我说，我在厨房忙活了一个小时，你也不知道帮帮忙，你是不是当你是封建社会的土地主，就算你是地主，我也不是给你打工的！有没有听过一句话，不劳者不得食！"

正在了解三次元世界的卫风被点名，他抬了抬眼，最后放下杂志走向厨房。

安嘉鱼见他来势汹汹，才意识到自己好像过分了点，担心他使用暴力报复，便举着锅铲防卫。他却径直略过她，走向橱柜，整理出两副餐具，认真地摆放好碗筷，然后继续坐回沙发看书。

她尴尬地挥了挥锅铲，解释道："我就试试这锅铲好不好用，你别误会。"

他连头都不抬一下："炒空气？"

安嘉鱼："……"

不到十分钟，汤也出锅了，青蛾的鲜美和白萝卜的清甜完美融合，排骨浸润了汤汁的鲜，肉质嫩香多汁。

把汤盛上桌，他们便开饭了。

此时窗外已是满天星斗，月上柳梢头。偶有虫鸣，伴随着夏夜微风吹进来。雪白的灯光下，饭菜冒着热腾腾的香气，看起来叫人食欲大动。桌上的三道菜都是安嘉鱼的拿手好菜,小鸡炖蘑菇的小蘑菇肉厚味醇,鸡肉新鲜嫩滑;糖醋里脊的汁酸甜适中,里脊肥瘦适宜;清淡的山药加微甜的蓝莓酱,简直绝配。

卫风一一品尝,对她的这手厨艺有些意外。

饭吃了一半后,安嘉鱼忽然意识到卫风身上没钱,没钱怎么买东西!她重重地放下手里的碗,瓷碗和餐桌相碰,发出清脆的响声:"这是赃物吗?"

他本来还想夸她厨艺不错,被她这么一质问,便把褒奖咽回肚子:"你有脑子吗?"

"你才没脑子!偷东西是犯法的!做人要有骨气。"

卫风懒得解释,抛下一句"爱吃不吃",自己继续吃饭。

事实上,这些食材是他们在生肉区遇到的某个大妈付的钱,而且那位大妈还劝他一日夫妻百日恩,床头打架床尾和,女孩子都是要哄的。虽然每句话他都知道是什么意思,但是连起来他就不理解了。

安嘉鱼向来没有节操,饭还是照吃,教育也没落下:"梅花不论环境多么艰苦,都不被风雪压倒,你知道这是啥吗?这是傲骨!做人也要有傲骨,比如我,我就是一个铁铮铮的汉子,哦,妹子,等我吃饱饭,我就报警抓你,维护正义。"

卫风不由得好笑,这个逻辑不正是"做贼的喊抓贼"吗?便说道:"等你吃完,你就是共犯了,要抓也是一起抓。"

她翻了个白眼,瞎说什么大实话:"哼。"

"好好说话。"

安嘉鱼依旧嗤之以鼻。

"只有猪才哼哼叫。"

"要你管!"她决定今晚通宵写稿,早点送他回去!

一周后,安嘉鱼顶着浓重的黑眼圈,眼里却泛着激动的光芒,因为她把《霸道总裁爱上我》里关于卫风的内容全部修改完毕了——严格按照他的要求,

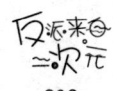

重写了他的结局。她用她的文品来发誓,这可是她写文最认真的一周!

她也不敢不认真,送不走反派,她的人生也将暗淡无光。

房子被霸占不说,还要一天三餐地伺候他。而且他还有洁癖,非要她每天都打扫家里的卫生,小日子过得那叫一个惨。

可是修好文后,她左等右等,也不见卫风从她家里消失。

她硬生生忍了一个下午,特意选了反派比较好说话的用餐时间提醒他:"我把小说修改完了,你倒是走啊。"

她边说边把饭菜全都挪到自己那边。

"摆回来。"

安嘉鱼瘪着嘴,没有骨气地将东西放回原位,小声嘟囔:"我忍你,等你回去了,看我怎么折腾你!"

她看了看手表:"现在是晚上六点五十分,等到了八点,就到了我平时自动更新的时间,到时候,你父母健在,有如花似玉的女朋友,事业东山再起,比以前更加辉煌,背叛你的人都锒铛入狱。你想一下那个画面,多么美好啊,你难道不想回去吗?你想想……"

"我不知道怎么回去。"卫风打断了她的话。

"啥?"简直是晴天霹雳,"什么叫不知道怎么回去?你怎么来的就怎么回!"

卫风喝完最后一口蒜蓉蘑菇浓汤,才不疾不缓地说:"当时地板出现了一条裂缝,我就来了。"

安嘉鱼呆住了,这可怎么好:"当时有发生什么特殊的事情吗?"

他斩钉截铁道:"没有。"

安嘉鱼扒了几口饭,食之无味:"我出门散散步,不准跟着我,不然我就把你写毁容!你放心,跑得了和尚跑不了庙,我会回来的。"

安嘉鱼无精打采地走在浓稠的夜色里,路灯将她的身影拉得长长的。而远处高耸的屋宇上衔着半弯新月,盛夏的晚风从城市的那一头吹来,带来路边馥郁花香，却带不走她堵在胸口的那股郁气。

她绕着小区走了两圈，依旧郁闷，便决定出去吃点甜品来抚慰自己。

然而她刚走到小区门口，就见一个衣冠楚楚的男人被门卫拦下。此君相貌普通，却胜在气质出众。当年她将这种气质称为君子之风，现在看嘛，就是特别有搞传销的潜力。

安嘉鱼扭头往回走，奈何那人已经看到了她。

"小鱼！"

安嘉鱼假装听不见。屋漏偏逢连夜雨是什么感觉，就是她送不走家里那尊大神，还要面对曾经对她劈腿的渣男。

"安嘉鱼！哎，保安大哥，那姑娘是我朋友，你让我进去。谢谢，谢谢。"

她加快脚步，却还是被他追上。

"小鱼，你为什么一见我就跑？"成昊质问道。

此时，安嘉鱼的手机响了，是闺蜜阿蔡的电话。她一接起，就听到熟悉的大嗓门："安小鱼，你今晚千万别出门，成昊准备和那朵白莲花结婚，他要给你送请柬！"

安嘉鱼急忙捂住手机，和成昊拉开一段距离后，才说："晚了。"

成昊自认为体贴、有风度地站在原地等她，还做了一个"慢慢聊"的口型。安嘉鱼怕他听到，压低声音道："正主来的速度可比你的电话快，你这情报也延误得太离谱了，换成战争年代得死多少人啊？"

阿蔡这个姑娘永远是慢半拍，就连通风报信也不例外。

"本宫也是刚知道嘛，谁知道他动作那么快，你又恰好出了门。"

"怪我咯？"

电话那头的人听出她的不快，便安慰道："成昊就是个渣男，你别放在心上，不就是结婚吗？我们分分钟结给他看！一毕业就领证，巴不得全世界都知道他俩有多恩爱！渣！"

安嘉鱼："……"

她到底会不会安慰人？

"你给我找个男人分分钟结婚啊?我一毕业就失业,去哪里找男人!你是成昊派来的卧底吧。"

阿蔡弱弱地补救:"我今晚过去陪你吧,毕业两个月了,我们还没聚过呢。"

她破罐破摔:"你别来了,我家养了个八块腹肌的男人。"

电话那头沉默了几秒,然后爆出一串悦耳的笑声:"还能开玩笑,那我就放心了,等我忙完手上的项目再去找你哈。"

安嘉鱼:"……"

她仰天长啸,交友不慎啊。

挂断电话后,她一转身就对上成昊的视线。虽说已经从阿蔡那里知道他来意不善,她还是问了一句:"找我干吗?"

他展现出自认为最有魅力的微笑:"小鱼,你以前很温柔、很有礼貌的。"

以前她瞎啊,所以才会跟入了传销组织一样喜欢他:"我有名有姓,你有事快说,别耽误我宝贵的时间。"

成昊不赞同地皱眉:"你变粗鲁了,还是雯雯可爱。"

嗯,对,雯雯,不提她都忘记了。当年她就是被这个叫作雯雯的姑娘挖了墙脚,还挖得全校皆知,以至于她成了一个大笑话。

"没事的话我走了,再见。"

成昊一把拉住安嘉鱼,却立刻被她甩开。

"我要结婚了,这是请柬,我和雯雯诚挚地邀请你来参加我们的婚礼,我们希望可以得到你的祝福。"

安嘉鱼:"……"

她总算见识了什么叫"人至贱则无敌",他和劈腿对象结婚,还有脸要她这个前任送祝福,凭什么啊。

"你会来对吗?"

她翻了翻请柬,这结婚照都印刷上去了,得花多少钱啊。以前和她约会都是AA制,现在换了个对象就变大方了。

"这次就不去了,我等着参加你下一场婚礼。"

"我知道你还生我和雯雯的气,但真爱是无罪的,我们也是迫不得已,情难自禁。再说,这些都已经过去了,你就不能大方点祝福我们吗?"

安嘉鱼又一次语塞,敢情在他眼里出轨都是合理的,真爱胜过一切道德约束。

"我不祝福你们就不结婚了吗?"

"你……"

她摊摊手:"看吧,完全没影响。"

成昊叹了口气,以一种无奈但又容忍的语气说:"我希望你能来。"

"再见!"

回到家里,送不走的大神正在看报纸。古人诚不欺我,果真是请神容易送神难,安嘉鱼想死的心都有了,她随手拿了一瓶红酒,就像游魂一样飘进自己的房间。

她喝到一半,脸颊发烫,脑袋也开始晕乎乎的时候,卫风推门而入。

她没好气地说道:"你爹妈没教你进来先敲门啊!"

卫风看她回来时一副没精打采的样子,本想安慰她几句,结果反被她一顿呛。

"呵——我哪儿来的爹妈?"

她嘴角下垂,吸吸鼻子,谁让他不回去,回去不就是什么都有了。

"不许哭!"

明明眼泪都要下来了,安嘉鱼却还要死鸭子嘴硬:"我没哭!我开心是我的自由,我不开心也是我的自由,你管不着。"

"你哪点配得上让我管?"

话音刚落,安嘉鱼就哭出声来了:"你凶我,我这么惨你还凶我,没人性!"

他揉揉眉心:"你有什么好哭的?"

再惨能有他惨,不管在哪个世界里都是众叛亲离、不得好死的结局。虽然那些世界被称为二次元,却都是他亲身体验过的。已经经历了多种死法的反派Boss，真不觉得在这个和平的年代，会有人比他更惨。

安嘉鱼静默一瞬，哭得更大声了，满满都是委屈。她一个失恋又失业的小透明，入不敷出，小说里的反派Boss从电脑里面爬出来干扰她的正常生活不说，前男友和劈腿对象还来秀恩爱，这日子怎么这么惨。

"我当年是瞎了眼，看上那个渣男，劈腿还劈得那么理直气壮，吃饭和我AA，坐车和我AA，从来没送过我超过十块钱的礼物，我还傻乎乎地觉得女生谈恋爱就应该经济独立，他月末没生活费了，我还给他零花钱，都是狗屁啦，他就是不爱我嘤嘤嘤……"

卫风从她的话里推断出，她刚才下楼散步应该是遇到了前男友。

看在她做饭还挺好吃的份上，他是不是应该安慰一下她。奈何他生平也没安慰过人，面对眼泪鼻涕一大把的安嘉鱼，有点不知所措。

"我每天中午变着花样给他做便当，从一个不会做饭的菜鸟变成能做满汉全席的大厨，我容易嘛？"她又是一杯红酒下肚。

听说女生发牢骚时其实是想要被人附和，他或许可以一试："不容易。"

安嘉鱼听到卫风认同了她，便默认他和自己是一个阵营的，给他倒了一杯酒。卫风迟疑了下，还是接过来。

"你知道吗？他说他最喜欢我炖的白萝卜青蛾排骨汤，骗子，压根就是雯雯喜欢喝！他花我的钱追别的女人，还把我炖的汤给雯雯喝，不要脸，太不要脸了嘤嘤嘤……"

"嗯，不要脸。"他抿了一小口酒，这酒真是……这时候批评她没有生活质量会不会不大好？

"如果我没破产，我就给你买全世界最好的酒。"

不管他的原意是什么，此时在安嘉鱼听来，就是在安慰她，于是，她哭得更伤心了："早知道我就不让你破产了。嘤嘤嘤——连你这个衰神都知道给我买酒，他却连生日礼物也没给我送过一次。可是他给雯雯买项链买戒指，恩恩爱爱准备结婚了，还邀请我去！说什么希望得到我的祝福，去死啦，凭什么啊，我才是受害者！"

竟然叫他衰神，好吧，他暂时不追究。

"对，你是受害者。"

"那你今晚能洗碗吗？"

"嗯，洗。嗯？"等卫风反应过来，才发现跳进了她挖的坑。

她收起了眼泪，擦擦鼻涕，把话都说出来后，心里好像舒坦多了："那你去洗碗吧。"

卫风："……"

还没等他张口反驳，桌上的电脑"叮咚"一声，提醒小说更新完毕。这时，台灯开始忽闪忽灭，天花板慢慢裂开了一条缝，里面一片漆黑，什么都看不到，与动漫中通向异次元空间的黑洞有几分相似。

安嘉鱼意识到了什么，心脏扑通扑通地乱跳。

此时凭空刮起一阵大风，桌上的书本被吹得哗哗响，稿纸满屋乱飞，一碰到那个奇怪的黑洞就被吞噬。她的眼睛有些难受，不得不用手挡住，只能透过指缝，看到卫风被缓缓地卷起，朝着黑洞接近……

稍许，风平浪静。

安嘉鱼定神一看，卫风已经消失了，奇怪的黑洞也消失了，只有一地狼藉能够证明刚才发生的怪事，而不是她得了臆想症。

她一时间没反应过来，等回过神来，不禁狂喜，幸福来得太突然，以至于有点不真实。她像做贼似的喊了一声："卫风？你的碗还没洗呢，你在的话就应我一声。"

卧室里静悄悄的。

"卫风？卫风？你女朋友跟人跑了，你头顶一片大草原，你生气吗？来打我啊！"

依旧没有回应。

她从座位上弹起来，掐了一把自己的脸，疼得直龇牙，这果然不是梦！

静默一瞬，她忽地发出"哈哈哈"的大笑，颇有几分小人得志的猖狂模样，嘚瑟道："跟本姑娘斗，不看看自己几斤几两。"

第二章·反派又来了

等你人生圆满，咱俩就桥归桥路归路，两个次元，再不相见！

卫风离开后，安嘉鱼的小日子过得安逸舒适，生活开销降了许多，找工作的事情也在紧锣密鼓地进行中。而网文《霸道总裁爱上我》在修改了结局后，点击量居然还上升了，读者纷纷表示看反派逆袭很过瘾。

"三观正直的五好青年"评论：啊啊啊——先容我尖叫几声，没想到作者大大竟然接受了我的意见，洗白了反派Boss，还把他扶正，好开心啊。我收回我之前那句"小心他从电脑里爬出来报复你"。

安嘉鱼呵呵一笑，现在收回，迟了好吗！

反派Boss折磨了她整整一周啊，吃她的、喝她的不说，还对她进行精神折磨。

作者回复：别收了，他已经来过，这个结局是卫风自己要求的。

"三观正直的五好青年"回复"南有嘉鱼"：作者大大好幽默，难怪写的小说这么有意思，我以后会继续支持大大的。

安嘉鱼："……"

这个社会套路太深了，说真话都没人相信，罢了，反正都过去了，他又不会再出现。

"浪奔——奔奔奔——浪流——流流流——万里滔滔江水永不休……"手机铃声豪气万丈地响起，想当初，这个铃声还被卫风嫌弃了好几回。

安嘉鱼看了眼屏幕，是个陌生号码，还是座机。

"您好！请问是安嘉鱼小姐吗？"甜美而公式化的开场白。

"嗯，是我。"

"这里是新锐广告公司，恭喜您通过了面试，请于下周一早上九点来报到。"

安嘉鱼乐得从座位上弹起来，差点要喜极而泣了："真的吗？"

"是的。"

"谢谢谢谢，我一定准时报到！"

挂断电话，安嘉鱼的兴奋之情无处宣泄，便点开"小企鹅"，把这个好消息跟阿蔡分享。不过阿蔡却表示找男人比找工作重要多了，并做了举例论证，最有杀伤力的莫过于："家庭煮妇不会受人歧视，可是单身狗会！哪怕你有工作！"

安嘉鱼的兴奋顿时如潮水一般哗哗地退去，这话听起来可真有道理。

"等我有钱，我就包养一打卫风那种等级的小白脸！"

阿蔡发了一个疑惑的表情："卫风是谁？我们大学同学中有这号人物吗？"

她觉得如果告诉阿蔡，卫风是她小说里的反派 Boss，并且他因为不满意自己的结局而打破次元来找她，阿蔡会把她送去看精神科吧。

"总之，就是一个颜好多金的男人。"

阿蔡对此持疑："你的交际圈我最清楚不过了，你去哪里认识这种优质男人，哦——你是不是瞒着我去酒吧鬼混了？"

安嘉鱼："……"

为什么她不能往好的地方想，比如在某个风和日丽的下午，在海边邂逅了高大帅气的富二代，或者是某个多金狂热粉丝对她穷追不舍。

上班后的日子过得很快，安嘉鱼也逐渐适应了朝九晚五的生活，她觉得这才是正常应届毕业生的发展道路。家和公司两点一线，偶尔约上大学闺蜜叙叙旧，平日里和同事们侃侃大山，充实而惬意。然而，令她苦恼的事情还是来了。

她对着电脑,托着腮帮思考要怎么应对下周六的婚礼,整个年级的同学都知道成昊邀请了她,不去吧,显得小气;去吧,给自己添堵。这该死的渣男,分手了还要挖坑给她跳,当年她也真是够瞎。

"小安,发什么呆呢?"同事小宁拍了拍她的肩膀,"你保持这个姿势已经十分钟了。"

安嘉鱼回过神来,强打着精神说道:"没发呆,想事情啦。"

"什么事情,看给你愁的?俞总监喊你两回了,你倒是赶紧去啊。"小宁提醒道。

安嘉鱼顿时一惊:"要死了,我没听到!"

俞骁阳是她的顶头上司,他的外号颇多,其中之一是工作狂,容不得底下的员工犯一些低级的错误。之前有个开后门进来的姑娘消极怠工,就被他毫不留情地开除了。安嘉鱼一直都比较怕他这种类型的人,就像学渣对学霸那种敬而远之。

她和卫风不是一个次元,而她和俞总监也不是一个画风的产物。

不过,俞总监的相貌倒和工作能力一样出众,公司里遍布他的仰慕者。她在入职那天曾见过此君一面,当真是风度翩翩,如朗月,如春风,见之便叫人生出好感,那一身风采气度,叫人印象不深也难。

公司里关于他的传言也很多,比如出身书香门第,毕业于剑桥大学,曾在华尔街创造过奇迹,又比如,他回国加入新锐广告,是因为他和老板是好朋友……

想到此君的种种传闻,安嘉鱼心中越发忐忑,生怕俞总监忽然召见她这个默默无闻的小新人,是因为发现她开小差,打算把她开除。

她轻轻敲门,很快就听到里面传出俞骁阳清朗悦耳的声音:"进来。"

"俞总监,你找我?"她有些局促。

俞骁阳看着一脸紧张的安嘉鱼,不由得纳闷,他有那么可怕吗?

"最近谈了一个广告项目,我打算让你来尝试一下,这是基本概况和客户要求,你先熟悉一下。"他温和道。

原来是这事,安嘉鱼安心地接过文件,喜不自禁。领导这么早就发现了她的才华,真是慧眼识英雄,不过嘴上还是要谦虚一下:"总监,我还在实习期,很多东西都不懂,现在就负责项目不大合适吧?"

"这个项目我负责,你给我当助手。"他忍不住微微一笑。

安嘉鱼神情一僵,有些尴尬。不过能当俞总监的助手,这对新人来说已经是很不错的机会,搞不好可以提前转正!

她立马换了一副表情,高兴道:"总监放心,我会好好努力的!"

"还有一件事,明天就是周五了,我打算组织一次部门聚餐,但是地点还没定,听小宁说你对美食比较有研究,想问问你,有没有什么好建议?"

安嘉鱼在心里呵呵一笑,她记得她和小宁说的是,没人比她更熟悉全城的大排档,什么时候变成了对美食有研究?

她搜肠刮肚总算是想起了一家店,卫风推荐的,当时她想去路边撸串,他嫌没品位,最后两人各让一步,去了烧烤吧烤肉串。

"咱们公司附近有一家烧烤吧,服务好、食材新鲜、有大包厢,倒是挺适合部门聚餐。"

俞骁阳稍微思索了下,说:"那就这家吧,你一会儿去订个包厢。"

"好的,那我先出去工作了。"

安嘉鱼一回到自己的位置上,小宁就凑过来打听消息。在这个公司,只要和"俞骁阳"三个字扯上关系的,就等于处在八卦中心。何况以前也没见俞总监找新人谈话,难道安嘉鱼是他的同门师妹,或者是旧相识?

"俞总监和你说啥啊?"

她晃了晃手里的材料,反问一句:"你说呢?"

小宁满脸失落:"工作有什么好谈的。"

"在公司,除了工作,还有什么好谈的?"说完,想起小宁是俞骁阳的粉丝,就立马和她透露了他会参加明晚聚餐的消息。

小宁果然笑逐颜开:"作为回报,你刚才在烦什么事?我帮你想法子。"

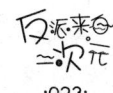

安嘉鱼组织了一下语言,这么狗血的事情要怎么描述才能达到云淡风轻的效果:"前男友邀请我去参加他和劈腿对象的婚礼,我在想要不要去。"

"去!干吗不去!这人真不要脸,你去把场子给砸了。"小宁气愤地建议。

"怎么砸?"

"带一个比他好千倍万倍的男人去参加婚礼,气死他!"

安嘉鱼觉得这主意倒是不错,但是,千倍万倍好的男人哪里找啊?要是卫风还在,还能带他去砸场子,或者……干脆去租一个?

晚上,八点十分。

安嘉鱼更新完小说,舒服地躺在床上,一边敷面膜一边刷微博。她有点羡慕热搜榜上的小说,琢磨着要不要给自己的小说买个话题,说不准她就一炮而红。红了就不愁没对象,有好男人才能带去婚礼现场啊……

正想得入神,忽然电灯就跟抽风似的忽明忽暗,她摁了床头的开关,没有反应。于是,她放下手机,想去检查一下灯泡,此时却见天花板裂开了一条缝。然后,在她惊诧而恐慌的视线里,那条缝越裂越大,最后形成一个小旋涡,里头漆黑一片,深不见底。

此时此景,堪比科幻片的现场。

继而,那黑洞中的旋涡生出一阵大风,呼啸而至,将一个人抛下。这熟悉的既视感,让安嘉鱼生出一股不祥的感觉。

她定神一看,果真是卫风!

而卫风整了整稍有凌乱的衣服,他神色淡定地道:"好久不见。"

安嘉鱼的面膜"啪叽"一声掉落在地上,她重重地给了自己一巴掌,然后自我安慰道:"一点也不疼,我一定是在做梦。"

她拾起地上的面膜,扔进垃圾桶,转身去了浴室洗脸。

一定是太累了,出现幻觉,洗把脸就清醒了。

待安嘉鱼洗完脸,直起身来,赫然看见镜中的卫风!

"不应该啊……"

她还不死心，又用冷水洗了一把脸。然而，并没有改变什么，确实是卫风……她微微嘴角下垂，开始酝酿号啕大哭的情绪。

"不许哭。"

此话一出，安嘉鱼就更确定是卫风回来了，哀怨地说道："大哥，做人要讲信用，我们说好，等你人生圆满，咱俩就桥归桥路归路，两个次元，再不相见！"

卫风见她终于认清了现实，便轻车熟路地去客厅给自己煮咖啡。这咖啡豆是他之前买的，看了眼刻度，还是走的时候剩下的量，没想到她懒到连咖啡豆都懒得磨。

安嘉鱼跟在他身后不住地碎碎念："你知不知道'曾子杀猪'的成语，说的是一个古人对三岁小儿都会信守承诺的故事；还有一个'尾声抱柱'，尾声为了践行诺言，宁可淹死也不离开约定的地点。"

卫风保持沉默，他将磨好的咖啡粉装入滤纸，然后将酒精灯点燃，等着水烧开。

虽然认真煮咖啡的男人很帅，但是她现在无心欣赏男色："我大中华还有一个传统美德，叫守信。"

卫风还是没说话，等水约莫沸腾了一分钟，他移走了酒精灯，滤出咖啡渣，倒出咖啡。

"你听没听到我说的？"

他心满意足地喝上了咖啡，露出惬意的表情："嗯？你说什么？"

安嘉鱼扯扯嘴角，他果然一门心思都在咖啡上，她故意凑近他的耳边，大声说道："我说！你为什么又来了？"

卫风嫌弃地走开："我耳朵要是聋了，你能负责吗？"

她窝火，真想一巴掌把他拍死，咬咬牙，还是忍了："你不是听不见吗？我大声点咯。所以说，你到底回来干吗的？"

他坐到沙发上，慢悠悠地解释："我决定在这个世界生活，所以我来了。"

安嘉鱼惊讶得下巴都要掉到地上了，她听到了什么，她笔下的人物说，

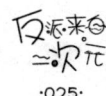

他要在三次元生活。

"不是不是,你在二次元过得好好的,有钱有车有房有地位,有父母有兄弟有朋友,你来这里干吗,这里啥也没有,真的不如里面来得快活。"

"里面快活,那换你去。"卫风淡淡道。

安嘉鱼:"……"

她一屁股坐到他身边,用商量的口气说道:"你是对我安排的结局不满意吗?我可以改啊,说,你想要什么样的生活?"

卫风品尝着醇香的咖啡,心里却有一丝无奈:"每个人,从我父母、未婚妻到朋友,无一不透着虚假,他们不是真的爱我,只是必须爱我。我想明白了,我要的是真实的情感,活生生的世界。"

安嘉鱼声泪俱下地控诉:"大哥,你玩我呢!对你不好,你嫌弃生活不圆满;对你好吧,你又说太假,什么都被你一个人说完了,我作者的地位何在?"

他睨着眼看她,眼前这个人,长得不算漂亮,智商情商双低,曾经还把他的生活弄得一团糟,但却无意中唤醒了他:"不得不说,我得谢谢你。"

"不!不要谢我!你回去吧。"只要他愿意回去,比什么感谢的话都强。

"不走。"

她不敢想象,如果他真的留下来,就等同于二次元和三次元的壁垒被打破,那她一定会遭到报应的吧!再想到之前一个礼拜的精神折磨,她就更崩溃了。早知有今日一劫,她就对反派走点心了!不不不,是早知道就不设定一个反派了!

"你在这里没钱没房没车,你要靠什么生活?好,即便你找到工作,你能忍受在公司被领导呼来唤去吗?你是一个当过皇帝的人,你是一个权倾天下的男人,你的野心和抱负,你的江山美人都不要了吗?"

卫风认真审视她,她欣喜不已,以为自己的一番话动摇了他,却没想到……

"士别三日,你的口才倒是见长了不少,可智商依旧是负数。你说的那些,不论是财富也好,权势也罢,都是水中月镜中花,没有一样是真的,你觉得我有什么好留恋？"

安嘉鱼一愣，他的话挺有道理的，似乎无从反驳。于是，她便默默地想对策，对策是一点头绪都没有，却想到一件极其重要的事情："我没钱养你。"

卫风正翻着财经杂志，听到她的话，露出不屑的神情："你也养不起我。我在你这里暂住一周，一周后我按照每天三百元的价格一次性付清房租，以后我们就互不打扰。"

"你哪儿来的钱？"

他理所当然道："没有，所以你先借我五千块。"

"五千块？"她所有存款也就七千块，他竟好意思一开口就借五千块，那可是她辛苦码字赚来的稿费好吗？

"如果你有两万块的话，我也不介意。但是你之前没上班，所有的积蓄应该都是来自小说的稿费，按照你小说的数量和质量，除去生活开销，你应该也没有一万块。"

他是偷看了她的存折吧！

"浪奔——奔奔奔——浪流——流流流——万里滔滔江水永不休……"

"你的手机铃声怎么还没换？"卫风的语气略带几分嫌弃。

安嘉鱼不高兴地撇撇嘴："我喜欢，你管不着。"

电话一通，就听到阿蔡的声音："安小鱼，干吗呢？"

安嘉鱼翻了个白眼，她在劝一个来自二次元的男人回家呢。

"在敷面膜，找我干啥？"

"哦，是这样的，同学们都知道渣男给你发了请柬，所以他们都在打赌猜你会不会去参加婚礼。好多人来我这边套话呢，我都要烦死了。我怎么可能出卖你，谁来问我都一句话，不知道！不过，冲着咱俩这么多年的感情，你快告诉我，你去吗？"

安嘉鱼："……"

说好的同学情谊呢！

挂完电话，安嘉鱼决定借钱给卫风。

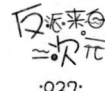

"我借你五千块,不收利息,但你下周六得陪我去参加一个婚礼,排场能搞多大搞多大,车、西装、皮鞋、手表我全包了!"

卫风眉梢微挑:"你全包的意思是?"

安嘉鱼豪气万丈地大吼一声:"都给我租最好的!"

果然如此。

"安嘉鱼,就算把你借我的五千块都倒贴进去,你也租不起最好的。"

她眨眨眼睛,泛着泪光,可怜巴巴地威胁道:"你要是不帮我,我就哭给你看。"

卫风无奈地皱起眉:"帮。"

第二天,安嘉鱼顶着黑眼圈到公司,脑袋更是一团糨糊,甚至打卡的时候放错了手指都没发现,幸亏小宁提醒,才不至于迟到。

到了办公室,小宁关切地询问:"小安,我觉得你今天精神不是太好,是不是哪里不舒服?"

安嘉鱼没精打采地趴在桌上,因为想到下周六的婚礼以及即将付之东流的小金库,她昨晚辗转反侧,彻夜难眠,现在她是哪里都不舒服。

"心情不好。"她打了一个呵欠。

"是不是因为你前男友的婚礼?我跟你说,听我的,带个男人去把场子找回来!你要是没有合适的人选,我可以大义灭亲把俞总监借给你。"

她好笑地看着小宁:"姑娘,大义灭亲不是这么用的。"

被小宁这么一逗,她的心情不自觉好了许多,便打起精神工作,翻出昨天俞骁阳给她的项目材料,开始认真地翻阅。其间,卫风给她打过一个电话,为了防止暴露她和男人同居的事实,她偷偷摸摸去厕所接了电话。

"我上班时间不方便接电话,有事发短信。"

电话另一头的人明显心情不好:"我的午餐呢?"

安嘉鱼坐在马桶上:"自己动手丰衣足食,我是要工作养家的人,你难道要我坐一小时地铁回家给你做饭,再花一个小时回公司吗?"

"我不介意。"

安嘉鱼:"……"

可是她介意啊!所以作为报复,她告诉他不仅没有午餐,而且晚餐也不会有了。

"为什么?"

"我今晚有部门聚餐,就算九点半活动结束,等我坐地铁回去,到家也是十点半之后的事了。"

卫风静默一瞬:"你们去哪里吃饭?"

"上回和你一起去过的那家烤肉吧。"

"我知道了。"

说完,他就挂了电话。

安嘉鱼拿着手机有点摸不着头脑,他知道什么啦?

下班后,一群人浩浩荡荡地去了烧烤吧。

此时已近黄昏,斜阳西沉,烟霞笼罩了大半边的天空,抬眼一看,那瑰丽的景色便映入眼帘,驱散了几分工作带来的疲倦。

聚餐的气氛比想象中要好,比起其他部门的钩心斗角,策划部的同事关系就和谐多了。这得益于俞骁阳将职能划分得特别细致,每个人的工作内容都不重复,也就没有相互推诿这种问题。对于不善交际的安嘉鱼而言,这样单纯的人际关系和工作分工简直再好不过。

包间很宽敞,足以容纳他们十五人,中间摆了四个烧烤炉,分别用来烤禽肉、海鲜、蔬菜和其他类型的食材。饮品的种类也很多,因为有一半是女生,所以除了酒水外,果汁、椰汁、苏打水也准备了不少。

安嘉鱼来过一次,所以她便主动承担起烤肉的任务。

小宁见她一直没动筷,便把炉上烤好的培根送进她的嘴里:"烤了这么多,先歇会,换个人烤。多吃点,今晚总监买单。"

安嘉鱼笑了笑:"好。"

说完,她就把"主厨"的位置让给了一个男同事。

吃了一会儿,小宁用手肘捅捅她,凑到她耳边小声地说:"我们去灌俞骁阳好不好?我想知道他鞋子穿几码。"

安嘉鱼无语,为了知道他鞋子穿几码需要这么大阵仗吗?

"你直接去问啊!"

"嘘——"小宁比了个噤声的手势,指了指正在打闹的其他同事,"这样的话,大家就都知道我喜欢他了!"

她无力吐槽,已经很明显了好吗?

"你就帮帮我嘛。"小宁撒娇。

安嘉鱼被磨得没有办法,想着聚餐本就要喝酒助兴,应该也不碍事,就说道:"别晃我了,不就是灌酒嘛,走,咱们上!"

俞骁阳却十分有绅士风度地说:"女生就不要喝酒了。我喝酒,你俩用雪碧代替吧。"

结果,安嘉鱼和小宁喝了一肚子的汽水,俞骁阳却一点醉酒的迹象也没有,依旧眼眸清亮,风度翩翩。安嘉鱼看着他,心道,难怪他的仰慕者遍布整个公司,这等风姿气度,当真叫人滴酒不沾却也醉倒在他的男色之下。

看她身边的小宁就知道,她显然已经"醉"了。

安嘉鱼寻思着好歹小宁是给她出过主意的人,便想了一计,与她偷偷商量道:"你看这两杯,一杯雪碧,一杯白酒。一会儿灌他几杯白酒,我看就差不多了。"

"我看行!红酒加白酒,必醉!"

安嘉鱼笑得一脸灿烂地走向俞骁阳,把其中一杯递给他,客客气气道:"俞总监,多谢你平日里的照顾,这杯你可一定要喝。"

俞骁阳嘴角含笑地接过来,正要喝,却感觉气味不大对,他这杯好像才是雪碧,那她的那杯……

"等一下!"

话音未落,安嘉鱼已经豪气地一口干掉了白酒。喝完后,胸口跟一团火烧似的,她才意识到自己喝错了……

安嘉鱼暗自叫糟,她的酒量不是一般糟糕,红酒都撑不住三杯,何况这是白酒。

"你没事吧?"俞骁阳关切地问。

她佯装镇定:"没事没事。"

但事实上,烧烤的后半场,酒劲上来,她已经开始犯晕了,看谁都觉得好看,逮着人就开始夸。要不是小宁拉着她,她估计要站在椅子上唱"小毛驴"了。等从烧烤吧出来的时候,她已经是斜着走路了。

离开烧烤吧的时候已经九点半了,月上柳梢头。都市的繁华在夜里似乎格外明显,街上车流不息,远处星星点点的灯火被月色衬出了几分温柔,来往的行人不再行色匆匆,而是三三两两结伴成行,有说有笑。

俞骁阳扶着东倒西歪的安嘉鱼和大家告别:"没喝酒的男同事送女生回家,喝了酒的一律打车,车费报销。到家后都往部门群里发个报平安的消息,知道了没?"

说完,他稍稍一顿,语气自然道:"至于小安,就由我来送。"

"总监,我们都不是小孩了,放心吧。"大家笑道。

"是——总监!"反应慢半拍的安嘉鱼大吼一声,惹得大家又是一阵笑。

小宁上前帮忙扶住她:"总监,你今晚也喝了不少,我送小安回家吧。"

他正想回绝,却被安嘉鱼抢了先:"不用,谁都不要送我,我可以自己回家!我还清醒着,再说了,青天白日的,怕什么!"

俞骁阳哑然失笑,十分自然地扶住安嘉鱼,以一种温和却不容拒绝的语气对小宁道:"看她醉成这样,还是我送她回去吧。"

小宁"哦"了一声,心里却有些不自在。

是她多心了吗,为什么觉得俞总监对小安有些过分关注。没等她细想,就见一辆卡宴停到他们面前。继而,司机从车上下来,小步快跑到车子右侧打开车门,只见一个高大英俊的男人从车里走出,气质卓然,神色冷漠,身

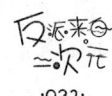

上带着几分旁若无人的傲慢。

小宁心里惊叹：哪儿来的高富帅，颜值高就算了，还有豪车和专职司机！

沉沉的月色里，他迈着优雅的步子走到了俞骁阳的面前。

"劳烦费心，我送她回家就好。"卫风紧拧着眉，从眼前这个"陌生男人"的怀里拉回安嘉鱼。某个醉鬼东倒西歪地跌在他身上，最后抓着他的胳膊站稳。

俞骁阳盯着他看，眼底闪过一抹暗光，神色莫名。

"你……"

他说了一个字，又沉默了。他的目光扫过醉得迷糊的安嘉鱼，又定格在气势凛然的卫风身上，神情越发难看。

高富帅竟然认识安嘉鱼，小宁八卦的心蠢蠢欲动，戳了戳半醉不醒的安嘉鱼："小安，这是你男朋友吗？有这么好的男人你不带去参加婚礼！暴殄天物啊！"

安嘉鱼迷迷糊糊地睁眼，入目就是卫风那张英俊的脸孔。他好像比昨天更帅了一点，真给她长脸。

"来来来，我来介绍一下，这是卫风。我偷偷跟你们说，他有八块腹肌，还有人鱼线、马甲线，什么线都有！他什么都好，就是脾气不好，哦，还不爱做饭。"

大家意味深长地"哦——"了一声，一副了然于心的模样。

卫风的眉皱得更紧了："不好意思，我们先走了。"说完就把安嘉鱼小心翼翼地抱进车里，然后关上车门。

俞骁阳看着逐渐远去的车，陷入了沉思。

回家路上，安嘉鱼趴在窗户上，一会儿哭一会儿笑，卫风时不时得把她往里拽。好不容易等她的情绪发泄完了，她又开始挤对卫风。

"我说，你这车哪里租的，看着还不错，还自带司机哟，不过，我可不出钱哦，除了婚礼那天的道具，剩下的我都不买单！"

安嘉鱼见卫风不搭理她，就拍拍司机的肩膀："师傅师傅，我们没钱付车费,我们就在这里下车。"

司机努力保持面瘫脸,不能当着老板的面笑出来,不然一定会被炒鱿鱼。只是有些意外,高冷的老板居然喜欢这样的女孩。

卫风黑着脸,把她拉回座位。

她撇撇嘴,一个人说话好没意思:"嗨,你怎么不说话?我最近是不是把你写成哑巴了?明明我最近都上班呢,没空折腾你。"

卫风揉揉太阳穴,努力说服自己不要和一个醉鬼计较。然而,安嘉鱼并没有就此作罢,继续轰炸他的耐心:"哎,你下回给我租地铁好不好?好不好?"

卫风干脆闭眼,完全无视她。

"我想吐……"安嘉鱼扯扯他的袖子,艰难地说道。

卫风终于忍不住了:"现在不准吐!"

他让司机把车子停稳,帮她打开车门,命令道:"下去吐。"

安嘉鱼捂着嘴害羞地笑:"我咽回去了。"

卫风:"……"

见他不说话,她才露出一脸奸计得逞的样子,幽幽道:"骗你的,看你脸都绿了。"

卫风:"……"

"呕——"最后她还是吐了,吐在了车上……

这回,卫风的脸真的绿了,这是他刚买的新车!

次日,日上三竿,安嘉鱼在头痛欲裂中醒来。

一睁眼,她就对上卫风冷冰冰的眼神。他立在床畔,浑身上下都散发着寒冰之气。她惊得睡意全无,慌忙看了看四周,粉色的被褥、墙上可爱的Hello Kitty 海报、堆满各种衣服的椅子,这就是她的房间!

她赶紧确认自己是否衣衫完整,好在还是昨晚那套。

"卫风你个神经病知不知道私闯民宅是犯法的?"她抱着被子坐起来。

卫风冷冷一笑:"看来你很喜欢科普法律知识,但我得提醒你,我是租

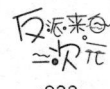

了你的房子,一天三百块,怎么就私闯民宅了?"

卫风冷冰冰的口气让她打了个冷战,她什么时候又惹毛了这尊大神。

"我头疼……能给我倒点水吗?"安嘉鱼可怜兮兮地说道。

卫风无奈,给她倒了一杯温水。

喝完水,她才稍微清醒点:"我昨晚好像喝多了。"

卫风冷哼一声,亏得她知道自己喝多了。

她揉揉脑袋,昨晚是谁送她回家的?是俞骁阳还是卫风?也不知道有没有耍酒疯。

"昨晚我没有干什么出格的事情吧?"

他把一张发票送到她眼前:"你昨晚做的最出格的事情就是毁了我的车。"

"哈?怎么可能!等会儿,你哪儿来的车?我跟你说,坑人也是犯法的。"她对卫风的话一点印象也没有。

"买的。"

安嘉鱼一点都不相信他的话,条理清晰地反驳:"你前天还是一个需要向我借钱的穷光蛋,昨天就买车了,撒谎也不打草稿。"

他依旧面无表情。

"真是你的车?不是租来的吗?我是砸车了吗?求原谅!我真的不是故意的!五千块钱就不用还我了!"安嘉鱼开始动摇。

她似乎误会了,不过卫风忽然觉得误会了也好。

他已经把车子低价出售了,亏损的钱也没打算让她还,只是想以此警醒她,难保她下回喝酒撒疯不会把他的命运改写得乱七八糟。

他淡淡"嗯"了一声,说:"你洗漱一下,半小时后出门。"

这是原谅她的意思?她还准备了大段的说辞呢:"出门去哪儿啊?"

"给你准备参加婚礼的'战斗服'。"

"啊?"

"难道你柜子里有可以参加婚礼的衣服吗?"从第一天到她家,他就没见她穿过裙子。

安嘉鱼光着脚跳下床，伸手打开柜子，里面都是牛仔裤、T恤、正装，好不容易找到一条裙子，也难逃被卫风嫌弃的命运。

"我没钱买衣服……"她弱弱道。

卫风合上衣柜的门，作为一个女孩子，她未免把日子过得太糙了。

"用你借我的五千块，超过的部分我来付。"他看了一眼手表，淡淡道，"距离出门还有二十六分钟，超过时间的话，自掏腰包。"

安嘉鱼笑逐颜开，也不知道今天走了什么狗屎运，她砸了他的车，不但不用赔偿，他还带她买衣服，难道他良心发现，要涌泉相报了？

人生啊，果真是妙不可言。

因为周末的关系，商场熙熙攘攘，一楼商店促销的喇叭声不绝于耳，好不热闹。这个商场安嘉鱼以前和阿蔡常来，当时作为学生族的她们仅能买得起一楼的衣服，本来希望毕业了能再上一层楼。结果阿蔡做到了，她却还在一楼徘徊。

安嘉鱼看着琳琅满目的商品，心情大好，她已经很久没出门逛街了。

路过一家服装店，安嘉鱼看到里面的橱窗挂着一件纯白蕾丝连衣裙，眼前顿时一亮，指着衣服询问卫风的意见："你看那件衣服好看吗？"

卫风看了一眼："太俗气。"

"俗气吗？还好啊。"不过，比起自己的眼光，她更相信卫风的品位。

"这件呢？雪纺的料子穿在身上一定很仙！"

他摇摇头："不够大气。"

"这件短裙呢？"

"你大腿太粗，控制在膝上五厘米就好，这裙子太短。"

"那这条长裙呢？"

"你身高不够。"

他们在商场逛了半小时，安嘉鱼挑的每一件衣服都被卫风给否决了。她也走累了，就一屁股坐在长椅上。

"都逛了这么久,你怎么哪件都说不好,我觉得都还行啊。"她抱怨道。

"你的穿衣品位有待提升,你是要去砸场子,衣服不仅要好看,还得贵,刚才那些都不行,一会儿直接去顶楼吧。"卫风本来就不准备在一楼买衣服。

她气愤地说:"那你不早说,白瞎我挑了那么久。"

"没白瞎,至少能培养你的审美。"

"我……"安嘉鱼的话才出口一个字,就愣住了,不远处的那个人,满面春风得意,脚踩七寸高跟,一身印度风情的长裙,看起来颇有几分摇曳生姿的架势。这个人频频招来异性注目的视线,却叫安嘉鱼顿生怒意。

冤家路窄这句说,果然没错!

安嘉鱼气势汹汹地站起来,凑到卫风身边,低声道:"等下配合我,未来一周你想吃什么,我都给你做,免伙食费!"

卫风面无表情道:"一个月。"

她抽抽嘴角,这是趁火打劫啊,本想讨价还价一番,奈何高雯雯已经看到了她,并且正朝她走来。

"行,就一个月!"

"嘉鱼!好巧啊——你也来逛街吗?"高雯雯巧笑倩兮。

安嘉鱼面露微笑,礼貌地应了一声"是啊",心里却在腹诽:谁来商场不是逛街。

高雯雯热情地握住她的手:"真是好久没见,我可想你了!算起来,我们打从谢师宴之后就没见过了吧。"

她心里呵呵一下,不动声色地抽回手,还真有脸提谢师宴,当时年级谢师宴,大家都在和老师道别,满场的凄凄切切。高雯雯和成昊两人却上演了一出"感人肺腑"的求婚戏码,当时她安嘉鱼还是成昊的女朋友呢。

"我也挺想你的,当时也没好好告别。"

那时要不是阿蔡拦着,她会直接棒打这对"恩爱"小情侣,而不只是泼水了。

"是啊,当时也确实太匆忙了,谁能料到成昊出其不意的浪漫呢?哎呀,不说这个,羞死人了,都过去了过去了。对了,这位先生是?"

总算问到重点了,安嘉鱼挽上卫风的胳膊,笑眯眯地介绍:"这是我男朋友,卫风。"

高雯雯明显脸色一沉,却又立马堆起虚假的笑容:"没听说你有男朋友啊。"

安嘉鱼不怒反笑:"听说秀恩爱分得快,再说了,追求卫风的女生都能组成一个排,所以我尽量低调,不给他惹麻烦,你说呢?亲爱的?"

她搂住卫风的腰,顺势掐了一把,提醒他该上场了。

卫风一把搂过她的肩:"又瞎吃醋了,在我眼里就算一个连的美女也比不过一个你。"

高雯雯讪讪地笑,抬手整了整头发,手上的钻戒闪亮夺目。她见安嘉鱼看到了戒指,才娇嗔地解释:"我和成昊说千万不要买钻戒,多费钱啊,他非不听,说这是感情的见证,少不得的。我这人吧,向来他说什么就是什么。"

"男人嘛,都这样,我懂。前些日子,我家卫风要给我买房买车,我都不要,结果他反倒不高兴了,塞了一张黑卡给我,让我喜欢什么自己刷。你说说,这些男人怎么都不懂浪漫呢?"安嘉鱼顺势接下话茬。

高雯雯的笑容有点挂不住了,便直接放大招:"下周六我和成昊的婚礼,你可一定要带卫风一起来参加,我们都希望你能幸福。"

安嘉鱼笑眯眯地接招:"一定参加,我一定会给你准备一个大惊喜!"

不去把场子找回来她就不姓安!

跟情敌狭路相逢后,安嘉鱼的战意顿时提高了百分之两百。高雯雯前脚一走,她就拖着卫风去坐电梯。

"去哪儿?"

她咬牙切齿道:"顶楼!"

卫风的眼睛里浮起几分淡淡的笑意,谁刚才嚷着顶楼卖的衣服是天价。

"你不是说上面的衣服买一件穷三代吗?"

"就算穷三代,我也不能让自己丢脸一辈子!"

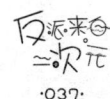

她说这话的时候底气很足,到真要付钱的时候就怂了。

见卫风已经掏出了卡,她急忙拦下:"等会儿,让我数数几个零,一二三四五?嗯?真是五个零!你先别动,容我想想。"

卫风夺过卡,交给收银员。

收银员一边刷卡,一边笑容可掬地表示:"其实您女朋友刚才试过的三件都挺好看。"

他看了眼安嘉鱼,她还沉浸在五个零的震惊中不可自拔。

"是吗?那全都包起来。还有鞋子,刚才试的也全都要了。"

安嘉鱼跟跄了一下:"你说什么!"

他重复了一遍:"全都包起来,试过的衣服和鞋子。"

"那什么……没必要买这么多吧。"她扶着收银台站稳。

卫风认真而严肃地反驳了她:"你很难挑到穿得合适的衣服,既然今天这么凑巧,当然要一起买下来。"

安嘉鱼冒着星星眼,说买就买的男人果然好帅,可是,咦?

"你意思是我丑?"

他接过打包好的衣服,塞进她的怀里:"智商见长,再接再厉。"

"卫风!"

第三章·反派是土豪

她怎么就创造了卫风呢!
这一定是因为她上辈子拯救了宇宙!

打从商场偶遇高雯雯,安嘉鱼就跟打了鸡血似的,每天运动、敷面膜,她把成昊和高雯雯的结婚请柬贴在床头,把卫风给她挑的小礼服挂在床尾,警示自己。

她做着深蹲举着哑铃,自我激励道:"十三个,十四个,呼,安嘉鱼你行的,加油,再来一个,不能浪费买衣服的钱,那可是一套房子的首付!要知道,你十年都赚不到那么多钱!"

卫风端着咖啡经过,拍拍她的肩膀,以示支持。

"我说,卫大哥,你能告诉我,你是怎么用五千块起始资本赚到钱的吗?"说实话,他说车子是他买的时,她还有点怀疑,直到他像买大白菜一样给她刷卡买衣服,她才真的意识到,他成土豪了!

"炒股、赌石。"他喝了一口咖啡,凉凉道,"感谢作者大大赐予我的金手指。"

安嘉鱼讪讪地放下哑铃,佯装没听出他语气里的嘲讽。卫风会赌石,是安嘉鱼给《珠光宝色》中的反派卫风的设定,在那本书里,卫风靠赌石的能力白手起家,走上人生巅峰,但偏偏喜欢上了小清新女主,并为了救她而瞎了一双眼睛。安嘉鱼的小说一贯这么无厘头,所以虽然反派卫风为女主付出了一切,但她还是内疚地离开了他,选择了痴情的男主角。至于炒股这个金手指,是属于《我家男神是操盘手》中的卫风,当然,虽然这本书里的卫风是华尔街的金牌操盘手,但最后却负债累累死在异国他乡……

安嘉鱼想到这两本能力对应的小说,越发心虚。

她赶紧转移话题:"那什么……你有身份证吗?怎么开户炒股?"

卫风把自己的绿卡拿给她看,获取过程比较复杂,所以没打算和她细说:"我现在的身份是归国华侨,来这边是为了投资公司。"

安嘉鱼点点头,记下这个设定。

"我也想炒股。"她殷勤地给他揉揉肩膀捶捶腿,"你带我玩呗?等我攒够了钱,我就可以不用上班了,每天在家给你煮饭。"

卫风靠在沙发上,享受着按摩服务:"你玩的话,可能会上天台。"

她重重地给了他的膝盖一拳:"不带拉倒。"

他无语地揉揉自己的膝盖,真是狗咬吕洞宾。不是他不想带她,而是股市瞬息万变,风险太大,不适合她。

"还不赶紧减肥去,你还想不想咸鱼翻身了?"

安嘉鱼顶嘴:"吼什么吼?吃我的住我的,还敢吼我,造反啊?"

"嗯?再说一遍。"卫风眯着眼看她。

她立马一脸谄媚:"我说,你这么帅,又这么有钱,为什么不自己买一套房了呢?住在我这小出租屋,怕是委屈了你呢。"

"谁说我没买房子?"

安嘉鱼"啊"了一声,大惊道:"什么时候的事情?你买哪儿了?"为什么这么重要的事情没人通知她!

"你隔壁。"

安嘉鱼:"……"

他这是安的什么心哪?

卫风其实没安什么心,只是对她有点不放心,担心他一不在,她就把他写死了。

时间一天天过去,安嘉鱼的锻炼似乎没有明显成效,但是自信心却增长了不少。

周六悄然而至。

这天早上,安嘉鱼还没穿好礼服就接到了阿蔡的电话。

"高雯雯说,你为了参加她的婚礼租了个小白脸,是不是真的啊?"

小白脸?安嘉鱼闷声笑了两下,这话要是被卫风听到,他准得气死。

"你笑什么啊?我可跟你说,朋友圈都传开了,说是你嫉妒高雯雯找到好归宿,所以找了小白脸来演戏!"

"你该吃吃,该喝喝,别瞎操心。"安嘉鱼拍胸脯保证。

阿蔡还是将信将疑:"你要是真找了小白脸来演戏,一定要专业的,千万别露馅,钱不够的话,我先借你!"

她叹了口气,说真话怎么就是没人信呢?

此时从客厅里传来卫风带着低气压的声音:"安嘉鱼,再给你十分钟,赶紧给我出来!"

"别催,马上就好。"安嘉鱼看了一眼手机,居然都十二点半了。昨天她和卫风说好十二点出门吃饭,然后去做造型,但她"选择困难症"犯了,觉得每套新衣服都好看,可又不是最好看的,直到阿蔡打来电话,她已经纠结了两小时。

所以卫风等得不耐烦,也是理所当然的事情。

阿蔡惊讶地"啊"了一声:"我听到了,果然有男人!安小鱼,你都把人藏家里了?"

"我得换衣服出门,先不和你聊了。"她迅速挂了电话。

床上一片混乱,铺满了各款新装,安嘉鱼站在原地,在最后决选出的三套衣服里面左右摇摆,托腮思考片刻,拿起了中间那条浅绿色镂空的连衣裙。颜色清新,款式简洁大方,应该比较符合卫风的品位。

她换好衣服,对着镜子顾影自怜了十分钟,才推门而出。

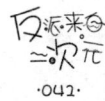

卫风闻声抬头看去，上下打量了一番，漆黑的眼眸中不自觉地浮起笑意。古人云，人靠衣装，诚不欺我。

安嘉鱼转了一圈："怎么样？"

他用略带几分挑剔的语气说："比我的后宫三千佳丽差得远了。"

她翻了个白眼，这人就是不会好好说话："夸我一句会死啊？车呢，租好了没？一定要最大牌的！得劳斯莱斯、兰博基尼、宾利这种等级的才能震慑全场。"

卫风："……"

卫风带安嘉鱼去了一家私房菜馆，这里环境朴实无华，却安静别致，每桌的间距都拉得很大，中间还隔着雕花屏风，给顾客营造一种舒适的用餐氛围。餐厅里除了现场的古筝演奏，没有其他声响，很是惬意。

看着菜单上的价格，安嘉鱼除了心惊肉痛就没有其他感觉。

她用菜单挡住服务生的视线，探出脑袋，小心翼翼对卫风建议道："我们换家店吧，这里的菜都好贵，虽然你赚了钱，但咱也不能这么浪费。"

"没听过一句话吗？三军未动，粮草先行。"卫风直接拿过菜单，边看边说，"你可是一个即将要出征的人。"

安嘉鱼略略思索："就跟古代的断头饭一个道理，临死前给顿好吃的。"

卫风："……"

正在记录菜名的服务生："……"

卫风点完单，没过多久就上菜了。

刚才喊着菜价贵的安嘉鱼，吃得比谁都欢，只是心中莫名带着几分激昂悲壮的情绪。

吃饱了，才有力气去砸渣男和小三的场子！

还是卫风考虑得周到。

真不愧是她笔下御用的男二号！看看这颜值，看看这处事风格，看看这气度，简直甩渣男三条街，当年她怎么就看上了那渣男呢？

"我们一会儿是不是要去做头发,还得化妆是吗?去哪家店?"

卫风放下筷子,擦擦嘴:"回家换衣服。"

"我衣服都穿好了。"安嘉鱼一脸困惑地说。

"这是吃饭穿的衣服,你难道要穿去婚礼现场吗?"

安嘉鱼无语,敢情她纠结一早上挑的衣服,只是为了和他吃顿午餐?

卫风整整袖口,用餐巾将袖口上的一点点灰擦去:"婚礼要穿的衣服已经在我家,化妆师造型师也都到齐了,走吧。"

"为什么在你家?我是单身妹子,这样多不好啊。"尽管她十分想参观土豪的家。

"因为你家不够大。"

安嘉鱼:"……"

她家好歹有八十平方米,哪里小了?平时来三五个好友,绰绰有余了好吗?

然而,等到了卫风的家,她才知道他平日里所谓的生活质量。呵呵,给她一套三百平方米的复式房,她也能有生活质量好吗?不过想想卫风是什么人,一代帝王、商业巨子、呼风唤雨的魔尊、杀伐决断的军阀,不管在她的哪本书里都是权倾天下的大人物!住这种房子好像都委屈了他,所以说他为什么非要住在她隔壁呢?

"安小姐好。"两排人在大门左右开列,齐刷刷地向她打招呼。

安嘉鱼吓了一大跳:"你们好。"

她觉得,他好像说得没错,她家确实小了点……

卫风看了眼手表,对他们淡淡道:"现在是两点,五点半我回来验收。"

安嘉鱼慌忙拉住他,这是打算把她一个人扔在家里吗?万一他跑了,这钱谁来付。

"你要去哪里?"

看她一脸惊慌,卫风以为她不适应和陌生人相处,忍不住摸摸她的脑袋,触到她柔软的头发,才意识到不对,便狠狠地将她的头发揉成鸟窝。

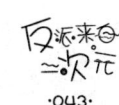

她鼓着腮帮生气："不会说话啊，动什么手，我发型都乱了！"

卫风淡淡地提醒道："你的发型还没做。"

"你！你该干吗干吗去，眼不见为净！记得把钱付了！"

卫风再次冷冷地提醒她："安小姐的记性似乎不太好，是谁说婚礼一切开销她全包了。还是你觉得，五千块钱可以无限循环使用。"

安嘉鱼："……"

看着卫风离开的背影，安嘉鱼整个人都蒙了。这么多人，架势这么大，她等下要付多少钱啊。她就剩下两千块了，万一不够怎么办！还有卫风为什么忽然生气，她刚才都说了什么，怎么惹到他了？

两个小时后。

安嘉鱼百无聊赖地坐在沙发上，和一群一言不发的工作人员大眼瞪小眼，她被注视得尴尬症都犯了，便把人打发走。当然，他们离开前，十分和气地告诉安嘉鱼，卫先生已经付过账了，而且是六位数的金额。

六位数！

六位数……六位数……六位数……

……

后知后觉明白了卫风为什么生气的安嘉鱼，开始纠结六位数的开头到底是几。一直纠结到五点半，门外传来动静，她也没纠结出一个所以然。

卫风打开门走进来，一眼就看到了坐在沙发里发呆的安嘉鱼，目光微微一怔。她本就肤白，水蓝色的长裙衬得她更加白净，上了妆的五官显得比素颜立体，平日里散乱的头发也梳成丸子头，斜插着一个发饰，看着既可爱又不失清雅。

有美一人，宜家宜室。

卫风的脑中，忽然闪出这么一句话。

"你发什么呆呢？是不是被我的美貌震惊了？"

卫风："……"

果然她一开口画风就变了。

安嘉鱼走到他面前,语气带着几分陶醉和飘飘然:"别说你了,我自己都吓了一跳,真是不鸣则已,一鸣惊人,你说是吧?"

"你的美貌是不是一鸣惊人我不清楚,但你的脸皮厚度可以一鸣惊人。"

安嘉鱼也不反驳,毕竟她今天心情好:"小卫子,咱们出发吧。"

卫风:"……"

"得寸进尺"这个词在她身上真是表现得淋漓尽致。

上了车,安嘉鱼摸摸这儿,瞅瞅那儿,好奇得不得了。这车她见都没见过,却舒服得很,就是不知道够不够贵,能不能把场面撑起来。

到了婚礼现场入口,她深呼吸一口,告诫自己千万不要紧张,虽然她的美貌是假的,车子是租的,但好歹卫风是真的。

卫风不由得好笑:"你是来砸场子的,紧张什么?"

"我心虚啊。"安嘉鱼哭丧着脸道。

"男朋友花你的钱,追别的女人,毕业前夕劈腿同班同学,谢师宴无视你作为现任的存在,高调求婚,现在他俩结婚,邀请你参加,整个年级的同学都等着看你的笑话,你摸着良心告诉我,你送得出祝福吗?"

经他这么一描述,安嘉鱼觉得自己真是太惨了,但重点不在这里啊!

"可我男朋友是假的,车子是租的。"

卫风默了片刻,说道:"再过五分钟下车,你准备一下。"

"为什么?现在就可以下车啊?"安嘉鱼困惑道。

"因为我们要用车来吸引大家的目光,给你的出场做铺垫。"

安嘉鱼似懂非懂地"噢"了一声:"这个车子很厉害吗?比劳斯莱斯还酷炫吗?可我都没见过这车……"

"Shelby。"卫风见她仍旧一脸困惑,淡淡道,"不准问我这车有什么历史,也不准问多少钱,想知道自己上网查。"

说完,他从口袋里拿出一条项链,侧身给安嘉鱼戴上。端详了片刻,他

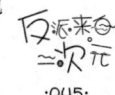

的脸上露出几分挑剔的神色。下午如果不是时间太仓促，他完全可以找到一条更好的项链。怎么说也是安嘉鱼让他拥有了自己的意识，她要砸场子，他自然得奉陪到底。

安嘉鱼低头摸摸坠子，手感还不错："哪儿来的？"

"路边买的。"他随口道。

"这水钻还挺闪的，应该能唬住人。可你好歹也是百来万身家的人，就不能送我一个真的吗？不过算了，你给我买衣服，最近还买房买车，按揭压力一定不小，总之，谢谢你了！"她十分认真地道谢。

卫风："……"

下车后，如卫风所料，安嘉鱼收到了来自同学们艳羡的目光，以及新娘的仇视，本来围着新郎新娘的同学都被她所吸引。

高雯雯差点就没认出来那是安嘉鱼，妆容精致，娉婷秀雅，挽着高大英俊的"男友"朝她款款而来。

安嘉鱼主动上前拥抱了高雯雯，微微一笑："雯雯，你今天真漂亮，成昊也是，今天很帅，你们真的好般配呢。"

当然她心里想的却是：渣男小三，天生绝配。

高雯雯回以夸张的笑容："你今天也很漂亮，我们差点都认不出你来了，简直和平时判若两人。"

"是吗？那你还能一眼就认出我？"

成昊从未见过这样的安嘉鱼，一时间不知该做什么反应，只是痴痴地看着，直到高雯雯掐了他一把，才回过神来。

"小鱼好久不见，这位是？"成昊赶紧问。

安嘉鱼靠上卫风的肩，换上一脸甜蜜："这是我男朋友，卫风。"

一众同学纷纷露出早知如此的表情，之前听高雯雯说，安嘉鱼租了一个小白脸来参加婚礼，他们还不信。现在看来，应该是真的。不过没想到，她竟然租到这么帅的男人，看那相貌身材气质，简直太有男神范儿了。

"没想到小鱼都找到男朋友了,平时都没听说,怎么偏巧今天带来给我们看?"一个女同学试图戳穿。

另一个人立刻跟着说:"是啊是啊,不知这位先生在哪里高就?"

卫风知道自己差不多该出场了。

"我是卫风,小鱼的男朋友,这是我的名片。"他递出名片,从新郎新娘到同学,一个不落,礼貌周到,"感谢各位以前对我家小鱼的照顾。"

大家窃窃私语,难道现在的小白脸还自带公司?这得租多少钱啊?

看完名片,满场噤声,上面印的是"安嘉经济开发集团 总裁卫风"。这是一家刚刚注册没多久的公司,但在岚城,却已经出了名,因为两天前这家公司把本市刚开发完成的旅游岛收购了,因此登上微博热搜。

看公司的名字,还是取自安嘉鱼,这哪是小白脸,分明是钻石王老五。刚才冷嘲热讽的几个同学顿时不自在了,早知道就不该听高雯雯的怂恿。

安嘉鱼见状,有些好奇名片上写了什么,也想讨一张来看,卫风却不给,兀自将名片夹收回兜里,她便想伸手去拿。

他一把搂住她的腰,低头耳语:"安分点。"

明明是一句警告,但落在其他人眼中却是亲昵得不得了。

"安小鱼——"

一个身影扑上来,安嘉鱼本能地接住,毫无疑问,来人是阿蔡。

"你今天太漂亮了!美!美呆了!"

安嘉鱼笑容满脸,果然是真爱,助攻得正是时候。

高雯雯不满被安嘉鱼夺了风头,便笑着和阿蔡打闹:"阿蔡啊,你怎么才来?我们都以为你会和小鱼一起来呢,想当年你俩可是形影不离。"

安嘉鱼抽抽嘴角,这是挑拨离间?

阿蔡本来就不喜欢高雯雯,要不是为了给智商经常掉线的安嘉鱼助阵,她才不来呢。

"这不是小鱼有对象了吗,我哪好意思当电灯泡。对了,我刚到门口的时候,看到一辆Shelby,是你打头的婚车吗?"

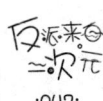

高雯雯的神色变得尴尬:"原来那车是 Shelby 啊,我说怎么有点眼熟呢。"

她心中愤愤不平,安嘉鱼你好样的!我结婚你开个五千万的超级跑车来抢我风头,太过分了!当我好欺负吗?

阿蔡不知道这车是卫风开来的,但这并不妨碍她落高雯雯的面子:"不是你的啊,我还以为……"她笑了一下,点到即止,"谁这么大排场,这在国内可不常见。"

懂行的男生便开始显摆:"在国外也不常见,这是限量跑车,有钱还不一定买得到,卫总真是大手笔。"

卫风谦逊道:"过奖了。"

阿蔡吃惊地看了眼安嘉鱼,这是下了血本啊!

她对阿蔡偷偷露出一个苦笑,也不知道车子的租金多少,但是她夸下海口,凡是今天的开销,她全包了,这下可惨了。

婚礼仪式的现场在酒店花园,视野开阔,风景独秀。迎宾处立着一扇金紫两色交错的半月形拱门,两道同色系的花柱,而地上则铺着红色地毯,一直延续到舞台,看着温馨而浪漫,但跟其他任何一场婚礼也没有太大差异。

当然仪式也十分雷同,主持人说了一堆开场白后,炒热了气氛,新人诉说他们相爱的历程,并许下海誓山盟,眼看他们就要进行到互换戒指这一步,新娘却不按常理出牌了!

"很高兴大家能来参加我和成昊的婚礼,一路走来,我们十分不易,曾经我以为他将是小鱼的新郎,但没想到,我们坚持至今。所以,在今天这样特殊的日子里,我一定要对小鱼表示感谢,谢谢你成全了我和成昊!能得到你的祝福,是我今天最开心的事情!"高雯雯一脸感激地看着场下的安嘉鱼。

主持人翻了翻台本,一脸茫然,那现在该怎么办?他斟酌了片刻,按照他的经验,现在应该把话语权交给新娘口中的那位朋友。

比主持人更蒙的是安嘉鱼,什么叫"曾经我以为他将是小鱼的新郎,但没想到,我们坚持至今",所以高雯雯是要倒打一耙,把小三的帽子扣到她头上?她气愤地接过主持人的话筒,正准备唇枪舌剑一番,却被卫风搂进怀里,连话筒也被他夺了去。

"这声'谢谢'小鱼受不起,反倒是我要感谢新娘,如果不是你的出现,成昊也不会和小鱼分手,我也不会有机会追到她。"卫风稍稍一顿,继续道,"小鱼是个单纯的女孩,我最欣赏她的一点就是她三观正直,她爱我,只爱我,绝不三心二意。我希望,可以一直守护她的善良纯真,让她不要再受到伤害。"

高雯雯的脸顿时绿了。那句三观不正分明是说给她听,可她又不知如何反驳,气急败坏地掐了成昊一把,示意他来救场,可他竟没有反应。

安嘉鱼抬头去看卫风,眼里泛着泪光。这家伙口才太好了,不仅高调明示高雯雯才是小三,还把她夸得天上有地上无。这就算了,重点是,他还深情款款地说是他追的她,这谎话说得连她自己都被感动了!

她怎么就创造了卫风呢!这一定是因为她上辈子拯救了宇宙!

她环顾左右,满场都是被卫风的霸气表白镇住的宾客,最夸张的是阿蔡,抱着她的胳膊哭得稀里哗啦,一脸感动:"没想到你找到了真爱,我还以为……"

她赶紧捂住阿蔡的嘴,不让她有机会把后半句话说出口。

之后的喜宴,安嘉鱼始终被众人羡慕嫉妒的目光包围,虚荣心得到了极大的满足,要不是受限于场地,她会乐得转几圈。

婚宴上,卫风替安嘉鱼挡了一杯来自新郎的敬酒。于是婚宴结束时,开车的人换了,正是上回那个目睹了安嘉鱼撒酒疯全过程的司机。酒席刚散,门口都是等车的宾客,她顶着众人羡慕的目光,上了车。

回家路上,安嘉鱼一直处于亢奋状态,时不时看看卫风,觉得他不仅仅只是帅,甚至觉得她这二十三年的人生,做得唯一正确的事情,就是创造了他。车窗外的灯光如走马灯般掠过,她生平第一次发现,这个城市的景色如此让人心旷神怡。

"今天谢谢你。"她真心地感谢。

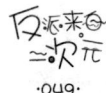

卫风用余光扫了眼她,没有说话。她突然正经起来,他反倒有点不适应。

"我可以问你一个问题吗?"

他淡淡"嗯"了一声。

"听阿蔡说,这车是Shelby,这车很贵吗?"车子越贵,租金就越高吧?

"五千万左右。"他记不清零头了。

安嘉鱼的下巴都要惊掉了,虽然她说过今天的道具她出钱,但是她穷啊,这得还多久才能还清。

"你……租了多少钱?"

"买的。"

安嘉鱼:"……"

回家后,安嘉鱼仍旧处在五千万的震惊中,直到阿蔡打来电话,她还沉浸在"卫风变成了土豪"这个惊人的消息中!

"安小鱼,我今晚都要憋死了,快点说,你是怎么勾搭上卫风的?"

她把手机放远了一点,省得耳朵受罪,本想告诉阿蔡事实,但想到她本身就是个移动广播站,便作罢了。

"一切都是缘分。"

"别想忽悠我,你掐指算算,我们认识多久了,什么时候的缘分啊!"

"卫风是我的读者,因为喜欢我的小说,就找私家侦探查了我的地址,每天变着法地跟我偶遇,各种讨好我、追求我。而我这个人吧,天真善良,很容易就被他的真心给打动了,然后就是你今天看到的那样。"她信口胡诌道。

"真的假的?最近不但有明星和粉丝结婚,还有作者和读者恋爱,这个世界简直不可思议。"阿蔡感慨道。

安嘉鱼沉默了许久。

这故事她自己都不信,阿蔡居然信了,阿蔡也单纯得不可思议!

"安小鱼,你简直走了狗屎运!好好对卫风,别让他跑了。"

安嘉鱼:"……"

冲着卫风在婚礼上男友力爆棚的表现，安嘉鱼默许了他蹭饭的行为。相处久了，她渐渐发现卫风的一些臭毛病，比如从不吃垃圾食品，也不喜欢加多了调味料的外卖，对食物异常挑剔。不过满足了他的胃，就会比平时好说话。

这天，安嘉鱼殷勤地把门打开，迎接"圣驾"。

"您来啦，快进来坐，今天做的是粤菜，有白灼虾、萝卜牛腩煲、清炒水芹菜和鲫鱼豆腐汤，都是您爱吃的吧，赶紧尝尝。"

卫风狐疑地看着格外殷勤的安嘉鱼："有事直说。"

她狗腿地把剥好的虾蘸一点酱料，然后放进他的碟子："没事啊，我能有什么事？"

他一口吃掉虾仁，味道鲜美，白灼的做法完全保留了原味。

"你就是一个大麻烦。"他无情地拆穿她。

安嘉鱼在心里翻了个白眼，都说拿人手短，吃人嘴软，他也没少吃她做的饭，嘴巴却还这么坏。

"我明天要去滨海市出差，最快也要周五才能回来。"

这是之前俞骁阳交给她的项目，他要去滨海市和客户约谈合同细节以及签约，顺便带上她去积累点经验，这可是她表现的大好机会，怎能错过。

卫风举着筷子的手顿了一下："你走了，谁做饭？"

"亲自下厨或者叫外卖……"她弱弱地建议。

他不说好也不说不好，只是默默地吃饭。她突然有点内疚，就这么抛下他，会不会不太厚道？怎么说他才帮了她一个大忙，不然就冲着那天的婚礼状况，她"安嘉鱼"三个字就要成为八卦里的可怜虫，被人当笑话来品头论足。

第二天一早，满怀内疚的安嘉鱼拉着行李经过卫风家门口，伫立许久，犹豫着要不要跟他打个招呼再出发。

此时，门忽然开了。

而穿了一身休闲服的卫风，背着一个旅行包缓步而出。他一手插在口袋里，一手拿着墨镜，立在朝阳里，身姿挺拔，神色悠闲。

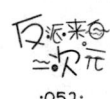

纵是安嘉鱼，也看呆了两秒。

"好……好巧啊。"她回过神，举着手打招呼。

卫风戴上墨镜，不冷不热地说："不巧，毕竟我家和你家只隔了一道墙。"

安嘉鱼干巴巴地笑了两声，看他这样，似乎生气着呢。她没敢凑上前找虐，匆匆打了招呼就直奔机场而去。

滨海市，地如其名，临海城市，蓝天大海，白云飞鸟，风中带着海城特有的气息，潮湿而凉爽，路边的饭店外挂着海鲜大餐的宣传图，看起来新鲜美味，叫人垂涎三尺。这里的行人都是一副悠闲的样子，和大都市忙碌的节奏完全不一样。

到了此地，安嘉鱼整个人都放松了下来。

不过客户有点挑剔，本来预计两天就能谈定的合同，拖到第三天下午才敲定章程。全程跟随的安嘉鱼，也彻底被俞骁阳的口才折服了，难怪那么多小姑娘暗恋他，不愧是他们公司的第一男神。

因为行程紧张，所以小宁拜托她的事情，她迟迟没打听清楚。

是的，她这次出差可是身担重任，小宁以五盒巧克力为报酬，让她务必查清楚俞骁阳的感情生活，比如他有女朋友吗，喜欢什么类型的女生，是否介意办公室恋情，最好能问出他对公司里哪个妹子比较有好感。

这几天光顾着合同，她根本找不到机会问俞骁阳这些问题。

安嘉鱼已经做好回去被小宁殴打的心理准备，没想到事情却峰回路转。在签完合同后，两人坐车回到酒店，等电梯的时候，俞骁阳忽然道："明天就是周末了，我看我们也不着急回去，在这里逛逛吧，滨海市可是旅游岛。"

安嘉鱼一愣，难怪她跟俞骁阳来出差，那么多人羡慕嫉妒，敢情有这种福利啊！等等，也就是说有机会完成小宁交代的任务！

"总监，我可以做攻略，听说这里的海鲜也很赞！"她高兴道。

俞骁阳用带着笑意的语气"嗯"了一声，然后稍稍一顿，似乎每个字都是经过斟酌的："晚上一起吃个饭吧，就顶楼的旋转餐厅。"

"是有什么事吗?"安嘉鱼神色紧张地问了一句。顶楼的旋转餐厅很有名,尤其是翻了百倍价格的各色菜肴,随便开瓶酒就要五位数,去顶楼哪里是吃饭,根本是炫富好不好!而且跟上司吃饭,哪有不抢着买单的,可问题是,她付不起!

对安嘉鱼的脑洞一无所知的俞骁阳,以为她是害羞了,便温和道:"不用紧张,只是聊聊工作上的事。"

安嘉鱼"哦"了一声,顿时松了一口气。

公事啊,那表示可以报销!

不过想想也是,她和俞骁阳除了工作上有交集,连朋友都不算,不谈公事,还有什么可说的。她心道,小宁可真是幸运的姑娘,这可是天赐良机,晚上灌他几杯酒,有什么问题问不出来的。都说酒后吐真言,可见这是杀手锏。

回到房间,虚惊一场的安嘉鱼连喝了两杯冰水压惊。缓了口气,她拉开窗帘,欣赏了一会儿璀璨繁华的夜景,然后趴在床上给卫风发短信。写到一半,又删除了,如果直接告诉卫风,她延期回去,是因为要留在这里玩,他一定会更生气。

不行,不行,得想个其他的理由。

安嘉鱼琢磨许久,终于想到一个万能的借口:"谈判临时出现意外,周末继续洽谈,勿念!PS:我家冰箱里还有水饺,请笑纳。"

过了片刻,她收到卫风的短信:"你的客户都打道回府了,请问周末你和谁洽谈?"

安嘉鱼顿时大惊,看看床底,掀掀窗帘,检查这个房间是否被装了摄像头,不然卫风怎么对她的行踪这么清楚。

这不科学啊!他不是在岚城吗?

在她四处"搜查"期间,短信又响了,还是卫风的:"晚上七点,顶楼旋转餐厅见。衣服一会儿会有人送到你房间。"

安嘉鱼满脑子的问号,直接打了电话过去:"你在滨海市吗?不对,你在哪儿都没关系,重点是我今晚要跟一个很帅的男人共进晚餐,所以我要拒绝你的邀请!"

卫风冷笑一声,出门不过三天,胆子倒是肥了不少,俞骁阳带新人果真有一套。

"那我们拭目以待吧。"

"嘟嘟嘟……"

安嘉鱼看着手机一脸茫然,他这是什么意思?

想不明白,索性丢开不想了,她看看时间,也差不多了,便打算换件衣服去赴约。此时门铃响了,她走过去,从猫眼看了一下,是个年轻的男人,他戴着棒球帽,手上抱着一个大礼盒。她想起最近看的社会新闻,某女性在酒店遇害,心里咯噔了一下。

"叮咚——叮咚——"

门铃响个不停,那人高喊:"安小姐,您在里面吗?我是万象服饰的员工,您购买的衣服到了,请开一下门好吗?"

安嘉鱼愣了一下。

衣服?难道是卫风买的?排除对方是变态伪装的快递员的可能性之后,安嘉鱼十分快速地打开门,签收了衣服。

她回房将礼盒打开,是条米黄色的单肩小礼服,裙长约莫在膝盖上方五厘米。从款式到质量,以及标签上的价格,显然都是卫风的审美风格。但不得不承认,他的品位很好。安嘉鱼换完衣服,瞬间觉得镜子里的人气质都出众了几分。

六点五十分,安嘉鱼准备前往顶楼,一开门却看到正要敲门的俞骁阳。

"我正要上去找你。"她笑着说。

俞骁阳看着她,眼底闪过一抹惊艳,但很快就被遗憾所掩盖:"对不起,我现在要赶去机场。公司有点急事,我要回去处理。"

"啊?"难道她的免费度假要泡汤了!

他抱歉地笑了笑:"本来说好周末一起玩,我现在先走已经很不好意思了,你就留下来玩两天再走。房费我已经付过了,导游和司机的电话我一会儿发到你的手机上,你自己注意安全,有什么事情随时联系我。"

安嘉鱼的大脑飞速思考,她一个人留下来玩,不仅房钱车钱不用出,还有免费司机和导游,竟然有这等好事!

俞骁阳见她没说话,以为她情绪不佳:"是不是让你失望了……"

开玩笑,怎么可能会失望?上司不在,才能玩得更嗨!她连忙解释:"没有没有,我只是很意外。你自己路上也要注意安全,不用担心我。"

这么好的事情居然会落到她头上,简直是人品大爆发!

被安嘉鱼这么"体谅"了一把,俞骁阳心中的遗憾又多了几分,好不容易等到了要说出真相的这一天,竟然被自己毁了。

"等你回岚城,我再请你吃饭。"他歉疚地说。

"好啊。"

话音刚落,俞骁阳的电话就响了。

安嘉鱼看着尴尬的俞骁阳,难得真正体贴了一回:"催得这么急,一定是有要紧事,你赶紧回去吧。"

得到一丝安慰的俞骁阳火急火燎地离开了滨海市。

安嘉鱼如约到达顶楼,在服务员的引导下找到卫风。他坐在靠窗的位置,远眺夜景,侧影完美无瑕,端是一派光风霁月,气质卓然,当下将窗外的夜景衬得黯然失色。她发现餐厅里有不少女人都在看卫风,顿时有种不舒服的感觉。

"你是不是早就知道俞骁阳要回岚城?"她落座后好奇道。

卫风依旧看着窗外,反问道:"你猜?"

安嘉鱼才没兴趣猜,她又不是小宁,但凡俞骁阳有点什么事,都要拿个本子记下来,即便是他皱个眉,也要追根究底。不过没把小宁拜托的事情问出来,回去后,还不知道她要怎么折磨自己。

"爱说不说。"

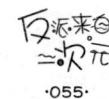

卫风嘴角微扬,这个反应才是安嘉鱼的正确打开方式。

"你今天……有点不一样。"

"哦?"

她一边点菜一边吐槽:"你今天的嘴巴有点抽搐。"

卫风:"……"

"今天你买单吗?"

卫风冷冷瞥了她一眼,刚说完他的坏话,还想让他买单?

"AA。"

安嘉鱼:"……"

她合上菜单,站起身来:"那您先吃,我先走了。"

"去哪儿?"

"我回房间吃泡面啊,我带了鲜虾鱼板面、小鸡蘑菇面、红烧牛肉面还有老坛酸菜面,你要不要,我可以多帮你泡一碗,不收费。"她一脸无辜道。

"我买单。"卫风完败。

安嘉鱼美滋滋地坐回位子:"既然是你买单的话……服务员!我要三文鱼、奶油蘑菇汤、法式蜗牛、烤羊排,甜点要马卡龙、芝士蛋糕和冰激凌。"

点完自己想吃的东西,她随口问道:"卫大哥,你呢?要吃些什么?"

"法式白露笋忌廉冷汤、香煎鹅肝,头盘和她一样,不要甜点。"

服务员快速完成点单工作,并且礼貌地询问:"好的,请问要开一瓶红酒吗?"

"不要。"他不想再看安嘉鱼撒酒疯。

安嘉鱼撑着下巴,可怜巴巴地眨眼睛:"卫大哥,我就喝一杯……"

服务员含笑看着他们的互动,误以为他们是情侣。

"一瓶 Pinot Blanc。"

"好的。"

待服务员走远,安嘉鱼开始求科普:"你刚才说的 Pinot Blenc 是什么酒?好喝吗?"

"你凑过来点。"他朝她勾勾手指。

安嘉鱼巴巴地凑近他,结果被他狠狠戳了脑门:"是 Pinot Blanc,不是 Pinot Blenc,让你平时多读书,都读哪儿去了?"

卫风知道她的酒量,所以点的红酒只有 12 度,果香醇厚,也很适合搭配今晚的菜色。但对法国菜没有研究的安嘉鱼而言,搭配什么样的酒都差不多,她仅凭自己的味觉来判定它的价值,例如眼前这款葡萄酒。淡金色的液体,透过这样的色泽,仿佛所有事物都变得迷人起来。它散发着悦人的果香和酒香,入口爽口,回味绵长。

"好喝啊!感觉……像在午后的花园散步!"

他不自主地露出微笑,这样的描述他还是第一次听到,感觉颇为新鲜。

"然后呢?"

她思索片刻:"一杯也只尝得出这点味道,再给我一杯吧。"

卫风迟疑了下,又给她倒了一杯。

安嘉鱼刚刚吃完烤羊排,一杯 Pinot Blanc 入喉,完全解了肉味的油腻:"我可以闻到果实的香气,我能感受到它们曾经在阳光下饱满地生长。"

他眼里含着笑,难怪李白爱喝酒,原来喝酒能让人变得如此诗意。她得寸进尺央求再喝一杯,被他果断拒绝了。

"你的冰激凌快上了,还喝什么酒。"

冰激凌果然成功转移了安嘉鱼的注意力,但她也没有放弃红酒。甜点期间,她趁卫风离座接电话时,又喝了几杯。

等他回到位子上时,安嘉鱼还算清醒,只是疑惑不知道怎的她就诗兴大发了:"人生得意须尽欢啊卫大哥,千金散尽还复来,直挂云帆济沧海。"

卫风:"……"

等他看到少了一大半的酒,才意识到今晚注定又是一个不眠夜。

趁安嘉鱼的酒劲还没上来,卫风把她带了回去。刚到房间,她又开始吟诗作对:"有匪君子,自挂东南枝。对影成三人,凄凄惨惨戚戚。大江东去

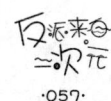

浪淘尽，万里江山万户侯！"

卫风："……"

他要收回那句"喝酒能让人变得如此诗意"，怎么能被安嘉鱼迷惑了呢。

卫风把她放平在床上，自言自语道："怎么又重了？"

吟诗作对刚停下，她又开始唱起歌来，从"祖国我爱你"到"我是一个粉刷匠，粉刷本领强"，从"明月几时有，把酒问青天"到"原谅我这一生不羁放纵爱自由，也会怕有一天会跌倒"，轮番蹂躏卫风的听觉。

折腾了足足两小时，安嘉鱼才醒了酒，昏昏沉沉地嚷着要睡觉。

卫风直接把被子往她身上一扔，准备离开，刚走了两步，又忍不住转身走回来，帮她把被子盖好："省得你感冒了又拖累我。"

他盖好被子，正要离开，却被安嘉鱼拉住，一个重心不稳，就砸到了她的身上。幸好他反应快，用手撑了一把，才不至于闹出血案。只是他起身的时候，不小心亲到了安嘉鱼软乎乎的脸……

带着酒气的呼吸，那么近，近到一低头就能触摸到。卫风怔了一下，然后像被火灼烧似的弹起来，却发现手腕被安嘉鱼死死拉着。

"疼……"安嘉鱼慢慢地睁开眼睛。

他脸上闪过一丝可疑的红晕："大声点。"

"卫大哥，我肚子疼。"安嘉鱼的眼里含着泪花，一副可怜兮兮的小模样。

空气里那一丝若有似无的暧昧，顿时烟消云散。卫风无奈地叹了口气，把她扶起来："我送你去医院。"

她感激地点点头。

卫风带着安嘉鱼离开医院的急诊大楼之时，整张脸都是黑的。近墨者黑，近墨者黑！和安嘉鱼待久了，果然连智商都退化了。

当时医生检查完，拉开帘子，他便上前询问："她怎么了？"

医生脸色不佳，严肃地说道："你这男朋友怎么当的？生理期要到了就不要喝酒、不要吃冰的，现在疼成这样怪谁？还不是怪你自己不懂得照顾人。"

"生……生理期？"卫风再次确认。

医生见他似乎没意识到自己的错误，开完止痛药，还科普了一番生理期注意事项，比如作息要规律、注意保暖，枸杞红糖水、红枣之类的东西要多吃，平时最好也要多吃补血暖宫的东西，晚上睡前泡泡脚。

回到酒店后，卫风觉得自己终于解脱了，但安嘉鱼并没有放过他，她说她的行李箱里面缺了一样很重要的东西，她以为她带了，但事实上并没有。

"是什么？"卫风咬牙切齿道。

她弱弱地回道："带着翅膀的大天使……"

"那是什么？"他去哪里给她找天使。

安嘉鱼拿出手机，找到自己要的牌子，然后给他看："这个，加长的，少女系列，如果你帮我买公主系列的也行，公主系列的要贵五块。"

卫风的脸又一次绿了，她竟然让他去买卫生巾！

"你自己去！"除非他疯了。

安嘉鱼捂着肚子在床上打滚："我现在肚子疼，酒也还没醒，你忍心让我一个人出门吗？你知道现在是几点吗？现在是……你等等，我看一下，现在是十二点！多危险的时间！万一我路上发生点什么怎么办？"

"你见过哪个喝醉的人还知道自己酒没醒？"卫风面无表情道。

"如果没有大天使的话，明天早上起来这张床上一定会留下一摊血，那么多人看见你进了我房间……"

"……"他这是被威胁了？

第四章·有夜盲症的反派

自己笔下的人物，
为什么会有诸多她不知道的属性或者缺陷？

卫风身上"生人勿近"的寒气弥漫整个便利店，他找了一遭也没看到安嘉鱼指定的"大天使"，便冷着一张脸，走向收银台的店员。

店员胆战心惊地看着他，这大半夜的，莫不是碰上抢劫了？

"我要这个。"他用手机出示了图片。

店员长吁一口气，悬了半天的心落回原处，继而扑哧一笑，但见顾客沉着一张脸，只好苦苦憋笑："先生，少女系列我们店下午刚刚卖完，要等明天早上进了货才有，你要不要换一款或者等明早再来？"

卫风仔细地回忆了一下安嘉鱼的话："没有少女系列的话，就买公主系列，总之一定要买到，否则必定血流成河！"

"给我拿几包公主系列。"

"啊？"店员一时没反应过来，"哦，好的。"

"要黑色的袋子。"

店员默默地把大天使从白色袋了里拿出，找了个黑色塑料袋重新装上。

卫风打车回到酒店，一开房门就听到"呼噜呼噜"的可疑声响。走进去一看，安嘉鱼正仰面朝天呈"大"字形在两米的双人床上酣睡，而被子已经被踢到了地上。

卫风立在床畔，看看酣睡的安嘉鱼，久了，竟然觉得她还挺可爱，再看看地上的被子，像是魔怔似的，捡起来给她盖上。

"安嘉鱼，你连被子都不会盖，你到底还会什么？"

这时候，终于感知到外界动静的安嘉鱼迷迷糊糊地睁眼，睡眼蒙眬地看着他。

卫风顿时有种秘密被撞破的错觉，捏着被角的手放下也不是，拿起也不是，便狠狠心……蒙住了她的脑袋。安嘉鱼扯下被子，一脸无辜地眨眨眼，她做错了什么，为什么一觉醒来就感受到了这世界满满的恶意。

她坐起来，发现了身边的大天使，打着哈欠说："谢谢卫大哥。"

许是刚睡醒的关系，她的声音软软糯糯的，听起来简直像在撒娇，顿时冲散了卫风心里的些许不满。

他心不在焉地"嗯"了一声。

"这是公主系列的……卫大哥你好有钱，一买就买三包。"

"……"

对于他的"有钱"体现在买女性卫生用品这件事情上，卫风感觉不到任何自豪感。

"可是我一个月用不了三包，还得带回家，好麻烦哦。能不能退一包啊？"安嘉鱼显然没有打算就此打住话题。

卫风深呼吸，告诫自己不要和一个醉酒的人计较，他扔下一句"小票丢了"便摔门而去。

"砰"的关门声让安嘉鱼清醒了点，她摸摸脑袋，谁又惹反派 Boss 生气了？

翌日是个好天气，阳光明媚。

饱受痛经折磨的安嘉鱼一觉到天亮后满血复活，她洗漱完，趿着拖鞋，欢快地跑到隔壁去敲卫风的房门："卫大哥，我们出去玩吧——"

没有动静。

"咚咚咚——"

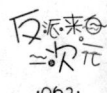

仍旧没人开门。

她拿出手机打给卫风，自言自语道："难道已经出门了？昨晚被我折腾到那么晚，他怎么还能起这么早？"

正巧路过的酒店工作人员听到此话，对她露出了"人不可貌相"的表情，然而，当事人还一副"你为什么这样看着我"的疑惑神色。

电话接通后，安嘉鱼听到卫风的喘息声，结合酒店工作人员方才的反应，她不自觉地联想到某些不可描述的画面，满满的羞耻感啊！

"不说话我就挂了。"Boss的声音已经恢复如常了。

她拍拍自己发烫的脸颊："那什么……我在你房间门口，你在里面吗？"

"我要是在房间，你为什么打我电话。"

对哦——为什么？都是刚才那些该死的画面，影响了她的脑回路。为了挽回自己的形象，她死鸭子嘴硬："一点幽默感都没有！你没听出来我是开玩笑的吗？"

"没有。"

"……"

"找我有事？"

她这才想起来正事："我们出去玩吧，我看了攻略，这附近有一个很不错的小岛，听说沙滩很大片，沙子很白很软，海鸟很多，海鲜还是无限量提供！"

"重点是最后一句吧。"卫风无情地拆穿她，"过来找我，我在泳池。"

安嘉鱼方向感极差，从房间到泳池一路问了好几个工作人员，却还是晕头转向，等到了泳池已经过去了十几分钟。本来以为泳池人多，她要花上点时间才能找到卫风，却不料，还未靠近泳池，就发现了他的方位。

人口密度最高的区域，就是他的所在。

一堆小姑娘围着他游了一圈又一圈，胆大点的，直接趴在浮板上欣赏他。

而卫风正躺在水上浮床休息，小麦色的肤色在太阳下格外闪亮，该有腹肌的地方没有任何多余的脂肪，该有马甲线的地方一丝赘肉都没有，整个人散发着健康性感的气息。安嘉鱼注视着他的身材,刚褪下红晕的脸颊又烧了起来。

许是她的目光太明显,卫风若有所觉地朝她看去,见她一脸痴呆样地站在不远处,心情顿时大好,便向她勾勾手指,示意她过来。

安嘉鱼的脸"唰"一下红到了耳根子,勾手指这种动作别人做起来明明也没什么,为什么这货做起来,她却心痒难耐。

"一定是单身太久了……毕业狗加单身狗,看到雄性的肉体激发了荷尔蒙而已,那是来自二次元的反派Boss,我这么有节操的人,绝对不能被诱惑!"她试图自我催眠。

卫风见她没动,便跳下浮床,朝她游去。到了边沿,见面前没有扶梯,就双手撑住地面,侧翻上来,整套动作下来,行云流水。

顿时又惹来一阵惊叹,这得多强的臂力。

安嘉鱼不会游泳,不知道这样的动作有什么难度,只感觉这样的反派Boss简直不能再帅气了!

卫风一边用毛巾擦身一边问道:"你动作怎么这么慢?"

难道要承认她回房间拿了相机,然后中间还迷路了几回吗?当然不。她反问:"大家为什么一直看你?"

他稍稍扬眉:"因为我长得好看。"

安嘉鱼:"……"

这人怎么能一本正经地说自己长得好看。

"你好不好看我不知道,但你的脸皮厚得足够补天,我倒是再清楚不过了。"

这话有点耳熟。

"看来你还是没什么长进。走吧,我饿了。"

"这就走了?"安嘉鱼简直难以置信,她才刚来,连相机都还没有机会掏出来,他就要走。他走了,她找谁合影?拿什么发朋友圈秀恩爱!她连泳衣都带了,结果连摆拍的机会都没捞到!

卫风稍稍一顿,说:"我去冲个凉,你到餐厅等我。"

安嘉鱼顿时想将自己的包甩他脸上,到底叫她来泳池干吗!

他走了两步,见她没动作,就回头嘱咐了一声:"去餐厅帮我点早餐,不要太素。"

他空腹游泳,现在急需补充能量。

"不去。"安嘉鱼赌气道。

一大早的,秀恩爱没秀成,还被当成用人使唤,任谁都高兴不起来。

卫风挑挑眉,她智商没长,胆子倒是肥了不少:"昨晚的事……"

"西式还是中式?各来一点好不好?昨晚的事情,咱们就让它随风而去,消失在历史的长河中吧。"

他满意地点点头,作为回报,"善意"地提醒她:"下次,不要背这么丑的包。"

安嘉鱼扯扯嘴角,在心里把他骂了个狗血淋头,脸上却必须保持笑容,而他们的度假以这种方式拉开了序幕……

简单地吃过早餐后,二人乘坐游艇上岛。碧海蓝天,鸟语花香在安嘉鱼看来,都是新鲜的、有趣的、富有生命力的,至少在卫风开口破坏气氛之前,她是这么认为的。

"怎么还是这个丑不拉几的包?"他看着安嘉鱼在沙滩上一蹦一跳,那个帆布包也跟着晃动,着实碍眼。

她献宝似的拿出单反:"看,我带了这个,不留念岂不是太可惜了。"

"并不会。"

"你这脑回路不正常啊,怎么不问我哪儿来的钱买单反,要知道玩单反穷三代,可不是我这样的月光族可以消费得起的奢侈品。"

"那是正常人之间的沟通,你是正常人吗?"

她翻了个白眼:"是是是,您长这么帅,说什么都对。"

卫风居然认可地"嗯"了一声。

安嘉鱼："……"

其实卫风不问，是因为他猜到这个单反是俞骁阳留给她的，连同导游和司机。上回和这个男人打了一个照面，就觉得他对安嘉鱼心怀不轨，再加上这次出差，他足以笃定，俞骁阳的眼光有问题。

要不是担心安嘉鱼这个白痴智商掉线，被俞骁阳拐走，他也不必跟到滨海市。

"嘿嘿嘿——还有这个哟！"安嘉鱼从包里掏出泳衣的一角。

"你不会游泳，带泳衣做什么？"

"歧视不会游泳的啊！不会游泳我也要拍泳装照，拥抱大海的广阔！一定特别美！然后选一张我俩最好看的合照传到朋友圈，这样我被你甩了的谣言就不攻自破了。"她十分有计划性地说。

"我不拍照，还有……"卫风用挑剔的目光上下打量她，"就你这个身材，哪儿来的自信穿泳衣？"

安嘉鱼愤愤地将泳衣和相机塞回包里："你不吐槽会死啊！"

如果忽略卫风的毒舌，这天的旅程还是很愉快的。

这座岛没有被过度开发，保持了淳朴的气息。这里没有汽车地铁，没有高楼大厦，没有城市的喧闹和污染，没有密集的旅行团，没有紧张的生活节奏。大海蓝天、阳光沙滩、美食一样不落，处处都是令人怡然自得。可惜的是，安嘉鱼还未达到"拥抱大海的广阔"的目的，夜幕就已经降临，他们必须返回。

安嘉鱼坐在海边的礁石上，打了半小时的电话，才联系上游艇俱乐部的管理员，结果却被告知——游艇坏了！

她不以为意道："这艘坏了就换别艘啊，难道一个俱乐部就一艘游艇？"

电话里温柔的女声略带歉意地表示，现在是旅游旺季，所有游艇都分散去其他岛屿接游客，一时间很难改航。

"那就等其他的游艇接完人来接我们！"

"真的很抱歉，现在已经七点了，晚上航行比较危险，而且今晚起风了，

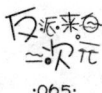

我们得为顾客的人身安全负责。真的很抱歉！"

安嘉鱼简直难以置信，游艇俱乐部竟然想把他们扔在岛上："夜里航行危险，把我们扔在岛上就不危险吗？"

卫风摸摸她的脑袋，然后伸手示意安嘉鱼把手机给他："我来。"

她坐在石头上仰头看他，余晖几乎没入海平线，唯有一丝明黄还顽皮地不愿落幕，卫风逆着这道光，高而威严。

他的手已经离开了她的头发，但她却能感受到他手上残留的温柔。

他用醇厚低沉的嗓音说"我来"。

这句话，似乎带着某种安抚的力量。那一瞬间，安嘉鱼沉沦在莫名的感动中，就像身后那片宽广无垠的大海，未知却美好。

然而——

"你的言语表达不及格，让我来。"

安嘉鱼生气地鼓起腮帮子，把手机递给卫风后，低头腹诽道：什么叫帅不过三秒，什么叫"开口死"，卫风就是！

"首先，没有游艇来接我们返航，是你们调度上的问题，这个失误造成的后果，我们不承担；其次我们购买的行程是今天内往返，交易已经达成，如果你们不能提供完整的服务，将我们滞留岛上，就相当于同时侵犯了消费者的知情权和人身财产安全权；第三，请你在十分钟内给出一个最优解决方案，否则，我将寻求法律途径解决。"

安嘉鱼呆呆地看着卫风，这是他迄今为止说过的最长一段话，如此条理清晰，让人无法反驳，简直帅气！

最后经过协商，游艇俱乐部联系了一家民宿，让他们留在岛上过夜。对于这个结果，安嘉鱼十分满意，因为住宿费不用他们出。

收到游艇俱乐部发送的地图后，她兴致勃勃地找民宿。

相比于安嘉鱼一路的疾步前行，卫风就冷静多了，走得慢不说，还时不时地拿出手机拍个照，磨叽得让安嘉鱼以为他转性了。

安嘉鱼第五次停下脚步等卫风时，终于忍无可忍了："我说卫大哥，我又饿又累,一想起那满桌的食物在等我,我的心都要飞起来了,您就当是配合我,走快点行吗?"

他环顾四周:"不行。我得……拍照。"

她看看天,今夜月朗星稀,月色下路边的树木花草都显得格外可爱,但是,现在是晚上啊,白天他都不拍,现在拍个什么劲啊。

"以现在的光线,拍出来效果也不好,不如明早去码头的路上拍,好不好?"

"不好。"

安嘉鱼一生气,扭头走了。

卫风似乎有点急,快步跟上去,然而没走几步,就停住不动了。他好像踩到了什么软绵绵的东西,闻着味道,有点臭……

安嘉鱼听身后没有动静,下意识地转过身去一探究竟,这一瞧,就瞧见了卫风黑沉着一张脸,以及他脚下比脸更黑的牛粪。

"哈哈哈哈哈哈哈哈——哎呀,哈哈,不行不行,让我先笑一会儿,哈哈哈哈,怎么办,我笑得肚子疼。"

她抹了一下眼角笑出来的泪花,这风水轮流转啊,总算让她逮到机会嘲讽他了,但抬头对上卫风无语的眼神,话未出口,她就再次笑弯了腰。

卫风双手交叉抱于胸前,一言不发。

过了几分钟,安嘉鱼总算是勉强止住笑了:"卫大哥,不是我说你,你这眼神也是怪飘忽的,这么一大坨啊,你怎么就踩上去了,这……哈哈哈哈——对不起对不起,我保证我不笑话你了,您要不要先把脚移开?"

"过来。"声音不冷不热,听不出情绪。

她乖乖靠过去。

卫风扶着她的肩,把脚从鞋子中抽出,崴着走到一旁,回头看了看鞋子,拉住她的手腕,嫌弃地又走远了几步:"你带路。"

安嘉鱼挣开他的手,狐疑地问:"月色这么好,你让我带路?你看不见屎……呃,路这么宽你自己看不见吗?"

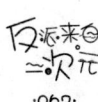

"看不见。"他回答。

"啊?"

他眼中闪过一丝不自在:"我夜盲。"

"哈?"安嘉鱼更惊讶了,这不科学啊,"你是我写的,你有夜盲症我怎么可能不知道?"

卫风再次抓住她的手腕,反驳道:"我会挑西瓜,你不也不知道。"

她震惊得忘记反驳,自己笔下的人物,为什么会有诸多她不知道的属性或者缺陷?

"走吧。"

安嘉鱼将信将疑地带着他前进,路上遇到水洼,她故意不提醒,卫风果然一脚踩进去,然后另一只鞋,也报废了。

她啧啧称奇:"你真的是活生生的人啊。"

"一直都是。"

"不不不,我的意思是,你身上有很多我不知道的东西或者说是属性。"

卫风并不觉得奇怪,他能从二次元来到三次元才是最大的疑案。

"所以你刚才为了试探我,就毁了我的另一只鞋?"

安嘉鱼被拆穿,尴尬地回答:"不是试探,是确认真相。"

"好。那你告诉我,我穿什么?"

她低头,看到他脚上黑色的袜子,忍不住"扑哧"一声笑出来:"到了民宿,我赔你一双鞋子!别生气啦,咱们走吧。"

卫风:"……"

一路上安嘉鱼尽职尽责地充当导盲犬的角色,偶尔有一搭没一搭地和卫风聊着家常,她竟然觉得……有点温馨?难道是月色蒙眬催生了荷尔蒙!

"真是白瞎我给你写了这么好看的眼睛。"

"我不瞎。"

"我觉得,世界欠你一个奥斯卡,你这绝对是演技派,平日里演得跟个正常人似的,我是一丁点都没发现。"她终于想起来,平时一到晚上,他就不自己开车,之前还以为那是土豪的排场,现在想想,是因为他晚上看不清。

"是你笨。"

……

"我听说,岚城有一座离岛最近要开放了。"

"我知道。"

"你怎么什么都知道?哦,除了牛粪。"

"安嘉鱼!"

"哎呀,你看,那里有一只小小的萤火虫!"

"我看不见。"

不知怎的,安嘉鱼的心口揪了一下,像是小时候被虫子咬了一口的感觉,她突然不想说话了,两个人就这么默默地走到民宿门口。

民宿门口挂着大红灯笼,煞是喜庆;门上安了个狗头门环,大门两侧坐着栩栩如生的两只石狮子;大门敞开,往里望去,是个小院子,四周还围着篱笆,葡萄藤爬满小棚架,藤上挂着饱满诱人的果实。

"有人吗?"出于礼貌,安嘉鱼没有直接入内。

等了一会儿,没人应答,却传出一阵狗叫声。

"卫大哥,这里有狗,我打赌一定是中华田园……啊——快跑!"

安嘉鱼的"犬"字还未说出口,就被冲出院子的恶狗吓得一阵惊叫,惊慌之下,她想也不想就拉着卫风的手跑了。

狗见人跑了,一路狂吠,穷追不舍。

卫风看不清路,任由安嘉鱼拖着跑,脚下又没有鞋子,一路被石头子硌得慌。但是"狗腿子"比他俩的四条腿不知快了多少,他们没跑出多远就被追上。安嘉鱼心一横,眼一闭,张开双手将卫风护在身后。

卫风看不清狗在何处,但他夜盲也不是一天两天了,作为曾经的一国之君,听声辨位的功夫还是有的,他本打算空手相搏,却没想到安嘉鱼如此"大

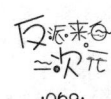

义凛然"。现在他被"护住",有功夫也施展不开,又担心她因此受伤,只能反手将她护进怀里。如此一来,他的后背就暴露在恶犬的视线里。

在他怀里的安嘉鱼听见一声闷哼,继而闻到淡淡的血腥味。

"小八!回来!"

一阵急促的脚步声传来,大狗听到命令,听话地跑到那人身边。

危机一除,卫风就松开了安嘉鱼。

她急忙看他的伤势,他被咬的位置是左肩,白色衬衫已被染红一大片,颜色妍丽得触目惊心,她不禁红了眼眶。

"疼不疼?"

卫风活动了下肩膀:"不疼。"

他在战场上受的伤,哪一回不比这严重数十倍,不过他武艺超群,能伤到他的人屈指可数。可今日,他竟然被一只土狗给咬了!

安嘉鱼很内疚,考虑到他看不见,本想护着他的,却事与愿违:"你傻了吗?眼睛看不见,就不要逞英雄。"

卫风:"……"

到底是谁傻?要不是她钳制了他,他还能打不过一只土狗?

她抹了把眼泪,坚定地表示:"我会报答你的!"

他不以为意:"你要是真想报答我,就不要再以我为原型写小说了。"

安嘉鱼:"……"

狗主人见卫风受了伤,不住地道歉,自责没有看好狗。

卫风摆摆手:"没大碍,这附近哪里能打狂犬疫苗?"

"有有有,岛上有卫生所,我带你们去。"

卫生所距离民宿不远,小而简陋,却整洁干净,也没有刺鼻的消毒水的味道。卫生所里有两间房,一间药房一间注射室,听狗主人说整个岛上就两个护士一个医生,医生就在药房里加了个小桌子办公,而护士已经下班了。

"狂犬疫苗一共要打五针,今天是第一针,你回去后要自己记得第3、7、

14、28天的时候各打一针。"打完疫苗后,医生特意嘱咐道。

安嘉鱼从包里拿出笔和纸,询问道:"那医生,他有没有什么需要忌口的?"

"酒、浓茶、辛辣刺激性食物,这些都不要碰。多休息,多吃点,加强营养,不要太疲劳就行了。"医生推了推眼镜回答道。

安嘉鱼一一记下:"嗯嗯,我会照顾好他的,谢谢医生。"

卫风看了一眼她的包,这是哆啦A梦的口袋吗?怎么什么都有?

由于卫风受伤的缘故,第二天一早安嘉鱼就以养伤的名义拉着他回了岚城,然后鞍前马后地伺候他三餐,直到他打完最后一针疫苗。

卫风养好了伤,岚城的天气也逐渐转凉,秋高气爽的舒适感充斥着安嘉鱼的每一个细胞。一年四季,她最喜欢秋天,古人说的"伤春悲秋"之情,她完全体会不到。

秋天不需要空调,可以省下一大笔电费;秋天的公交车只要一块钱,可以省下交通费;相比夏天,秋天买的食材、零食也可以存放得更久;出门不涂防晒霜也不怕被晒黑;秋季煲汤喝,不需要担心上火。

所以说,她不明白为什么会有人不喜欢秋天呢?

"卫大哥,我觉得我很喜欢秋天。"吃晚餐的时候,安嘉鱼如是说。

卫风夹起一块南瓜,也觉得秋天不错,至少这秋季养生食谱是挺合他口味的。就拿眼前这道西芹南瓜炒百合来说,西芹降血压,百合润肺,南瓜健脾养胃,更是治夜盲症的理想食材,组合在一起不仅养生还十分爽口。

"喜欢就喜欢,什么叫你觉得。"

她狗腿地给卫风盛出最后一碗枸杞山药龙骨汤,并且细致地将枸杞挑出来,然后放上汤匙,搁到他的面前:"因为从大局上看,秋天的整体开销比夏天来得小,但毕竟换季了,衣服得买吧,皮肤得补水吧,一想到这里,我对它的喜爱就减了几分,所以啊……你能不能带我……"

"不带。"

安嘉鱼见状就想把汤端回来,奈何他手快,已经就着碗喝了一口:"我喝过了,你还要吗?"

安嘉鱼愤愤道:"幼稚!"

太无耻了!不带她炒股就算了,连汤都要抢!作为报复,她利落地夹走了银杏果炒鸡丁里面的最后一块肉。

卫风:"……"

这天晚上。

安嘉鱼开着小台灯,将自己的银行卡一字排开,对着电脑一一查询余额后,无奈地叹了口气。婚礼加上旅游花了不少,余额已经不足以支撑她愉快地度过秋天了。想到卫风拒绝带她一起发财的建议,她整颗心都要碎了,她要买衣服、买面膜、买鞋子、买包包,要买好多好多……

"算了,求人不如求己,他日我一定让你刮目相看,哼哼——"

她决定再开一个坑,这次一定要迎合市场,一举脱贫致富。什么样的题材呢?她脑中闪现过旅游岛上看到的人鱼表演,瞬间找到了灵感。

"安嘉鱼,银耳莲子汤呢?"

"知道啦!我这就出来——催什么催,刚找到点灵感就都被你吓跑了!"

深夜十二点,安嘉鱼辛勤地在电脑前码字。

新书的名字不白不雷,还能一眼就让读者明白故事的题材——《来自深海的人鱼》,女主角人鱼琳琅拥有一条叫作"Brisingamen"的魔法项链,这是女神弗蕾亚的宝物,它使琳琅变得美丽,但也是因为这条项链,她遭到了人鱼族的追杀,被迫离开深海,逃往了陆地。傻白甜的人鱼公主上岸后,先后救下了男主秦晋和反派Boss卫风。

是的,安嘉鱼写到反派的时候,又顺手打出了"卫风"这个名字。不过她牢牢记得卫风的警告,非常机智地对反派男二做了调整,并且自我感觉良好,跟她以前写的反派完全不是一个属性画风!

然后故事是这样的——

男主酷帅狂霸拽,帅气多金,智商情商双高,对人鱼公主一见钟情。奈何女一号自带玛丽苏光芒,反派为了得到她而不惜一切,用卑劣手段打压男主的公司,绑架囚禁女主。但恶人自有天收,他还是败给了男主……

大纲写到这里,安嘉鱼的手指迟迟没有落到键盘上。按照她以前的套路,反派的结局无非就是意外死亡,然后男女主角幸福地生活在一起。可是,为什么这次有点于心不忍呢?明明《来自深海的人鱼》中的卫风并非和自己一墙之隔的卫风,只是一个虚拟人物。

冲着"卫风"这个名字,安嘉鱼改了一贯的写法。

"一切尘埃落定,卫风顿悟,他放弃了一切,也放弃爱与恨;他买了一艘游艇,离开了这个伤心的城市,消失在茫茫大海中……此后,再也无人见过他。"

安嘉鱼斟酌良久,觉得这样的开放式结尾既不违背自己的内心,也不会对不起"卫风"这个名字,便心满意足地更新了第一章。

第五章·写文是门技术活

在霸道总裁文里,
跟男女主角对着干是不会有好下场的。

　　海上起了大雾,游艇上的人慌张地寻找秦晋的踪迹。

　　无尽的海水淹没了秦晋,他连张口呼叫都来不及,就被一波接一波的海浪带离游艇。他始终没有放弃挣扎,尽管在意识模糊中不断下沉,但生的渴望充斥着每一个细胞。忽然之间,他感觉到腰部被托住,整个人往水面上升。

　　他睁开眼,一条美丽的鱼尾映入眼帘。

——《来自深海的人鱼》第一章

　　第二天,天朗气清,惠风和畅。

　　安嘉鱼做好了早餐却不见卫风来敲门,她又着急上班,便去敲了他家的门:"卫大哥——你起来了没有?我要去上班了,你来不来吃早餐呀?卫大哥?

　　"我昨晚不该嘲笑你幼稚,你大人不计小人过好不好?

　　"不应该啊,这个点,晨跑该回来了。"

　　她心里生出几分疑惑,又打了他的手机,却始终无人接听。

　　"难道出差了?这个傲慢的家伙,出差了也不说一声!"

　　不过转念一想,卫风嘴巴挑剔,吃不惯外面的食物,平时就算出差也不会超过一周,就暂且将此事放下。

然而没有想到一周后,她依旧联系不上卫风。

于是,安嘉鱼生气了。

"成了土豪,就忘了旧友,没想到你竟然是这种人!"她将卫风用过的水杯、碗筷,连同他买的咖啡豆一并装进垃圾袋,扔到了门口。

安嘉鱼以为将卫风的生活痕迹清理干净,心里就痛快了,却没想到,刚扔了他的东西,她半夜就梦见了他。

梦里,卫风被一群人堵在巷子里,月光下,明晃晃的匕首逼近他,继而迅速没入他的腹部,他痛苦地倒在地上,血流成河。

他在血泊中艰难地抬头,幽怨地看着她……

安嘉鱼从噩梦中惊醒,直冒冷汗,她拥着被子坐在床上喘气,突然意识到,卫风可能遇到了什么麻烦,所以才没办法联系她。

她把傍晚扔掉的东西重新捡回来,一一放回原处,然后呆地坐在客厅,心里的不安逐渐扩大。童话中有人鱼变泡沫,西方传说有吸血鬼怕阳光,而卫风是从二次元世界里冒出来的,现在突然消失,保不齐是无法长期存在于三次元……

她越想越不安,一夜无眠。

之后一段时间,安嘉鱼用了各种方法寻找卫风的下落,但一无所获。卫风仿佛像人间蒸发了一般,只有他买下的公司、他的房子、他用过的东西能证明他曾经存在过。安嘉鱼心里的担忧日渐加深,晚上睡觉也总是梦到他遭遇不测。

这天打完卡,安嘉鱼无精打采地趴在一堆文件上,小宁贴心地递上一杯咖啡:"小安你最近怎么了?不但人没精神,工作也慢。"

安嘉鱼喝了一口咖啡,是速溶的,心里不由得想道,要是卫风在这里,肯定会说她没生活品质,甚至会说新锐广告公司没有品位。

"你是不是遇上什么烦心事了?"小宁关切地问。

安嘉鱼放下杯子,怏怏道:"我一个朋友失踪了,我担心他出事。"

"朋友？是上次聚餐来接你的那位高富帅吗？"

安嘉鱼点点头。

"如果失踪超过48个小时，你可以去报警。或者去问问他家里人。"小宁安慰道，"你就别担心了，他一个大男人怎么可能会失踪，估计是手机丢了，或者故意躲你。你们之前吵架了吗？"

安嘉鱼长叹一口气。

卫风是从她的小说里走出来的，他家人自然也在她书里，这要怎么问？而且她已经报过警了，可是派出所不给立案。

小宁却将她的态度当成默认，拍拍她的肩膀，感慨道："傻姑娘，你这个情况简称相思病。大概人家见你一直不开窍，就玩一把失踪刺激刺激你。相信我，你发状态说想他了，他肯定立刻回来。"

安嘉鱼心里"咯噔"一下："胡说！我就是惦记他还欠我钱没还。"

她怎么可能喜欢一个二次元的人物，不是一个世界的，怎么能相爱？再说了，卫风个性自大狂妄，脾气就像是茅坑里的石头——又臭又硬，她怎么会喜欢他？就算要相思，至少也得是俞骁阳那样风度气度都无可挑剔的男神。

似乎为了证明自己的生活不受卫风的影响，安嘉鱼兢兢业业地工作，下了班不是拉阿蔡逛街，就是回家努力码字。

眨眼一个月过去了，《来自深海的人鱼》也即将完结。写到反派消失在海上这个场景的时候，安嘉鱼对着"卫风"的名字怔怔出神。回过神后，她还是按照老习惯，将结尾放进存稿箱，设定八点发布。

她的生活里，除了少了卫风，看上去一切都在正轨上，除了——

"卫大哥，摆碗筷！"

安嘉鱼看着锅里两人份的海鲜炒意面，和空空如也的餐桌，突然失去了胃口。她怎么忘了，卫风不见了……

她把意面打包好，打算送去给阿蔡当夜宵。

正值深秋，路上的行人已经穿上毛衣，路面偶尔飘落几片枯叶，敬业的环卫工人迅速将其清理。冰冷冷的风迎面吹来,安嘉鱼打了个喷嚏,将脸埋在暖和的围巾里,心想岚城哪里都好,就是作为一个岛城,秋冬季的西北风大得都快赶上台风了。

她顿时加快步伐,忽地脚下一空,只来得及惊呼一声,整个人便落进了下水道。

路人见到此状,惊呼道:"有人掉进下水道了!快报警快报警!"

行人纷纷聚拢:"在哪里?先救人再说!"

第一目击者指着下水道:"就是这里。嗨,里面的人,你还好吗?能听见我们说话吗?"

底下没有任何回应。

"没人啊,你是看错了吧。"

"是啊,哪有人会看不见这么大的'下水道维修,请绕行'的警示牌。"

"怎么可能没人,我真看着她掉下去的!"

下面依旧没有任何动静,没多久,众人纷纷散去。

安嘉鱼迷迷糊糊地睁眼,刺眼的阳光让她极其不适应,她抬头挡住光线,心生诧异,明明出门的时候天色已晚,为什么现在天都亮了?难道她晕了一夜?她揉揉自己不知道撞到哪儿的后脑勺,寻思出去后要不要去医院拍个片检查一下。

"阿嚏!阿嚏!阿嚏!"安嘉鱼一连打了三个喷嚏,"好冷!"

她把自己抱紧了点,然后放开嗓子求救:"外面有没有人啊?救命啊!有人掉进下水道了!救命啊——"

喊了一会儿,总算有人回应。

那人蹲在地面,朝安嘉鱼喊道:"我拉你上来。"

安嘉鱼差点就喜极而泣,她一跃而起,拉住那双好看的手,逃出生天。到了地面,她还没来得及向救命恩人表示感谢,脸上的喜悦慢慢消失。

她发现街道完全变了个样——原来蛋糕店的位置赫然出现了一个酒店,

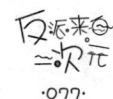

所有路灯的款式都变了样,路上的行人裹着厚厚的羽绒服,和她完全不在一个季节,就连路边垃圾桶都换了一个颜色,难道是她眼花了?

"我……"

话音未落,安嘉鱼眼前一黑,再度晕了过去。

等安嘉鱼再次醒来,已经身在医院。

她睁开沉重的双眼,眼前的人影渐渐清晰,那是一张英俊硬朗的脸孔,身材修长,西装革履,气势十足,莫名有种霸道总裁的既视感。她稍稍思索,难道就是他把她从下水道里救出来的?俗话说相由心生,看来是有它的道理。

"你醒了?有哪里不舒服吗?"他开口问。

这声音,和他的颜值成正比啊。

"有点头晕。"

他把脑CT报告递给她:"医生说,你后脑勺有伤,应该是掉进下水道的时候磕到的。头晕是正常现象,过几天就会好。"他稍稍一顿,"既然你醒了,那我就先走了。"

安嘉鱼随便扫了几眼,患者姓名的位置竟然写着"查无此人",不满道:"等一下,为什么报告上面没有名字?"

对方眼神冷冽,似乎还带着一丝嘲讽:"护士帮你办就诊卡的时候,拿了你口袋里的身份证,但是经过查证,你的身份证是假的。你自己难道不知道?"

明知此人是黑户,他还帮她垫了医药费,已经仁至义尽了。

安嘉鱼目瞪口呆,为什么她晕了一下起来,整个世界都变了,连身份证都不灵了!到底发生了什么?是她掉进下水道的姿势不对吗?

"这里……是哪里?"她艰难地开口。

"S城。"

安嘉鱼怔怔地看着他。苍天啊,在现实世界哪有一个城市叫S城的?一般小说中才用字母来代替城市具体名称,例如她写小说就常用S城、A城。

思及此,她急忙开口问:"你叫什么名字?"

那人微微蹙起眉,但良好的家教还是让他回答了这个问题:"秦晋。你不必记住我的名字,因为以后我们也不会再见了。"

安嘉鱼哭丧着脸,反问道:"你是不是哈佛毕业,专攻金融,还是经济法语双硕士?你有一家公司叫晋禾科技,你喜欢的人叫琳琅?"

秦晋眼中的鄙夷之色更加明显,这些女人为了接近他还真是不择手段:"你调查得很清楚,看来你请的私人侦探还是很靠谱的,不过你既然知道我爱的人是琳琅,那我希望你适可而止,因为我只爱她。"

安嘉鱼的泪水在眼里打转,她终于知道为什么街道变得不一样,季节切换了,身份证也变假证了,因为——这里是《来自深海的人鱼》的世界!

这是一个二次元世界!

秦晋见她被自己拒绝后,双目含泪,一脸痛苦,顿时更加厌烦。

他起身准备离开,却被安嘉鱼一把拉住。他有些恼火地皱起眉,冷声呵斥道:"这位小姐,你现在的行为让我很困扰。"

"你听我讲完再走好不好?"她可怜巴巴地恳求道。

秦晋的眉拧得更紧了,想勾引他的女人不少,但像她这样,被他拒绝了还死缠烂打的却是头一个。

"给你五分钟。"

安嘉鱼仔细回忆了自己写的这本小说,说出了三句话。

"你的大腿内侧有一个爱心形状的红色胎记。

"你的琳琅是一条人鱼。

"如果没有我,琳琅会被卫风夺走。"

虽然安嘉鱼不聪明,她现在却很清楚一点,她在这个世界什么都没有,如果不依靠秦晋这个男主角,是很难活到故事的结局。

她不想没找到回家的路就扑街。

秦晋惊愕地看着眼前可怜兮兮的安嘉鱼,一时间竟不知道该怎么反应。他私密位置有个胎记,只有他父母和他本人知道;琳琅是人鱼的秘密,除了琳琅本人,也只有他知道;至于卫风,是他的商业劲敌,前几天他们还因为

琳琅打了一架。

安嘉鱼见效果已经达到，便继续忽悠："想必你现在有一肚子的疑问，但很抱歉，我不能暴露身份。我能说的就是，我能预见你们每一个人的结局，请你相信我。"

身为作者，没人比她更清楚故事的走向了！

秦晋坐回椅子，沉思良久，终于做出了决定，他要将她放在自己的眼皮子底下，时时刻刻关注，总有一日可以验证她说的是否属实。

安嘉鱼出院后，就住在秦晋安排的公寓里，并且被要求去晋禾科技上班，当他的助理。说是助理，其实什么也不用做，就是每天上班打个卡，下班再打个卡。然后趁秦晋空闲的时候，说几个"预言"忽悠他，刷刷金大腿的好感度。

不过，显然秦晋的疑心病很重！

他摆明不信任她，工作的事情不让她沾手，还总问一些看似没头没脑的问题，但她事后一分析，就明白过来，秦晋是在打探她的身份来历。不过她除了是从三次元来的，自身真的是再清白不过了，所以也没什么可心虚的。

秦晋问啥就说啥，态度坦诚。

时间一久，秦晋也就没那么防备她，偶尔还会来问一些讨好琳琅的主意。

虽然日子很无聊，但好歹不用流浪街头，安嘉鱼已经心满意足了。同时她起了寻找卫风的念头，她都进入了二次元了，那么莫名失踪的卫风是不是也有可能进来了？而且在这个霸道总裁文里，正好有个反派也叫卫风。

说不定他们就是同一个人！

安嘉鱼抱着满满的期待上网搜索，找了半天，也没找到一张男二号的正面照。她简直是悔不当初，为什么要给男二号设置一个低调的属性呢？不，要是再给她一次重来的机会，剁了她的手，也不会写这个玛丽苏文！

不过换个乐观的心态想，没有几个作者能有她这样的"好运气"，可以亲眼围观自己的主角谈恋爱洒狗血。但不得不吐槽，她的女主角真是傻白甜。她在晋禾科技工作半个月，就光看琳琅花样作死，好在男主角给力，总能收拾烂摊子。

"幸好这是安全指数比较高的玛丽苏世界,而不是末日文或者暗黑向悬疑文。"

安嘉鱼感慨完,开始了每天的日常——打开浏览器,搜索卫风的最新动向,这半个月以来,她每天都要刷个十来次,生怕错过他的消息。虽然她知道剧情走向,可是因为卫风有低调这个属性,想偶遇他实在太困难了。

大概上帝被她勤恳的态度感动了,她今天居然找到了一条爆料帖!

风讯科技的总裁帅出天际了!速来围观!

今天陪总经理参加一个经济论坛,不是一般无聊!成功人士还都长得差不多,大腹便便,说好的霸道总裁呢?我那个心塞啊,还不如留在办公室看小鲜肉!就在我心灰意冷之际,霸道总裁出现了!有图为证,看图说话!!此人叫卫风,是风讯科技的总裁啊!完全就是小说中的霸道总裁,看那五官,看那笑容,我的心都酥麻了!

安嘉鱼的心突突地跳着,压制不住的紧张充斥她的每一个细胞,以至于迟迟不敢点开图片。她深呼吸了几口,鼓足勇气点开。

这人是谁?

此君风度翩翩,眉如墨画,一句"十里春风不如你"也道不尽他的风采。尤其被照片中的其他人一衬,就显得更加俊秀。

只是这……帅是帅,但说好的卫风呢?

安嘉鱼的心头涌起浓浓的失望,方才紧张的心情也消失殆尽。原来这个世界的卫风,不是她所认识的卫风……那她家的卫大哥去哪里了?三次元找不到他,二次元也没有他的踪迹,该不会真的像人鱼一样变成泡沫消失了吧。

安嘉鱼不由得担忧起卫风的安危,脑子里满满都是他"扑街"的方式。

在黑洞穿越中碎成渣渣了。

被太阳晒融化了。

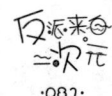

被实验室抓去做研究了!

安嘉鱼越想越烦躁,抓抓头发,却无计可施,脑袋也纠结成了一团糨糊,最后只好去泡咖啡来醒神。端着咖啡从茶水间走出来的时候,心不在焉的安嘉鱼迎面撞上了人,她虽敏捷地避开,但咖啡还是洒了出来,溅到了对方的衣服上。

"对不……"安嘉鱼看清眼前的人,忽地就愣住了。

她特意避开的女主角就站在她的眼前,一身长裙,气质清新,双眸明亮,脖子上戴着那条赋予了她美貌的魔法项链。而根据玛丽苏属性设定,凡是靠近女主角的生物,男的则对她一见钟情,女的则会遭受各种厄运。

比如琳琅的好闺蜜,一只红色的小鲤鱼,为了帮自卑的琳琅变得漂亮,偷盗了人鱼族的宝物,最后被关进水牢。比如,秦晋的秘书A、B、C,因为爱慕霸道男主,而对琳琅出言不逊,最后全被开除。再比如,秦晋的前未婚妻顾九九,因为嫉妒小清新女主,所以在公司里刁难她,泼她咖啡,结局同样是被扫地出门。

作为这篇霸道总裁文的作者,她最清楚琳琅这个女主角有多可怕的杀伤力。

所以可以围观她和男主谈恋爱,但靠近她,就等于找死!

不过说来也奇怪,她在公司工作大半个月,怎么都没看到她家女二号顾九九?没有女二号的破坏和恶毒,怎么能促进男女主角感情的进一步发展,又怎么能衬托出女主的善良无辜柔弱呢?该不会是被她这只小蝴蝶的翅膀扇没了?

等等,泼咖啡这个场景……

泼咖啡!

她刚才是不是把咖啡"泼"到了琳琅身上!小说里的顾九九是秦家世交的千金,最后还是被秦晋扫地出门,那她这个小透明呢?

安嘉鱼想要继续道歉,表述一下自己的无辜,可是琳琅已经走了。

大概是在她神游天外的时候离开的。

完蛋了!

安嘉鱼见总裁办没人,就放下咖啡,偷偷摸摸地蹲到秦晋的办公室门口——听墙脚。生死攸关,道德这种问题就先暂且放下。

……

头顶女主光环的琳琅一走进办公室,秦晋就看到她湿嗒嗒的衣服。

"裙子怎么脏了?"

琳琅笑着说:"刚才碰到安嘉鱼,她不小心洒的。"

"她应该不是故意的,我替她向你道歉。"

"道歉?你替她向我道歉?"琳琅脸上的笑意渐渐褪去,"阿晋,你这话到底是什么意思?也是,她比我漂亮,比我能干,难怪你念念不忘。"

秦晋听这话似乎不对劲,耐心解释道:"她只是一个小职员,你不要想太多。"

"是我想多了吗?"琳琅苦笑,"你让她待在你身边工作,住在你的房子里,哪怕是我们约会的时候,你也总是提到她。"

从来不懂嫉妒为何物的人鱼公主,终于拥有了属于人类的感情。她讨厌这样不大度的自己,可却控制不住,她内心已经被不安和惶恐占满。

"阿晋,你……是不是爱上别人了?"

不被信任的感觉让秦晋有些恼火:"你能不能不要胡思乱想?你和卫风见面的时候,我有怀疑过你吗?你为什么不能多给我一点信任?"

琳琅红着眼眶:"我和卫风见面,你管得着吗?"

"好,我不管你。"

琳琅怔在原地,眼眶中的泪水一下子就涌了出来。

"秦晋你真是太过分了!"

她转身想走,却被秦晋一把拉进怀里:"不要走,我说谎了,我要管你,也不让你走。管他什么卫风,你就留在我身边好吗?"

"那你以后不要随便说气话了,我很不安,我很害怕。"

"为什么要想那些不可能发生的事情?"

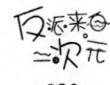

琳琅红着眼眶："因为我自卑啊，我没她好看，也没她优秀，我害怕有一天，你厌倦了我，你就离开了我。"

"相信我，你很美丽，也很善良，遇见你是我人生的幸运。"

琳琅摸摸胸前的项链，心里的不安渐渐扩大。她要怎么告诉他，她是人鱼族最丑陋的姑娘，从小就得不到父母的关注，受尽嘲讽和奚落。她的美貌是这条叫作"Brisingamen"的项链所赋予的，也因为它，她才会遭到追杀，被迫离开深海。

"假如我不美丽，也不善良，你还爱我吗？"琳琅不安地追问。

"爱。"

"那安嘉鱼……"

她一哭，秦晋就已经心软了："是我的错，让我来处理好吗？"

听到此处，安嘉鱼狠狠打了一个寒战，她笔下的男女主角真的好雷，这么狗血的对白真的是她写出来的吗？不过，等等，为什么要将她这个无辜的路人甲强行拉进这段剧情里，难道是因为少了顾九九，就将她当成替补了！

这段分手戏算是一个小高潮，所以她记得十分清楚——琳琅与秦晋出现感情危机，差点分手，因为自卑的琳琅误会秦晋爱上了顾九九。只是现在的差别在于，顾九九的名字没了，被全文替换成了"安嘉鱼"！

而且听秦晋的语气，是要酷帅狂霸拽地将她炮灰掉啊！

果然第二天早上，人事部就给她结清了工资，打发她走人。她试图扭转这个本该属于顾九九的悲惨结局，但奈何只爱小清新女主的霸道总裁跟着了魔似的，也不管她是不是会预言，是不是对他有大用处，铁了心要和她保持距离。

秦晋像秋风扫落叶一样无情地将她扫地出门！

安嘉鱼沮丧地从公寓里出来，身上背着一个包，里面只放了几件衣服，值钱的东西一件都没有。她站在小区门口，望着自己住过的公寓良久，百感交集，最后叹了口气，开始思索一个黑户的生存空间。

她家女二号被扫地出门后做了什么?

顾九九去找了男二号卫风,跟他结成了"破坏男女主角感情"联盟,开启了组团作死的剧情。目前看来,她除了投奔男二号,好像也没有其他选择了。不过,她绝对不会走上顾九九的老路,也会规劝反派男二号不要这么干。

在霸道总裁文里,跟男女主角对着干是不会有好下场的。

哪怕是作者亲妈也不例外!

安嘉鱼掏出钱包数了数,用她不太聪明的脑袋思考了一番。她给反派男二号的设定是工作狂,不近女色,低调,所以很有可能她还没靠近他就被叉出去,又或者他根本还在国外出差之类的,所以在抱上男二号的大腿之前,她必须省吃俭用。

寒风瑟瑟中,安嘉鱼走进了超市。

她在喜欢的泡面和搞促销的泡面之间犹豫良久,最后拿起了比较便宜的泡面。去收银台结账的途中,经过某巧克力专柜,她的脚步不由得顿住了。宣传画上的女孩子一脸陶醉地品尝巧克力,看起来就很美味!

导购小姐热情地推荐新品,她只能遗憾地摇摇头:"不用了,我没钱。"

导购员的眼里闪过一抹不屑。

安嘉鱼心里拔凉拔凉的,作为这个世界的"神",她竟然沦落到这种地步!等她有钱了,一定把这柜子的巧克力都买下!

排队等候结账的时候,她听到前排两个妹子不断发出痴汉式笑声,口中喊着"好想给男神生猴子""男神一万年"诸如此类。

安嘉鱼好奇地偷瞄了一眼她们手里的杂志,顿时傻住了。

商业周刊上的封面人物是卫风啊!是她认识的那个卫风,那个傲慢又挑剔的卫风,那个莫名其妙从三次元失踪的卫风!原来他真的回到二次元了,似乎还成了这本书最大的反派 Boss⋯⋯

论坛上的虚假消息害死人啊!

她压抑住满腔的激动问道:"那个⋯⋯杂志能不能借我看看?"

"可以啊。"前排的妹子十分大方,将杂志递给她后,还高兴地说,"是

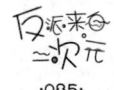

不是很意外卫风长这么帅？听说他超级低调的，这还是他第一次接受媒体的采访。一见卫风误终身，从此之后，他就是我的本命了！"

听到旁人这样夸奖卫风，安嘉鱼忽然生出一种自豪骄傲的情绪来。

她翻完杂志，还给前面的妹子，这时刚好轮到她结账了。妹子结完账，离开前还热情地将杂志放置的位置告诉她，希望她可以买一本回家收藏。

"一共是三块九毛钱，请问付现还是刷卡？"收银员问道。

"付现。"安嘉鱼打开背包，伸手摸索，找了半天却没找到钱包。

后面的队伍排得很长，收银员等了许久也不见她付钱，语气就有点不耐烦："麻烦您快一点，后面还有那么多人等着结账。"

"不好意思，我钱包找不到了……"

不仅钱包消失了，那部破旧的手机也不见了。安嘉鱼顿时就蒙了，东西是一起放在背包里的，为什么会不见呢？是在挑选泡面的时候被偷了？还是在来超市的路上弄丢了，或者是刚才排队的时候被第三只手摸走了？

找不到钱包，安嘉鱼只能放下泡面，离开了超市。

一股寒风扑面而来，冻得她忍不住打了个喷嚏。

她不喜欢这个世界。

无论是男主角还是路人甲，对她一点都不友好。

安嘉鱼难过地看着冬日难得一见的明媚阳光和依旧川流不息的街道，什么都没有改变，这个世界并没有因为她的悲惨遭遇而施以怜悯。她低下头，不争气地红了眼眶，早知道应该先去网吧查查风讯科技的地址……

最后，她幽幽地叹了口气，鼓起勇气向附近的人求助："我手机丢了，能不能帮我查一个地址，风讯科技。"

在遭遇了九次拒绝后，一个好心的妹子对她施以援手。

安嘉鱼拿着那张写着地址的字条，好像在茫茫大海中抓住了一根浮木。没关系，只要找到卫风，一切的灾难都会过去。

安嘉鱼从正午走到了夜幕降临，一路上忍饥挨饿，总算找到了风讯科技，然而公司大门早已关闭。她在寒风中打了个冷战,不由得抱紧了自己。

她在公司附近看到一个公园,里面的流浪汉盖着报纸,弓着身体躺在椅子上;她走过地下通道,通道两边睡满了外来务工者;最后她徘徊在一个ATM机小房间外,因为,这是她目前能想到的最适合过夜的地方。

安嘉鱼在门口踌躇,见到时不时有人进去取钱,便不敢进去,一直到大雪忽至。她咬咬牙,用帽子尽量遮住脸,走进了小房间。

她将自己抱成团,蜷缩在角落里,把头埋进膝盖。她能听到进进出出的脚步声,但她不敢抬头,害怕看到别人鄙夷的目光。

她甚至不用去看,都似乎能感觉到芒刺在背。

这天夜里,安嘉鱼做了一个梦。

梦中琳琅抱着秦晋的胳膊对她笑,扬扬得意,似乎在嘲笑她不自量力。她去找卫风,但他将她拒之门外,一脸冷漠地说:"安嘉鱼,你这是自食恶果。"

安嘉鱼被噩梦惊醒,吓出了一身冷汗。

此时天已大亮,她一抬头,就迎上路人指指点点的目光。她咬着唇,低着头,快步走出小房间,一路小跑到风讯科技。

冬日的晨光仿佛给风讯科技的大楼披上了一层金黄的袈裟,极其夺人眼球,安嘉鱼在小说里也是难得给这栋建筑用上了人段的描写,它坐落于市中心最好的位置,是S市代表性的建筑大楼,曾拿过国际设计奖。

安嘉鱼一贯的写法就是,把反派捧到最高点,再让他凄凄惨惨摔下来。

她看着眼前高耸入云的巍峨大楼,脑中闪过昨晚的噩梦,忽地开始忐忑紧张。卫风会想见到她吗?他在三次元刚刚开始新的生活,有公司有房子有钱,却因为她写的小说,就又莫名其妙成了反派。

卫风会愿意见她吗?

易地而处,她对"元凶"不会抱以任何的同情心,何况她落到这个境地,也算是咎由自取。这样一想,安嘉鱼越发紧张了。

她深呼吸两下,整整皱巴巴的领口、袖口,尽量让自己看上去更接近卫风的身份,但还是被拦下了。

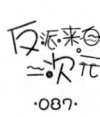

"保安大哥，拜托你了！让我进去吧，我真的是卫风的朋友。"

高瘦的保安咧着大嘴笑："现在随便哪个阿猫阿狗都自称是卫总的朋友，我呸，你是卫总的朋友，我就是卫总他老舅！"

矮胖保安拉拉同事的袖子："人一小姑娘，你犯什么冲。不过小姑娘啊，不是我们不放行，你要知道，这每天有多少女孩子跑来说是卫总女朋友，卫总说了，凡是女的，除了职工，其他的除非他自己带着进来，不然一律不许进。你呢，就别为难我们了。"

"就是说啊，你年纪轻轻的怎么就不学好，赶紧找个正经人家嫁了，我们卫总哪里是你这样小门小户可以肖想的。"高瘦保安嘲讽道。

安嘉鱼恐吓道："我真是他的朋友！要不是手机丢了，我就直接找他，还能和你们在这里絮絮叨叨，你再不放行，信不信回头我让卫风把你炒了！"

矮胖保安和高瘦保安交换了个眼神，假装没听见。

安嘉鱼没想到，自己连公司大门都进不去。她怏怏地坐在公司附近的长椅上，静静等着卫风出现。

她摸摸自己饿得咕咕叫的肚子，无精打采地低下头。

而此时，一辆迈巴赫62在公司的门口停下，一位风采卓然的男子从车里走下来，身后的助理还在有条不紊地请示今天的行程。

安嘉鱼再抬头时，那人已经走进了公司，消失在她的视线中。

卫风对助理报告的行程没有任何兴趣，比起工作，他现在更关心秦晋的动向。以他对安嘉鱼的了解，他必定是要败在秦晋手里，而且是身败名裂，众叛亲离。所以，他必须要改变自己的命运，不能像在之前几个世界一样惨死。

他进到办公室，脱掉外套，挂在椅背上："所有的Schedule（行程表）按时间整理好放一份在我桌面，我会自己看。现在你只需要告诉我，秦晋最近在做什么。"

精明干练的助理推了推眼镜，打开笔记本："根据您的要求，我收集到的资料如下：秦晋在半个月前送了一位女士去医院，那位女士出院后，一直住在他名下的公寓里，并且在晋禾科技工作……"

卫风示意助理停下，以安嘉鱼的智商，想必也没什么多余的角色，这个人十有八九就是女二号了："这人是谁？"

助理面露难色："卫总，我用她的身份证号查过了，不过查无此人，疑是假证。"

"继续查。"

"是。"助理翻了一页，继续汇报，"昨天下午琳琅小姐去了秦晋的公司，然后红着眼睛出来，但脸上明显带着微笑，目测还没分手。"

卫风揉揉眉心，谁关心他们分手了没有。

"他们的感情动态就不用汇报，以后也不用。"

然而在助理看来，卫风更像是被爱所伤，早有耳闻他们的 Boss 大人和秦晋为了一个女人大打出手，看来就是琳琅了。

"好的，那我先出去了。"

"嗯。"

助理离开后，卫风卸下伪装，疲惫地靠着椅背。他刚进入这本书的时候，正被一群雇佣兵逼进死角，受限于光线，他的腹部挨了一刀。殊死关头，琳琅从天而降，救下了他。然后就像前面几个世界一样，他身不由己地问了她的名字和电话。但如果跟琳琅保持百米远的距离，他则不会受到任何影响。

他猜出这是安嘉鱼笔下的世界，也猜到了琳琅是这本书的女主角，所以他尽量躲开琳琅出现的场所，然而他们就像两块磁铁，不管多远都必须相遇。他的努力在"天命"之下，显得徒劳而可笑。

卫风习惯性地用食指关节在桌上轻叩，这是他烦躁的表现。

"安嘉鱼啊安嘉鱼，除了我，你的小说就没有男二号了吗？"

男二号？卫风惊觉，在安嘉鱼心里，他竟然还不如秦晋？

冬季的天黑得格外早，还没到下班的点，夜幕就开始降临。风雪没有停下的迹象，气温也越来越低。安嘉鱼在风讯公司门口环抱着自己，蹦蹦跳跳

地取暖。她一步都不敢离开,生怕错过了卫风。

终于她看到一辆车开出来,车窗还未合上,而卫风就在后座打电话。

"卫风——卫风——"安嘉鱼兴奋地朝车子跑去,奈何卫风没有听到她的声音,直到车窗完全关上,车子绝尘而去。

"卫风——我是安嘉鱼!我来投奔你了!"

她不甘心地追着车子跑,边跑边大声地喊,却没注意脚下,一个踉跄,就被马路上的路障绊倒,栽进冰冷的雪地里。她忍不住哭出声来:"浑蛋,有豪车了不起啊,干吗跑那么快!我追不上啊……"

白茫茫的雪中,车子渐渐变成一个小黑点。

安嘉鱼坐在雪里号啕大哭,又饿又委屈,各种伤心。偶尔有路人经过,用看神经病的眼神看她,但她却顾不上这些。

等她哭完了才想起来,自己知道卫风的住址,动笔的时候,为了让反派的风光富贵和最后的悲摧结局形成反差,她特意给他安排了市中心最好的别墅区,就在公司附近。虽然她只记得小区的名字,但是那么有名的别墅区,很容易问到路。

安嘉鱼再次出发。

她饥寒交迫地在雪中前进,跌跌撞撞,一小时之后,终于找到了卫风所在的小区。她吸取了早上的经验,趁保安不注意,直接溜进去,凭直觉在里面瞎撞。她看到保安就远远地躲开,奈何这个小区的安保系统相当严谨,不到十分钟,她就被发现了。

"站住,你是什么人?"

她看到保安手里的警棍,下意识地后退了几步:"我是来找一个朋友的,他叫卫风,就住在这里。"

保安上下打量她,衣衫褴褛、不修边幅、神色慌张,怎么看都不像是富商卫风的朋友。

"那你打他电话,叫他来接你。"

"我手机丢了。"安嘉鱼弱弱地说。

保安更加怀疑她:"那我手机借给你。"

安嘉鱼没办法,只好说出实话:"我不知道他的电话……"

连电话都不知道,还敢说是对方的朋友,保安立刻用对讲机联系了其他安保人员:"有一名可疑女子闯入,位置16号楼前中心喷泉。"

"你相信我!"安嘉鱼着急道。

"不管你是谁的朋友,都先跟我到保安室去登记,等我们查证了你的身份再说。"

安嘉鱼连身份证都没有,拿什么查证。她试图逃跑,但支援的保安已经赶到,将她团团围住。三分钟后,她的双手被扭在身后,不断挣扎,越挣扎手臂越疼,疼得她嗷嗷叫。正当她准备放弃抵抗的时候,一个熟悉的声音响起——"安嘉鱼!"

安嘉鱼扭头去看,是卫风!温柔的小雪中,他身着黑色大衣,戴着一副墨镜,从从容容地拾级而上,仍旧风姿卓然,看起来并没有太大的改变。

她顿时松了一口气,随即胸口涌上无数的情绪,积压了一天的委屈爆发出来。她大力地挣开保安的束缚,一头扑进他的怀里,哭得稀里哗啦。她想告诉他,她掉进下水道就到了这里;她想告诉他,自己有多么无助害怕……

半小时前,卫风出去参加一个临时会议,但车开到一半,想起自己把文件落在家里,就折返回来取。刚在小区停好车,就见不远处人群扎堆,喧闹不止,忽地,他听到一个熟悉的呼叫声,仓皇而委屈。

他微微一怔,疾步而行,拾级而上,只见一个面如菜色的女孩被保安擒获,看不清五官,却依稀能辨认出熟悉的轮廓。他扶了一下"夜视镜",心道多亏了这个东西,不然如此昏暗的夜色里,着实辨不出她的模样。

"安嘉鱼!"

她一头冲过来,撞进他怀里,抱着他哭道:"你怎么才来?嘤嘤嘤——你知不知道我多惨?我去你公司找你,保安连门都不让我进。

"我追着你的车,你也没听见我喊你!

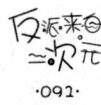

"你怎么能没听见呢?"

他依稀记得离开前安嘉鱼没心没肺的样子,不曾想再次见面,她这样狼狈落魄。一时间,他百感交集,心中莫名生出几分隐痛,竟忘了自己被迫回到二次元世界,是因何缘故。

卫风沉默许久,声音微哑:"我应该早点让你找到。"

安嘉鱼一听就更委屈了。

等她哭累了,从他怀里探出脑袋来:"卫大哥,我饿。"

卫风脱下自己的大衣将安嘉鱼裹住,揉了一把她乱七八糟的头发,然后拉着她的手,温和道:"嗯,我们回家。"

卫风的家就如安嘉鱼笔下所描述一样豪华,独栋别墅,面积广阔,设施齐全,游泳池、健身房、花园、露台,一应俱全。但安嘉鱼没心思参观他的豪宅,她局促地站在玄关,低着脑袋,看着倒映在地面上脏兮兮的倒影。

卫风看出她的窘迫,把家里唯一一双拖鞋给她,自己赤脚。

"你先在客厅坐一会儿。"

安嘉鱼点点头,温顺乖巧得不像卫风所认识的那个人。

等卫风抱着干净的衣服和热牛奶回到客厅时,安嘉鱼还呆呆地站在原地,他把热牛奶递给她,说:"喝完热牛奶,你先去洗澡,我叫点吃的。"

她安静地喝完牛奶,然后去了浴室。这个浴室足足有二十来平方米,浴缸里已经放好了热水,边上搁着干净的浴巾,大理石洗手台上一尘不染,所有洗漱用品整齐排列。两个玻璃杯并排放着,其中一个放着还没拆包装的牙刷。

这个澡,她洗了足足一个小时。在水汽氤氲中,她对镜子里的自己,露出一个劫后余生的微笑,她安嘉鱼又满血复活了!

安嘉鱼一出浴室,就迎上卫风似笑非笑的眼神。她摸摸脸,应该洗干净了啊,她再低头看看自己,恍然大悟,原来是衣服裤子太大了。她身上穿的是卫风的衣服,衬衫穿成了裙子不说,西裤都已经被踩在脚下。

她心里腹诽,卫风果然还是以前的卫风,温柔不过三分钟。

卫风走上前去，安嘉鱼突然发现原来他高出她那么多，足够把她整个人都遮住。然后，他弯下身子，离她越来越近，她甚至感觉得到他的呼吸在她脖颈上游走，扰得她心痒难耐。

安嘉鱼涨红了脸，心里打着鼓，古人云"一日不见，如隔三秋"，确有道理，他们不过一个多月没见，卫风就对她……那她到底要不要让他亲呢？简直是个世纪大难题，虽然不得不承认她对卫风有好感，但他们终归不是一个次元的，可他今晚又拯救了她，就算是为了报答救命之恩，亲一下能怎么样！

她爽快地闭上眼，却迟迟没有等到动静。她睁眼看去，卫风正蹲在地上，帮她将裤管卷起。差不多卷到小腿肚的位置，用几个别针固定住。

"明天给你买衣服。"

她的脸更红了。

"咕咕咕……"

好在她的肚子适宜地化解了尴尬。

餐桌已经摆满了食物，从西式牛排到中式小馄饨，琳琅满目，但安嘉鱼的视线落在最边上的一碗卖相极差的面条上。

她仔细端详片刻，故作好奇："这是哪家大厨做的面条？看着很别致啊。"

方才在楼上，她像傻子一样被他耍着玩，现在她要把场子找回来。刚才一下楼，她就看到凌乱的厨房，堪比经过了一场大战。

卫风黑着脸不说话，拉出一条椅子，坐着看起报纸来。

安嘉鱼拿起筷子，吃了一口，拧着眉，不住地摇头，就是不说话。

卫风假装看报纸，余光却忍不住瞟向她。

安嘉鱼慢条斯理地吃了一整碗面条，尽管只有鸡蛋和青菜，盐还放多了点，但在她看来，堪比山珍海味。其实比起面条，她更想吃肉，但长时间没有进食，太油腻的东西会对肠胃造成刺激，所以卫风煮这碗面的用心可想而知。

吃完面条，她整个人也变得暖和起来。

她品尝着奶汤鲍鱼，不禁感慨："这高汤香气宜人，鲜香厚白，起码炖

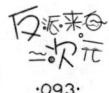

了三个小时。鲍鱼浸润了汤汁的浓郁,加上本身的鲜味,简直让人回味无穷。"

这道奶汤鲍鱼的高汤是由鲜鸡、成鸭、棒骨、猪肚为基础食材炖至骨肉分离,含有大量的胶原蛋白和脂肪,几种食材的味道融和恰到好处,鲜美而不油腻。卫风觉得安嘉鱼瘦太多了,所以这一桌都是营养丰富的美味,除了面条。

安嘉鱼见卫风没有反应,继续点评鸡茸虾汤小馄饨:"我原以为鸡茸和蘑菇是绝配,却没想到鸡茸和鲜虾的组合能这么美味。你要不要尝一口?"

卫风不为所动:"不吃。"

她最终还是败下阵来:"你就不问问我面条好不好吃?"

"不问。"安嘉鱼把面都吃了,他已心满意足,何须多言。

她软磨硬泡:"你问嘛!你要是不问,我就把这一整桌的菜都吃了!"

卫风看了看桌上夜宵的分量,只好放下报纸,指着空碗,形式感十足地问道:"请问,这碗面条好不好吃?"

安嘉鱼:"……"

"谢谢。"

安嘉鱼迷茫地看看他,刚才是他在说话吗?这不科学啊。

"卫大哥,我好像饿过头了,有点幻听。"

他看着桌上的"夜视镜",郑重地告诉她:"没有幻听。"

循着卫风的视线,她也看到了那副墨镜,这个眼镜是在她写新文的时候特意为书里的卫风开的外挂,让他在晚上也能活动自如。当时也没想过会派上用场,毕竟她设定的男二号卫风是另一个人,只是……

自己的文风还真是一如既往的统一,写来写去,只有一个卫风。

"当然,我不会因为这点就不追究你把我弄进来。"

安嘉鱼欲哭无泪:"跪求原谅,我以为是不一样的,毕竟这次的设定我做了调整。"

卫风啼笑皆非,她到底哪来的自信:"吃完洗碗!"

"是的,长官!长官,我今晚睡哪里?"

"沙发!"

第六章·反派的逆袭

因为安嘉鱼这个外挂，
卫风总算摆脱了狗血剧情的控制。

顾九九被狠狠地赶出公司后，立马就去找了卫风。令她诧异的是，卫风完全不意外她的到来，桌上的茶点更像是特意为她准备的。

顾九九优雅地喝着茶："我猜你已经知道了我的来意。"

卫风领首，顾家千金对秦晋已是司马昭之心，还有谁人不知。

"那么你的答案是？"似乎担心他会拒绝，顾九九又补充道，"你喜欢琳琅，我喜欢秦晋，从目前的局面看，我们完全可以站在同一阵线。"

卫风伸出手："合作愉快。"

——《来自深海的人鱼》第三章

当然，就算家里暖气充足，卫风也不可能真让安嘉鱼睡沙发，而是安排她睡在了二楼的客房。因为安嘉鱼给小说中的卫风设定了"不喜生人"的属性，所以别墅里没有管家、保姆之类的角色，只能由她自己来整理床铺。

自己做的设定，再坑也要认了！

流浪了两天的安嘉鱼，舒舒服服地躺在大床上，安心地闭上眼睛睡过去。她这一觉睡得格外沉，连一个噩梦都没有，直到半夜被热醒，喉咙一阵阵作痛，再伸手一摸额头，好像有点烫手，不过却没放在心上。

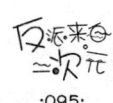

她安嘉鱼什么都不行，就是身体格外强壮，不管是发烧还是感冒，灌点热水，用被子焐一焐，出身汗就能百病全消。她母上大人说，这是上天的恩赐，因为她相貌不行，智商情商又常年处于欠费状态，所以上天才勉为其难将她的健康值点满。

对于这一说法，安嘉鱼本人一开始是拒绝的，现在却深以为然。

她在床上躺了许久也没有睡意，喉咙却越发难受，索性爬起床，开了灯，披上外套，准备下楼找点水喝。圆弧形的楼梯对头重脚轻且脑袋眩晕的病人而言，可谓艰难。走了没两步，她脚下一个踏空，整个人就滚了下去，一头磕在楼梯边的花瓶上。

然后眼前一黑，她就失去了意识。

在混沌的黑暗里，她似乎听到了卫风的声音，遥远得近乎失真，以至于她不敢确定。后来她短暂地醒过来几次，而每次睁开眼都能看到一个熟悉的身影，在她眼前晃动，好像说了些什么，可她一个字也听不清。

之后她就彻底陷进了沉沉的噩梦里，她看到所有的人和事都被巨大的车轮碾成二维，她一直在逃，但还是被车轮追上，成为偌大二次元空间的一员。她变得像纸张一样薄，一阵风吹过，就随风飘到了海面。身体被海水浸透，继而慢慢下沉，沉入暗黑无边的深海。而深海中，到处都是可怕的食人兽……

"不要吃我！"安嘉鱼哭着醒过来。

坐在床畔检查点滴的卫风，一把按住她扎了针的手。见她满脸恐慌，他不由得放软了声音问道："做噩梦了？"

安嘉鱼迷迷糊糊地"嗯"了一声，对上他温和担忧的目光，意识渐渐回笼。

"卫大哥，你又救了我一次。"

"所以？"

"所以为了报答你的救命之恩，我一定会带你回到三次元的。"想起刚才的噩梦，安嘉鱼仍旧心有余悸，听说噩梦说出来就不会变成现实，于是她立刻跟卫风讲了一遍，接着又脑洞大开地猜测道，"你说现在的三次元，《来自深海的人鱼》这本书的剧情会不会已经发生变化？比如顾九九没了，却多了一个安嘉鱼？要是阿蔡看到这个故事，会不会发现我被困在书里？"

卫风无语良久，但看在她生病的份上，还是安慰了一句："梦和现实是相反的。"

"可这里也不是现实啊……"

"还能还嘴，看来没大碍了。"卫风见她嘴唇干裂，便起身去给她倒了杯温开水，并细心地插上吸管。

安嘉鱼就着他的手喝了几口，顿时舒服了。

卫风伺候她喝完水，看了一眼挂瓶，就剩两个瓶盖的量。他拿起一旁的棉签，在安嘉鱼质疑的视线里，帮她拔了针。

"我记得这本书里的卫风是工作狂总裁，而不是一个医生。"

卫风冷冷道："你大可放心，昨天是家庭医生给你开的药，也是他帮你扎的针。"

她呵呵了两声："你可真没有幽默感。"

卫风没理她，拉开窗帘，此时天已大亮，风雪也停了，路上的积雪已被清理干净，仿佛昨夜那一场风雪从未来过。

"早餐做好了，起来吃饭。"

安嘉鱼想起他的厨艺，钻回了被窝，只露出脑袋："我困，不吃。午餐时再叫我。"

卫风一把掀开她的被子，将一套衣服扔在她怀里："换好衣服下楼。"

安嘉鱼拉上被子，不情不愿地说："为什么要下楼？我看电视里面病人都是在床上吃饭的，一口一口地喂。"

"不要看这么没营养的电视。"

"……"

"还不换？"

"你要看着我换吗？"

卫风愣了一秒，离开房间，顺手将房门关上。

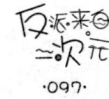

下了楼，安嘉鱼才知道为什么卫风要让她换衣服，因为家里还有其他人。那个男人戴着眼镜，斯斯文文，正在摆弄餐具的手修长漂亮，骨骼分明，格外引人注目。那张脸也十分眼熟，正是论坛里的盗版卫风。

朱公揆见明道于汝州，逾月而归。语人曰：光庭在春风中坐了一月。见到此君，安嘉鱼才明白了朱公的感受，当真是百里春风也不如他眼角的那一点笑意。

"你好，我是明旌，卫风的家庭医生。"

"我叫安嘉鱼。"她有些拘束，"昨晚谢谢你。"

"这声谢谢我却之不恭，昨晚风雪交加，某人却火急火燎要我十分钟内赶到。啧啧，赌上我的医德，其中必有奸情。"他的语气里带着几分揶揄，"不过我真是没想到，堂堂卫总也玩金屋藏娇这种把戏。"

安嘉鱼："……"

明旌的相貌和性格一点都不匹配！这不是欺骗读者的感情吗？等等，这本书里好像是有一个贫嘴的家庭医生，但由于她描写苍白，所以相貌仅用"长相俊秀"一笔带过。万万没想到，这四个字能衍生出这么一个美男来。

"有'娇'才能以金屋藏之。"卫风慢悠悠地反驳。

安嘉鱼："……"

所谓物以类聚指的就是卫风和明旌！一大早欺负病人有意思吗？她气呼呼地拉开椅子坐下，欲以一桌的美食抚慰自己的悲愤。吃到七八分饱的时候，她才知道满满一桌的早饭都是明旌做的，简直难以置信。

早餐一结束，明旌就匆匆辞别，说是医院有个急诊病人等他回去手术。走之前还丢了一个"好好加油"的眼神给卫风。

明旌前脚刚走，卫风的电话就响了，是工作电话。安嘉鱼抱着餐后水果窝在沙发上看他处理公务，果然认真工作的男人最帅。

"……嗯，地皮的事情等我回公司再处理。"

地皮？安嘉鱼听到"地皮"二字，有点心虚，抱着果盘鬼鬼祟祟地绕过卫风，准备上楼。然而卫风是何等眼力，他当即挂了电话，拦截了她。

他靠在楼梯的扶手上,挡住了上楼的路:"是你自己说,还是我逼你说?"

安嘉鱼装傻:"说啥?"

"地皮。"

安嘉鱼继续装傻充愣,什么也不说,只顾着吃水果,卫风就看着她吃,一口一个樱桃,没一会儿,果盘空了……

"吃完了?说吧。"

她自言自语道:"吃完了啊,我再去洗点。"

刚转身,她就听见卫风说:"你刚才吃的黄樱桃,产自智利,一斤还不到五百元人民币,冰箱里还有挺多的,你多吃点,毕竟以后吃不到了。"

安嘉鱼僵硬地回头,刚才囫囵吞枣式解决的那一盘樱桃,竟然要五百块,早知道就慢点吃了。

"你这意思是以后要我自己买?作为一个土豪,你怎么能这么小气!"

他神色从容:"因为不久的将来,我可能要拜你所赐破产了。"

安嘉鱼顿时无言以对。

卫风威逼完,就开始利诱:"你只要告诉我,这地皮能不能买?以后但凡你想吃的,不限量。"

她在心里权衡了三秒,就折服在他的诱惑下:"不能买,因为这个地皮在开发中期会发现一块白鹭栖息地,政府把这块栖息地作为白鹭的自然保护区,开发因此受阻,你的前期投入血本无归,继而影响公司资金周转,陷入破产危机……"

卫风眯着眼看她,看得安嘉鱼心里发慌。

他幽幽地开口:"你是有多恨我?"

安嘉鱼还没意识到他口气不对,心里还想着这地皮要是他不买,那秦晋就要遭殃了。

"这块地皮如果你不买,那秦晋就会买下,可是这样一来,他的公司就可能要破产了。你这么英明神武,救救他呗,他就跟我亲儿子一样,我舍不得看他那么惨。"

亲儿子……秦晋是亲儿子,那他呢?卫风突然觉得很不爽:"不救,你也不许救。"

安嘉鱼就是一只小白眼狼,秦晋把她赶走,她却还护着他。而他什么坏事也没做,还救了她,她却往死里整他。

安嘉鱼被卫风周身冷冽的气场震慑得不敢反驳。

"把后面的剧情全部列出来,今晚之前给我。"

"你要做什么?"

卫风抛出两个字:"逆袭。"

可怜的安嘉鱼刚刚退烧,就惨遭卫风蹂躏,在房间里老老实实地码字。她就想不明白了,怎么换了一个世界,也没能脱离码字的命运。

此时窗外又飘起了鹅毛大雪,白色的雪花温柔地覆盖在树梢上,整个世界看起来白茫茫一片,与黑压压的天色形成鲜明对比。岚岛是个海城,近几十年来只下过两场雪,而且都还是星星点点,落地片刻便化成积水。所以安嘉鱼看着窗外的大雪,便不由得生出堆雪人打雪仗的冲动,显然忘了昨晚被大雪冻到发烧的残酷事情。

"咚咚咚——"

"请进。"安嘉鱼懒洋洋地应道,不用想都知道是卫风,"找我干吗?"

抬头见某人西装革履,风采卓然,她一时竟看呆了,耳根子也跟着微微发烫。她尴尬地低下头去,佯装认真码字。

卫风走近,瞥到电脑文档最后一行的"是约翰说要打就啊哈和",乱七八糟的,他嘴角控制不住地弯出一个微小的弧度。

他将一张便利贴贴在她的额头:"我去上班了,好好看家。"说完便离开了。

安嘉鱼拿下便利贴,是一个电话号码。

她想起自己被保安质问的狼狈场景,再看看这个号码,不禁傻乐起来,朝空空如也的门口喊了一句:"早点回家。"

正在下楼的卫风脚步一顿,嘴角的笑意又加深了一点。

等到卫风下班的时候，安嘉鱼真的将主要情节列出来给他，作为奖励，她得到了一部手机，里面已经存了一个电话，就是早上那张便利贴上的号码。

她抱着手机，又花痴了一晚。

衣食无忧的安嘉鱼开始考虑回去的问题，她苦思冥想了几日。某天，她一本正经地告诉卫风："怎么来怎么回。"

他饶有兴趣地回应："哦？"

安嘉鱼兴致勃勃地开始分析："你看，我当时掉进三次元的下水道，来到二次元的下水道，那我现在就从二次元的下水道'回去'！至于下水道，就选在当时秦晋找到我的那个下水道，你哪天有空，和我一起去，我要带你回去！"

卫风："我真是高估你了。"

安嘉鱼："……"

在安嘉鱼的坚持下，卫风还是陪她去了，但是结果就和他预料的一样，她的胳膊都摔破皮了，爬出来还是一样的街道以及一样的……卫风。

之后安嘉鱼又尝试了其他办法，比如找算命大师卜卦，买转运珠，给寺庙添香火，见到一个喷泉就往里扔硬币，午夜十二点削苹果许愿，在网上发求助帖，睡觉的时候在床头放圣经和银质十字架……

皆以失败告终。

如此折腾了半个月，安嘉鱼终于死心了，因此情绪陷入了低谷。卫风也不多言，只是让请来的厨师变着法子的做各色美食，以及往家里囤她喜欢吃的零食。在美食攻略下，不到一周，安嘉鱼就满血复活了——就算这个世界再可怕，但至少还有卫风。

因为安嘉鱼这个外挂，卫风总算摆脱了狗血剧情的控制，不用整天和所谓的女主角巧遇，做出一些身不由己的事情。当然也成功避开了安嘉鱼给"卫风"安排的各种各样的破产陷阱，抓出公司内奸A君、B女、C高管、D助理、E秘书等人，人数之多，遍布之广，简直叫人叹为观止。在清除这些内奸之前，卫风利用他们传达了虚假消息，以雷霆之势收拾了几家玩无间道的对手公司。

作为本书最大的反派，作者安嘉鱼给他安排的障碍不可能只有事业上的危机，还有各种各样的人身伤害。比如为了救女主角被小混混捅刀子、为了救女主角被几个暴力的人鱼捅刀子、为了博取女主角的同情心被醋意大发的男主角殴打……车祸、绑架、胃出血住院轮番上演，这架势还没破产，他就要去了半条命。

不过现在有了外挂，卫风就能躲开这些没有逻辑可言的狗血剧情。但少了他这个反派的破坏，男女主角的感情也并未更加和谐，依旧是状况不断，时不时地闹分手，不是秦晋为琳琅受伤，就是琳琅为秦晋流血了。

卫风的逆袭政策就是避免破产，坚决不要再死一遍。

时间就在卫风不停挽救自己的过程中流走，眨眼到了安嘉鱼期盼许久的双十二。这天刚好是周末，卫风这个工作狂难得没有去公司加班，而是坐在客厅里看新闻，一手端着咖啡，一手搭在沙发的扶手上，神色闲散，一副心情很好的模样。

落地窗外飘着厚厚的雪花，室内的暖气开得很足，温暖如春。

安嘉鱼抱着电脑窝在沙发上刷某宝，刷了两个小时，用卫风给的信用卡清空了购物车。她伸伸懒腰，当个有钱人原来这么爽，不用在意价格，只要喜欢就买买买，想想过两天就能收到小山一样的快递，简直爽炸了。

刚付完钱，手边的座机就响了，安嘉鱼顺手接起来，竟然是明旌打来的。

"你是找卫风吗？他在看新闻。"

明旌在电话里可怜巴巴地说："找他我就打他手机了，我找你……"

安嘉鱼一脸错愕，明旌能有什么事情找她？

"我早上差点被砍了，嘤嘤嘤，我简直太害怕了，求安慰求抱抱。"

卫风知道是明旌的电话，随口问了一句："什么事？"

安嘉鱼依旧不明所以："他说差点被砍了，求安慰求抱抱。"

卫风继续关注新闻："让他去死。"

她点点头，如实转达。

"早知道他会这样说，所以我才找你。你是不知道我多无辜，刚才我去牙科找一个同事，正好碰上一个病人来闹事，他一颗二十年前做的牙，最近坏了，找我们索赔，牙科医生说，这牙都用了二十年，质量已经很好了，结果那个病人一言不合，就掏出一把刀子……"

安嘉鱼很不厚道地捧腹大笑，没想到自己在三次元看到的新闻会发生在明旌身上，难道这是她写的隐藏剧情吗？

安慰完明旌，安嘉鱼挂了电话，无事可做，转头看向卫风。

"你怎么不加班？您的设定可是忙到没空恋爱的冰山总裁。"

他示意安嘉鱼看电视："因为今天秦晋加班。"

电视上正在播放实时新闻："今日九时，晋禾科技成功收购大福湾附近的地皮，公司法人代表秦晋出席了签约仪式，请看前方记者的详细报道。"

安嘉鱼咬着小手帕："秦晋啊秦晋，亲妈对不起你！你自求多福吧！"

卫风忽然觉得这新闻画面有点碍眼，便关了电视："下午有什么安排？"

她稍稍思索，做出决定："今天是双十二，我想去超市购物。上回在巧克力专柜前多看了几眼，就被导购员鄙视了，我要去把场子找回来。你是不是要陪我去？"

"你想多了，我下午要去公司，四点半有一个会议。"

安嘉鱼翻了个白眼，不陪她还问那么多："那我蹭你的车去超市总行吧？"

卫风点点头："我正好要去买咖啡豆。"

她看了眼装咖啡豆的罐子，果然见底了，便热心地表示："你送我到超市，我帮你买，你就安心回公司加班吧，买完我自己打车回来。"

"你挑的我喝不习惯。"

安嘉鱼："……"

她这是好心被当驴肝肺了吗？不就是买咖啡豆吗，有多难！

吃过早餐，风雪已经停了，外面阳光灿烂，安嘉鱼在落地窗前溜达了几圈，找了个日光最佳的位置，将龙猫懒人沙发搬到太阳底下，然后优哉游哉地去厨房给自己泡一杯奶茶，再从冰箱里面拿出马卡龙和慕斯蛋糕，放在沙发边上的小圆桌上。

做完这些,她心满意足地瘫在沙发上晒太阳,舒服地眯起了眼。

此时,处理完邮件的卫风从书房走出来,正准备去厨房煮咖啡,却见家里出现了一些不符合他审美和品位的家具。

"安嘉鱼?"

安嘉鱼闭着眼,懒懒地回应了一声:"嗯,干吗?"

他揉揉眉心:"这话该我问你吧,这些……都是哪儿来的?"

她没听明白他的意思,便睁眼,见他指着龙猫沙发,恍然大悟:"网上买的啊。"

他努力克制自己的脾气:"你不觉得沙发、圆桌和这个客厅的风格很不搭吗?"

"我觉得挺好的。"安嘉鱼又闭上了眼睛。她当是什么大事呢,风格这种东西她才不在意呢,舒服自在最重要。

可是,卫风介意。

"它们不符合我的审美,你换个风格。"

她不为所动:"不换,我就喜欢这个。做人嘛,开心最重要。房子就是个躯壳,装的我们的情怀,但是情怀再多,也比不上今天哈哈一笑。"

明明是歪理,卫风竟找不到理由反驳,便由着她去了。

等他煮完咖啡从厨房出来,安嘉鱼已经歪着脑袋睡着了。他站在原地看了她许久,心里莫名生出一股柔软,浅啜一口咖啡,竟一点也感觉不到苦涩。

卫风放下杯子,转身上楼,推开安嘉鱼的房间,在她的床上找到一条龙猫毯子,他捧着毯子正要离开,却被枕边的笔记本吸引。

他猜这应该是安嘉鱼记录剧情的笔记本,便翻开来看,却不料,第一页只有一串数字——他的电话号码,写满了整个页面,中间空隙还用红笔画着几颗爱心。最下方有一行被涂黑的字,却看不清写了什么。

卫风的嘴唇微微上扬,他合上本子,轻身下楼,将毯子盖在安嘉鱼身上。

安嘉鱼醒来时,已经中午了,她睡眼惺忪地抱着毯子,迷迷糊糊地思考,她睡前是不是把毯子拿下楼了。还没想出答案来，家里的电话就响了，她赤着脚，蹦上沙发接电话，竟然还是明旌的电话。

"安小鱼，我出车祸了。"

她瞬间清醒："严重吗？现在还好吗？"

没等她听到回答，话筒就被不知道什么时候出现的卫风夺了去。

他看着她的脚，皱着眉说道："我们要出门了，你好好养伤吧。"

"你就这么挂了？"安嘉鱼睁大眼睛瞪他。

卫风没理睬她，径直走到落地窗前，将她遗忘的棉拖鞋拿回，帮她穿上。

"明旌刚才打过我的电话，他刚做完各项检查，没大碍，只是擦伤。"

他的手指划过安嘉鱼的脚心，那种酥酥麻麻的感觉便从她的脚底蔓延至全身，本该说的"我们下午去看他吧"到了嘴边却变成："我们下午去看他吗？"

卫风摇摇头："不去，我下午有工作。"

"无情！"

卫风正眼看她："你确定？"

"我错了……今天我做饭，求原谅。"安嘉鱼很没骨气地认错。

冬天午后的阳光是和煦的、温柔的，没有夏天耀眼，但却比夏天更容易亲近。安嘉鱼穿着一件卡其色毛呢外套，冷得一出门就往车子里钻。卫风建议她上楼换一件衣服，却被她毫不犹豫地拒绝了。

"你那一柜子的羽绒服都是摆设吗？"

安嘉鱼搓搓自己的手："可我是去找场子的,把自己穿成球,就没气场了。"

他调高车内的暖气，调整了导航的目的地。安嘉鱼一直沉浸在拥有一整个专柜的巧克力的憧憬中，直到抵达地方才意识到不对。

"我要去原来的那个超市。"

卫风停好车，回道："买完羽绒服和礼服，我陪你去买巧克力，然后一起去公司。"

听到羽绒服的安嘉鱼赖着不下车,她试图转移话题:"为什么要买礼服?"

他晃了晃安嘉鱼记录剧情的小本子:"过两天带你去参加慈善晚宴,你可以看到你亲儿子向女主角求婚的深情场景。"

按照原剧情的发展,慈善晚宴上,秦晋会为琳琅拍下历史名钻"柯伊诺尔",作为求婚礼物。这是世界上最大、最古老的钻石,其寓意为:谁拥有它,谁就拥有整个世界;谁拥有它,谁就得承受它所带来的灾难。唯有上帝或一位女人拥有它,才不会承受任何惩罚。这句话是经过了历史的验证,自它为世人所知后的 700 年来,因它引发的屠杀和争斗不胜枚举,其拥有者从贵族乃至君王,皆不得善终。

将如此有历史的钻石作为求婚礼物,就算秦晋的求婚对象是个汉子,他也得当场感动哭了,何况本就深爱秦晋的人鱼公主。这一出求婚,算是全文的高潮,也是安嘉鱼写得比较满意的一段剧情,所以印象很深。

琳琅收下这份意义非凡的求婚礼物后,小说中的女二号顾九九被妒火冲昏了头脑,打了琳琅一巴掌,说了一堆辣耳朵的狠话,然后娇弱的人鱼就掩面泪奔。如此良机,反派男二怎么可能放过,自然是追出去安慰她,却在海边遭遇流氓,为她挡了一刀。

卫风翻到海边这一页:"千钧一发之际,卫风挡在了琳琅身前,替她挨了一刀。他捂住伤口,狠狠瞪着那几个恶徒。许是没想到真的要伤人,几个鼠辈瞬间逃窜无影。安嘉鱼,你告诉我,我为什么连几个流氓都打不过?"

安嘉鱼心虚地替他合上笔记本:"剧情需要……"

他揉揉眉心:"这都是什么无脑剧情!"

安嘉鱼嘿嘿一笑:"因为作者很无脑啊。"

"至少你还有自知之明。"

她话锋一转:"同理,无脑作者创造出来的角色都很无脑。"

这是卫风头一次在口角上失利:"安嘉鱼!下车!"

安嘉鱼坚定地摇摇头,卫风见她不下车,就把车子的暖气关了。没多久,她就只能咬着牙下车了……

因为双十二的关系,商场里的人流量比平时大,商家放着音乐,顾客三五成群,孩童拿着气球满地跑,热闹异常。卫风向来排斥这样的环境,但安嘉鱼拿着棉花糖亦步亦趋跟在他身边,时不时地没话找话,和他胡扯两句,他竟然觉得这样很自在。

商场的暖气很足,安嘉鱼的脸闷成了"高原红",她机智地以此证明,但凡在室内,都不需要羽绒服。

卫风没有接受她的洗脑,还是将她领到了羽绒服专卖店。但安嘉鱼的内心还在抗拒,所以不管导购员推荐哪一件,她都说不好看。

导购员脸上的笑容渐渐僵硬,要不是看在她同行的男伴是高富帅的份上,她早就将这个顾客赶走:"您好,既然刚才那些您都不喜欢,您可以告诉我喜欢的风格或者款式吗,我可以给您推荐。"

安嘉鱼偷偷瞟了一眼卫风,他正坐在沙发上翻看图册,于是她告诉导购员:"轻薄但是得保暖,有腰身显身材,大方又甜美,气场全开的那种。"

崩溃的导购员:"……"

凭借她的工作经验,她觉得眼前这位顾客并没有购买意图,但脸上却保持职业笑容:"您看这件短款的如何?颜色很亮丽,款式也简单,轻薄贴身。"

安嘉鱼捏捏衣服:"太薄了。"这么薄的羽绒服还不如呢外套。

等全店的衣服都被安嘉鱼一一挑出刺来,卫风站起身来,把图册递给导购员:"这一件,橘色,S码。"

安嘉鱼看了一眼图册,中款羽绒服,高挑的模特都穿到膝盖了,于是再次有了找碴的理由:"这件也不好,太长了。"

导购员为难地看了一眼卫风。卫风双手插在裤兜里,从容道:"你什么时候挑到中意的,就什么时候去找场子。"

安嘉鱼气得鼓起腮帮不说话。

他走过来,用食指戳戳她的酒窝,然后告诉导购员把衣服找出来。

最后在卫风的威逼利诱下,安嘉鱼还是试穿了图册上那件橘色兔毛羽绒服，果然和她预料的一样，衣服长到她小腿。她委屈地看着镜子里面的人，抱怨道："我就说太长了吧。还有这个颜色，我把帽子戴上去，你看，是不是很像一根胡萝卜？"

卫风眼里含着不明意味的笑，上下打量了一番，这个长度应该足够保暖了。于是他点点头，对导购员说："就这件，帮她把标签剪了。"

安嘉鱼难以置信地瞪着他，他的穿衣品位是掉下悬崖了吗？

"你认真的吗？我真的穿得好看吗？"

他掏出卡递给导购员结账："我就喜欢胡萝卜。"

安嘉鱼一愣，他这是喜欢她，还是喜欢胡萝卜？没等她想明白这句话的含义，卫风已经结完账往外走了。

买完羽绒服出来，没走几步，安嘉鱼就被一张电影宣传海报吸引住了目光。这是一部恐怖片，海报的背景是黑色的，面容清秀的女主角惊恐地望着枕边的不明生物，而电影的名字《枕边有人》四个大字是扭曲的红色字体，淌着鲜血，和背景形成鲜明对比，触目惊心。

走在前头的卫风发现安嘉鱼没有跟上，回头去找，见她伫立在海报前，便看了一眼那海报："构图不好，内容似乎也没有深度，走吧。"

安嘉鱼抛给他一个白眼，这人好无趣，谁要和他聊海报设计。

"我想看这部电影，说不定能激发我的灵感，写出旷世奇作来。"

他把她的头发揉乱："不要这么坑自己。"

安嘉鱼："……"

出于报复，她决定去看这部恐怖片，说不定卫风怕鬼呢。卫风排队买票的时候，安嘉鱼跑去零食区买了爆米花和可乐。

他看着她手里的两杯可乐，表示拒绝。

安嘉鱼硬是塞了一杯可乐在他手里："爆米花和可乐最配。"

"我不需要爆米花。"

"电影和爆米花最配。"

"……"

检完票,安嘉鱼突然把手里的另一杯可乐也塞给卫风,原本拿可乐的手腾了出来,拉住他的手腕。

"快开场了,里面可能有点黑。"

他微微一怔,心里生出了几分暖意。

因为夜盲症的关系,这是他第一次来电影院。昏暗的光线里,除了大屏幕,他什么都看不见,哪怕安嘉鱼就坐在他的旁边。

卫风忽然有些后悔没有戴夜视镜出门。

安嘉鱼此时也有些后悔。

她的左手边是卫风,右手边是一个熊孩子,电影刚播片头曲,他就猛地发出一声惊恐的叫声:"妈妈,我怕!"

"那我们不看了,回去吧。"他妈妈的声音很轻很细。

"不行,男子汉都要看恐怖片的。"

这样的开场让安嘉鱼有点小担心,有点小后悔,而事实证明不是她杞人忧天了。隔壁的熊孩子以他独特的方式刷存在感,让她根本没办法静下心来看电影。如果制造噪音的不是小孩子,她已经出声抗议了。

影片播到女主发现枕边有东西的时候,人屏幕忽然黑了。

安嘉鱼的心猛地一顿,这种时候停电,简直是在制造恐怖气氛啊啊啊!

场内一片哗然,有胆小的女孩子已经嘤嘤嘤地扑进男朋友的怀里,安嘉鱼看似镇定,一手去拿手机,一手去握卫风的手。

"没事,就是停电了而已。"

"我知道。"

"所以你别害怕。"

"安嘉鱼,作为一个女生,这个时候承认自己害怕,并不可耻。"卫风淡定道,"倒打一耙比较可耻。"

他佯装要抽回自己的手,安嘉鱼果不其然上当,直接抱住他的胳膊。

卫风不合时宜地想起之前看过的一本书——《追求的艺术》,里面提过

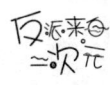

一条：想让她投怀送抱，那就带她去看恐怖片。

此时坐在安嘉鱼隔壁的熊孩子后知后觉地发出尖叫声，一边喊着"妈妈我害怕"一边往安嘉鱼身上扑。而大半个身体都挂在卫风胳膊上的安嘉鱼，被熊孩子这么一扑，重心不稳，一头栽过去，直接啃上卫风的下巴。

而此刻，大屏幕恢复正常了。

而此刻，安嘉鱼正以一种十分急切且不淑女的方式"强亲"了一个男人。

昏暗的影厅里，无数道含义不明的目光落在安嘉鱼的身上，不过看清了卫风的相貌后，又纷纷露出了然的神情——如果我的男朋友长这么好看，我也忍不住趁机吃他豆腐；如果我也长得这么帅，我的女朋友也一定会对我投怀送抱。

安嘉鱼的小心脏扑扑乱跳，她盯着卫风的下巴，磕磕巴巴道："你……你流血了……"

估计是被她的牙齿磕破了。

卫风似乎还没有恢复平日的淡定，只淡淡"嗯"了一声。

"我我……我有小熊创可贴。"她慌慌张张地直起身，在自己的位置坐好，然后打开背包，从里面找出创可贴，不由分说地贴到他还在流血的下巴上，而平时龟毛挑剔、注重品位的卫风，居然没有拒绝看起来就很搞笑的小熊创可贴。

整场电影下来，卫风的心率都没正常过，但又担心安嘉鱼发现异常，只好正襟危坐认真看屏幕。而安嘉鱼看到一半，发现除了开头恐怖外，其实就是一个滥俗的狗血剧，便开始打呵欠，没过一会儿，便歪着脑袋睡着了。

卫风原本没有发现她睡着了，直到她歪歪地倒在了他的肩头……

安嘉鱼没靠好，不小心就滑了下来，卫风下意识托住她的脸，轻轻放回自己的肩上。刚把手收回来，又迟疑了下，用手扶住了她的额头。

电影放映结束，灯光亮起，安嘉鱼蹭了蹭他的肩头，似乎有醒来的迹象。

卫风像烫到手一般推开了她的脑袋。

后排目睹全程的女生,不由得发出几声闷笑。

安嘉鱼迷迷糊糊地睁眼,为什么她每次醒来都能感受到这世界的满满恶意,她用刚睡醒的软糯声音控诉道:"干吗推我!"

他起身,居高临下看着她:"因为你睡觉流口水。"

她赶紧抿了抿嘴巴,拿手背擦擦:"哪有!骗子,就知道欺负我!"

散场后,某女生拉着自己的男朋友笑道:"前排那个男的好害羞,真怀念,当年你和我刚谈恋爱的时候,也是这样子的。"

青年一脸温柔:"傻姑娘,你那时候还不知道我有多么喜欢你。"

听到完整对话的卫风神色淡定,耳朵却微微泛红。

安嘉鱼睡了一觉神清气爽,她走在卫风前头,抱着没吃完的爆米花一口一个,吃得可香了。她抬头看了眼昏沉沉的天色,不过三点多,日暮就开始西垂,想到卫风还要回公司开会,便火急火燎拉着他直奔超市。

在卫风的气场笼罩下,把中款羽绒服穿出长款效果的安嘉鱼趾高气扬了一把,随手点了几个柜子的巧克力,留下地址给一脸谄笑的导购员,潇洒离开。

从超市出来的时候,金黄的夕阳远远地挂在天边,像咸蛋黄一样。卫风开车直奔公司,准备处理公务。

这时的气温比中午出门的时候低了两三度,一股冷风袭来,冷得叫人直打哆嗦。安嘉鱼缩缩脖子,把羽绒服的帽子戴上,挡住了大部分的脸。她一路小跑到公司大门口,想起之前被拒之门外,就乖乖地站在原地等卫风。

门口立着的两个保安已经不是之前那两个,此刻他们站得比笔杆还直,见到卫风下车,机灵地上前接过车钥匙。

安嘉鱼有些疑惑,她记得很清楚,原本的保安一个矮胖,一个高瘦,这没几天怎么就换人了。

"你们公司门口的保安还可以轮班吗?"

"没有,换人了。"卫风冷冷地说。

安嘉鱼兀自琢磨了半晌,也没把那句"为什么换人"问出口。万一事情并不是她猜测的那样,不是显得她很自作多情?

卫风的办公室在顶楼,宽敞通透,视野开阔,所有办公家具都是中规中矩的类型,主色调是黑白色,简洁大方。墙上也没有多余的装修,干净素白。总裁办的秘书们都在加班,看到安嘉鱼,神色里带出几分困惑。

安嘉鱼审视着他的办公室,觉得有点眼熟,认真欣赏了好一会儿才恍然大悟,用调侃的语气说道:"你和秦晋还真是心有灵犀,连办公室装修风格都是一致的。"

卫风坐回位置,打开电脑,准备会议材料:"这都要归功于您的个人喜好,当然,有可能你只写得出现代简约风格。"

安嘉鱼:"……"

他给助理拨打了内线:"确认一下各部门的负责人都到场了没有,我十分钟后下去。"

挂完电话,他跟安嘉鱼嘱咐道:"一会儿我去楼下开会,你可以自己玩会儿电脑,办公室出去左手边是休息室,吃的喝的都在里面。"

安嘉鱼转转眼球,待着吃东西多无聊:"开什么会啊?我可以旁听吗?"

卫风翻开待阅文件:"你以为是大学上大课吗?"

她撇撇嘴:"那琳琅怎么可以?"

她记得很清楚,她写了一场卫风秘密收购晋禾科技股份的会议,琳琅作为秘书出席,之后她将卫风的计划告诉秦晋,为他挡下了一次灾难。

"她是晋禾科技的员工,为什么我要让她参加风讯科技的会议,建议你最好说清楚,毕竟你给我的资料中没有这个情节。"

她猛然醒悟,今天这场会议难道就是……

"今天这个会议,是不是关于收购晋禾科技股份?"安嘉鱼心虚地在桌上画圈圈。

卫风继续追问:"所以原剧情是琳琅出席了这次会议?"

她点点头,目光游移,不敢和他对视。

"你还真是……能把我往死里整绝不手软啊!"他气得扯开自己的领带。

此时，电话响起，卫风打开免提。

"卫总，琳琅小姐来了，是请她在二楼接待室等您，还是照旧去您的私人接待室？"

卫风冷冷地看了一眼安嘉鱼："让她来我办公室。"

过了片刻，门口传来敲门声，看热闹不嫌事大的安嘉鱼"噔噔噔"地跑去开门。琳琅完全没有预料到开门的人会是安嘉鱼，惊愕全都摆在脸上。

"小鱼，你怎么在这里？"

安嘉鱼突然发现这个问题有点尴尬，但她又不能说她住在卫风家里，毕竟从外人的角度看，怎么看都像是同居关系。

"我……我是卫总的秘书。"

琳琅恍然大悟："原来如此，风讯科技不比晋禾差，你要好好加油哦。"

"我会的。"

她和傻白甜女主角自上次的泼咖啡事件后本来是两条平行线，但大概是十天前的傍晚，她去超市买菜，回来的路上碰到被族人追杀的琳琅，顺手搭救了一把。之后，傻白甜好像就将她从情敌的黑名单里移除，归到了"好友"这个分类里，时常在自己和秦晋闹别扭吵架的时候给她打电话，嘤嘤嘤地诉说自己的心事。

卫风起身迎接，客气道："你怎么来了？"

"路过，就拐上来看看你。没想到小鱼也在。"琳琅虽然说得轻巧，但看她的眼眶还是红的，就知道一定有事，而且又是和秦晋有关。

如果卫风还是那个受到剧情操控的反派男二号，这时候他应该会很心疼，听她把前因后果说完，再带她去开会，泄露了公司机密，导致破产。但他现在可以独立思考，琳琅和秦晋的感情生活，他一点也不关心。

他故意看看手表："不好意思，我一会儿要开会。要不这样吧，让安秘书陪你，你们好朋友之间好好聊聊。"

琳琅点点头。

安嘉鱼瞪了他一眼，她什么时候和琳琅成好朋友了？净睁眼说瞎话。

卫风可不管，拿起桌上的文件夹，离开这个被琳琅的悲伤情绪笼罩的办公室，经过安嘉鱼身边的时候还低声说了一句："不准让她接近会议室。"

卫风走后，安嘉鱼无辜地看着琳琅，她对他们的感情故事也没兴趣啊，毕竟所有的故事她都已经知道了。但是，琳琅并没有放过安嘉鱼，她开始絮絮叨叨地说起了她和秦晋之间的矛盾……

秦晋的父母坚决反对儿子娶一个来历不明的女人，原剧情中，他家里给他安排了顾九九做未婚妻，现在没了顾九九，却又冒出来另一个世交千金。

秦晋有心改变父母对琳琅的偏见，可每次带琳琅回家吃饭，都是以她被他父母刁难而告终。琳琅身为人鱼公主，也是有几分傲气的，便不肯再为秦晋委曲求全。而被迫要在亲情和爱情之间做选择的秦晋，同样痛苦不已。

所以在秦晋身边多了一个"未婚妻"之后，琳琅决定和他分手。

"其实我今天来找卫风，是想跟他告别，等下他回来，你帮我转达一下我的谢意。之前他帮了我很多，我一直都记在心里。"琳琅红着眼眶道，"小鱼，我也欠你一声对不起，当时误会了你和阿晋的关系……"

"没关系，我也没放在心上。"安嘉鱼打断她的话，她回忆了下后面的剧情，"你和秦晋之间还是有机会的……"

这是她给男女主角设置的一个障碍，但琳琅凭借自己的善良得到了秦爷爷的喜欢，挽救了她岌岌可危的爱情，所以之后才有了慈善晚宴中求婚的剧情。不过现在剧情好像出现了一点问题，琳琅没有像小说里那样遇到秦爷爷。

"什么机会？"琳琅茫然地问。

安嘉鱼从包里掏出笔记本，撕下一页，写下秦老爷子的居住地址，并在旁边附上这位老人的喜好："只要能得到秦老爷子的喜欢，秦晋父母再反对也没用。你是个好姑娘，一定可以和秦晋天长地久。"

琳琅感动地一把抱住安嘉鱼："小鱼谢谢你！"

拿到通关攻略的傻白甜女主角像一阵风似的走了，安嘉鱼大大松了口气。当天晚上，她就接到琳琅的感谢电话，她去乡下拜访秦爷爷的时候，刚好碰到他老人家犯病，傻白甜十分机智地给秦爷爷吃了药，救了他老人家一命。

于是有了秦老爷子做靠山的傻白甜，轻松地将男主角所谓的未婚妻排挤掉了。

听完事情经过的安嘉鱼，不得不感慨主角光环的神奇。

两天后，安嘉鱼抱着看大戏的心情，跟卫风一起去参加慈善晚宴。到了会场入口，她才后知后觉地开始紧张，这里灯火辉煌，华服美酒，于她而言，就是另一个世界，尽管这个世界是在她笔下产生的。

卫风拉着她的手挽住自己的右臂，俯身在她耳边说："别紧张，你今晚很漂亮。"

安嘉鱼一愣，随即羞红了脸，竟然被撩了。等她回过神来，卫风已经推开了大门。他轻轻在她手背拍了两下，然后带着她款款入内。

众人闻声望去，打量了安嘉鱼几眼后，纷纷面露异色。不过都是商场中人，神情很快就恢复了自然。

"他们怎么了？"安嘉鱼悄悄地问。

卫风环顾四周，一本正经地告诉她："大概他们有点意外，我这样的优秀人士为什么会带你这样的女伴。"

"你……"她在他腰上掐了一把泄愤。

秦晋听到旁边的人窃窃私语，这些宾客无非是诧异卫风先前高调地追求琳琅，甚至不惜和晋禾科技切断一切合作，现在却带别人来参加晚宴。其实他也有些意外，安嘉鱼为了接近他可谓不择手段，甚至将他的私人生活调查得清清楚楚，这会儿怎么和卫风同流合污了？难道这是欲擒故纵，故意要引起他的注意？

卫风和安嘉鱼在众人瞩目中，走到秦晋的面前。

琳琅正一派天真烂漫地吃着小点心，看到卫风走向秦晋，就端着盘子走回到了秦晋的身边，还乐呵呵地朝他们招手。

安嘉鱼叹了口气，她笔下的女主还真是傻白甜啊。

秦晋见安嘉鱼的反应，更加笃定了心里的想法，看她的眼神从好奇变成不屑。卫风看着秦晋的表情变化，心里更不痛快了，新仇旧恨加在一起，决定要帮安嘉鱼出口恶气。秦晋想拍下名钻求婚，他就偏偏不给秦晋这个机会！

"安嘉鱼，其实你不必这样，我已经有琳琅了。"秦晋尽量让自己的口气显得真诚。

安嘉鱼一脸茫然，她还什么都没说啊。

卫风轻描淡写道："有我在，安嘉鱼怎么会看上你，你未免也太高估自己了。"

秦晋："……"

经卫风这么一说，安嘉鱼才明白了秦晋话里的含义，不禁汗颜，原来她笔下的男主角还有自恋属性。

她拉拉卫风的衣角，低声道："他们都是我创造出来的角色，跟我亲儿子亲闺女似的，你别和他们计较啦。"

卫风："……"

所有的宴会都大同小异，无非就是一群穿着光鲜亮丽的成功人士端着酒杯互相吹捧，各自交换下名片。安嘉鱼一开始还很拘谨，生怕自己说错什么或者做错什么，让卫风丢脸。后来见自家女主角一脸坦然地吃吃喝喝，心情也渐渐放松。

卫风去应酬，她就跟琳琅凑在一起吃东西、聊八卦。但秦晋似乎担心她迫害琳琅，总拿冷眼瞥她，看得她心里凉飕飕的，只能和琳琅作别。跟在卫风身边，她不好意思一直吃东西，因为卫风身边总围着一群想和他套近乎的人。

晚宴很快就到了拍卖的环节。一开始只是拍卖字画古董之类的东西，竞价并不激烈，全场高潮是"柯伊诺尔"出现的那瞬间。所有女人的眼睛都看直了，包括安嘉鱼和琳琅。任何华丽的辞藻都无法描述出它万分之一的璀璨光华，也难怪由它引发了那么多场的战争。

主持人开始科普柯伊诺尔的历史，讲述它曾经的主人和辉煌。

气氛炒得差不多了，主持人报出一个令人咋舌的底价。秦晋见琳琅喜欢，为博美人一笑，直接开出底价的两倍。卫风也不急，等到没人和秦晋竞拍了，他才开始加价,不多也不少,每次都比他高出一百万。

"等等,你怎么和秦晋抢钻石?"安嘉鱼一脸蒙,"你要是抢走了钻石,他等下还怎么向琳琅求婚啊?"

卫风又举了一次报价牌:"难道没有这颗钻石,他就不能求婚了?"

"这个……"她被问住了,也是,世上钻石千千万,少了历史名钻做求婚礼物,也能用其他的东西代替,"可是你怎么忽然也想要柯伊诺尔?"

他淡淡道:"不是忽然。"

"什么?"

"安嘉鱼,不是谁都可以欺负你。"卫风微微侧首,"只是破坏他的求婚,这个代价已经很轻了。"

安嘉鱼的心脏扑通扑通地乱跳,似乎要从胸口蹦出来了。她没有想过,卫风今晚带她来参加晚宴,是为了帮她出气。她并不在意的那些委屈和伤害,他却一直记着,然后用这样一种方式帮她找回场子。

她望着那张近在咫尺的脸,心底有朵小花在慢慢盛开,然后结出一颗名为心动的果实。

她第一次如此清晰地、毫不抗拒地接受了这个事实,她喜欢上了来自二次元的反派 Boss,一个自她笔下诞生的角色。她忽然很高兴,就好像一直在等,然后终于等到了自己的心上人,发现他原来这么好。

……

毫无疑问,最后钻石被卫风拍下。他当场送给了安嘉鱼,全场哗然。被众女性羡慕嫉妒的安嘉鱼,也沉浸在感动之中,恨不得立刻表白。而本该发生在秦晋拍下宝石之后的求婚情节,自然也没有发生。

回家的路上,她不断地求证:"真的是送给我吗?"

"我只是不想遭受厄运。"卫风淡淡道。

安嘉鱼:"……"

她怎么能忘记"柯伊诺尔"的寓意呢?卫风不愧是卫风,温柔不过三分钟,她才刚刚明确自己的心意,就不能多给她一点遐想的空间吗?

第七章·无限循环模式

你的男主角人财两失，剧情就崩塌了，因此我们一直循环在12号走不出去。

十六岁那年的深冬，顾九九遇到了秦晋。

从此之后，她万劫不复。

顾家因他而破产的那一日，她对他终于死心了。在这场不属于她的爱情里，她变得面目全非、令人憎恶。

可是，终有不甘。

在琳琅出现之前，他对她也曾温柔以待，宠爱万分，将她的每一件事都记在心里，予她在他世界里霸道的特权，后来为什么就变了？

——《来自深海的人鱼》第七章

日子一天天过去，转眼到了腊月。

和原剧情发展的一样，因政府发现白鹭栖息地的关系，大福湾项目被叫停，但不同的是这次破产的人是秦晋。不过有秦家做后盾，秦晋东山再起也并非难事，只是创业阶段的男主角变成工作狂，不再像原剧情那样，有无限的精力为傻白甜女主收拾烂摊子，在琳琅因为一次乌龙而得罪客户时，他的情绪终于爆发了，两人在冷战中分了手。

没有反派男二追求琳琅，也没有了恶毒的顾九九，秦晋和琳琅的感情没有经历太多的坎坷，反而以分手为结局。安嘉鱼万万没想到，剧情会发展成这样，连她这个亲妈都认不出这是自己的小说。

难道傻白甜这种生物只有有钱有闲的霸道总裁才能消受？

撇去秦晋和琳琅的故事不说，除夕临近的气氛还是相当和谐的。安嘉鱼每天数着日子等过年，因为卫风答应她，过完年，就带她出国玩。于是她常常抱着日历骚扰卫风，提醒他正月初一的行程。

除夕的前一个晚上，安嘉鱼忽然想起一件严重的事情，十一点多的时候，"噔噔噔"跑去敲卫风的房间。

已经入睡的卫风被急促的敲门声吵醒："如果没有足够的理由，我就把你从二楼丢下去。"

安嘉鱼早已洞悉他的刀子嘴豆腐心，对他的威胁完全没放在心上："我才想起来我没有身份证啊，我的护照怎么办？"

卫风抄手而立，用看白痴的目光看她："后天的机票，你现在想起来有什么用？护照和签证都办好了，不准再来吵我。"

她露出大大的笑容："你果然机智！"

他沉着脸，正准备关门，却被安嘉鱼挡住，她笑眯眯道："明晚这个时候，我们一起迎新倒数好不好？"

卫风淡淡地"嗯"了一声。

夜里，安嘉鱼带着对明天的美好期待入睡。马上就是除夕了，虽然还是没有找到回三次元的办法，但至少这个世界有卫风。

翌日早晨。

太阳难得早早地升起，明媚地透过白色纱窗照进房间。安嘉鱼裹在温暖的被子里，慢吞吞地伸出脑袋，侧首看了眼床头的电子钟，已经八点半了，定的闹铃竟然没有响。

"嗯？"安嘉鱼觉得自己似乎有点眼花，电子钟左上方，日期的位置显示的怎么是 12 月 12 日？

她用力地揉揉自己的眼睛，还是12月12日，她拿起闹钟仔细检查，是哪里坏了吗？闹铃也不响，日期也不对。

安嘉鱼拥着被子坐起来，视线不经意间扫到桌面，她的巧克力不见了！难道昨晚进小偷了？她赤着脚蹦下床，冲到衣柜前，打开一看，发现前几天买的春装、手袋也都消失了，心里暗叫糟糕，更加笃定昨夜真是进贼了。

"我的钻石，你可千万要在啊。"

她胆战心惊地打开抽屉，首饰盒果然也不翼而飞了！

安嘉鱼惊慌失措地跑下楼，卫风正在餐厅吃早饭，她激动地告诉他，家里遭贼了，她的宝石、衣服、巧克力都被偷了！

卫风喝着咖啡，看着报纸，不紧不慢地开口："没有进贼。"

"东西都不见了！价值连城的钻石也不见了！"

他把报纸递给安嘉鱼，指了指上面的日期："这是今天早上刚投递的报纸。"

安嘉鱼哪里有心情看报纸，但还是顺着他的手指，看到了报纸上的日期，12月12日。

"这是什么意思？为什么今天要投递过期的报纸？"

"因为今天就是12月12日。"

卫风用冷静的声音说出真相，当他醒来时，首先发现书本中的书签放置的页码和昨晚不一样，其次是厨房的咖啡豆，本该满满当当的咖啡豆，却已见底。之后，就接到了今天投递的报纸，12月12日。

安嘉鱼难以理解这句话，昨天明明已经2月10号了，日期怎么会倒退。

"什么意思？"

"我们回到了12月12日。所以，你的钻石不是被偷了，而是我们还没有买下来。就像这罐咖啡豆，12号的傍晚才被填满。"

她呆滞了好久，终于消化了卫风的意思，但她不能接受这样的现实。

"为什么？为什么我们会回到双十二！"

回到双十二，那就意味着这期间卫风给她买的礼物统统消失了。最重要的是，那颗价值连城的钻石也不见了！

卫风笑着反问："你才是作者，你问我？"

安嘉鱼想到脑袋都疼了，也记不起来自己写过这段剧情："难道是小说Bug（漏洞）？"

"毕竟是你的小说，这种可能性还是很大的。"

此时，电话响起，卫风为了让她更清楚现实，就让她接了电话："安小鱼，我早上差点被砍了，嘤嘤嘤，我简直太害怕了，求安慰求抱抱！"

"……"

"刚才我去牙科找一个同事，正好碰上一个病人来闹事，他一颗二十年前做的牙，最近坏了，找我们索赔，牙科医生说，这牙都用了二十年，质量已经很好了，结果那个病人一言不合，就掏出一把刀子……"

安嘉鱼整个人都是蒙的，电话那端的明旌不满道："喂，安小鱼，你有在听吗？"

她有气无力地回了一句："明旌啊，今天中午你别出门，有车祸。"说完便挂了电话。

另一头的明旌听得一头雾水。

卫风打开电视，里面正在报道秦晋拍下地皮的新闻，就连台词都一模一样："今日九时，晋禾科技成功收购大福湾附近的地皮，公司法人代表秦晋出席了签约仪式，请看前方记者的详细报道……"

安嘉鱼对这样的 Bug 有点无计可施："怎么办？"

卫风不以为意："再过一次双十二，你再刷一次淘宝，不开心吗？"

她点点头，也对，不就是多过一次双十二，好像没什么损失，可是——

"我的衣服、巧克力、钻石……"她可怜巴巴地看着他。

卫风大手一挥："买。"

安嘉鱼"欧耶"一声，愉快地吃早餐去了。

吃完早餐，卫风带她去商场把原先的东西都买回来。二人拧着大包小袋的东西准备回家，路过商场的电器卖场时，上面还在重播晋禾力压风讯拍下地皮的消息。

安嘉鱼站在电视前良久,不由得感慨:"又要看男主角破产一次,好心疼,我这样子好像后妈哦。"

卫风敲敲她的脑袋:"难道你希望我破产?"

她看看脚边的东西,很不厚道地表示:"还是让他破产吧。"

再次经过《枕边有人》的电影海报前,安嘉鱼不再停伫。

"我们今天看灾难片吧。"她扯了扯卫风在袖子。

"不看。"他看了眼海报——《末日降临》,无情地拒绝了她的提议。

安嘉鱼拉住他在袖子,不让他走:"看嘛看嘛,为什么不看?"

"因为我们本身就是灾难片。"

安嘉鱼:"……"

到了晚上,安嘉鱼把东西按照原来的顺序摆放好,才安心地入睡。

翌日的阳光依旧明媚,安嘉鱼依旧是被刺眼的阳光唤醒,她一睁开眼睛就看向自己的桌面,东西竟然又不见了!

等等,这醒来的方式有点熟悉!

她冲下楼,卫风在客厅喝咖啡。还没等她开口,卫风就替她说了:"我知道,东西不见了,因为今天还是12月12号。"

卫风看了一眼壁钟,笑道:"明旌的电话该来了。"

话音刚落,铃声响起,安嘉鱼无可奈何地接起电话,没等明旌开口,她就先说了:"有个很奇葩的病人对不对,你差点被砍了对不对,别害怕,安慰给你,抱抱也给你。另外,中午千万不要出门,因为你一出门就会遇上车祸!"

迅速结束电话后,她坐到卫风身边:"如果,我们一直都在今天怎么办……"

说这话的时候,她的声音都在颤抖。她曾经以为,来到二次元就是最大的灾难,却没想到还会陷入无限重复的生活。

卫风沉默片刻,说道:"没关系,有我在。"

安嘉鱼看着他坚定的神色,心里的惶恐渐渐压下去,多了几分安心。

"下午我带你去逛街。"他建议道。

安嘉鱼摇摇头，第一天的新奇感觉已经过去，她现在只想安安静静地待在家里。

这天，秦晋依旧买下了地皮，占据了十五分钟的财经新闻；明旌依旧没有听劝，中午出门吃饭还是被车撞了；除了她和卫风，一切都没有改变。

时间分分秒秒过去，这一天，安嘉鱼除了吃饭，做得最多的事情就是看闹钟。

到了晚上，安嘉鱼怎么都睡不着，她窝在沙发里，看着壁钟一点点走，有点茫然。眼看就要十二点了，她又惊恐了起来，起身把灯全部打开。做完这些，她坐回沙发，将双脚蜷曲起来，双手抱着膝盖，呆呆地看着钟摆左右摆动。

卫风循着动静找到安嘉鱼，坐到她的身边。

"这个时候，我们本该在倒数迎新的。"安嘉鱼难过地说道。

他轻轻"嗯"了一声："除夕总会到来的。"

她没有肯定也没有否认，这是二次元的世界，什么都说不准吧。

"11点59分了。我们打个赌吧，我赌过了十二点还是今天。"

"你的智商果然为负数。"

安嘉鱼沉默了一会儿，忽然惶恐道："卫风，我害怕。"

他握住安嘉鱼冰冷僵硬的手，语气坚定："安嘉鱼，我不会让你困在书里，我会带你回家。我保证，一定将你送回属于你的世界。"

钟声响起，敲完十二声之后，安嘉鱼赌赢了……

第三天。

安嘉鱼睡醒过来的第一件事，就是看日期，果不其然，还是12月12日。她认命地叹口气，走下楼去。她拔掉电话线，给自己热了一杯牛奶，然后坐到卫风的旁边。

卫风神色如常地吃着早餐。

她看了看盘子里的火腿芝士三明治，拿起餐具，突然又觉得没什么胃口，忍不住问："三明治、杯子蛋糕、咖啡和牛奶，一模一样的早餐我们连续吃了两天，你不腻吗？"

他放下手里的咖啡："不吃饱，怎么有力气思考。当然，你可以和厨师说明天做点别的，如果他能做到的话。"

就算说了，明天不也还是一样，最后安嘉鱼选择自己动手丰衣足食，她出门买了豆浆、油条、生煎、小笼包，美美地享用了一顿早餐。

卫风本以为安嘉鱼还沉浸在悲伤中，却没想到，她的意志力犹如小强一般顽强，明明昨晚还害怕得瑟瑟发抖，今天却大有"既来之则安之"的态度。

二人和平地解决温饱问题后，开始直面现实。

"我觉得我们需要先找到出现这个 Bug 的原因。"安嘉鱼严肃地发言。

"我们一直循环在 12 号，说明这一天很关键。"

安嘉鱼回忆了一下："12 号只发生了一件大事，就是秦晋拍下地皮。"

卫风肯定地"嗯"了一声，他分析道："所以他破产了。而且琳琅也没有像原剧情那样和他结婚，他们的结局从圆满变成了悲剧。你的男主角人财两失，剧情就崩塌了，因此我们一直循环在 12 号走不出去。"

"所以？"

卫风做出最后的结论："这个世界崩了。"

"你的意思是，要结束这个悲剧的无限流的重生模式，就要按照原来的剧情走，不能改变男女主角的命运？"她难得机智一回。

"所以说，安嘉鱼你是有多恨我？非要我破产不可？"

安嘉鱼心虚地在沙发上瞎抓："我写的时候又不知道那是你，我参照你的条件，做了调整……"

卫风揉揉眉心："你哪儿来的自信？你所有的小说，主角们有差别吗？如果我没记错，秦晋的相貌性格和《美丽俏王妃》里的王爷一模一样！"

她谄媚地递上咖啡："别生气，我保证下一次就不一样了。"

"还有下一次？"

"我也是要生活的……糟糕！顾九九这个角色没有了，那谁来当恶毒女配？"安嘉鱼发现这个剧本现在少了一个人。

"显而易见，你就是顾九九。"

安嘉鱼哭丧着脸，当她泼了琳琅一身咖啡的时候，她就知道，自己的使命不简单。果然出来混，迟早都是要还的。

"我会努力的……快九点了，我们是不是应该先阻止秦晋？"

卫风看看时间，走到落地窗前，背对着安嘉鱼，打通了秦晋的电话："我是卫风，大福湾的地皮不能拍，里面有白鹭栖息地。"

话音刚落，电话那头只剩"嘟嘟嘟"的声音……

他淡定地放下电话，转身对上安嘉鱼期待的目光："他不信我。"

安嘉鱼哈哈大笑两声："让你坏事做尽，看，遭报应了吧。"

卫风双手交叉抱于胸前："这个报应你也有份。"

她立刻停止了嘲笑，觉得自己有点傻："那怎么办？"

卫风打开电视，新闻正在播送地皮签约仪式，签约现场的秦晋笑得一脸春风得意："怕什么，我们有无数个今天。"

安嘉鱼翻了个白眼："你那得意扬扬的语气是怎么回事？这又不是什么好事！"

他没有接这个话茬，和白痴辩论只会拉低自己的智商。

中午，理出思绪的安嘉鱼突然很想出门，她便拖着卫风去看望受伤的明旌。

这一天，似乎比之前明亮了许多。

第四天。

时间刚刚过一点，夜色浓重，月光下，斑驳的树影摇曳，一阵风吹过，树叶晃动发出"沙沙"声。被树丛、灌木包围住的池塘倒映着月色，波光粼粼。白鹭展了展翅膀，发出"噗噗"的声响。

但比白鹭更需要休息的是安嘉鱼，她裹着一件黑色连帽羽绒服，几乎融进夜色中，打着哈欠跟在大步疾行的卫风身后。

"卫风……我们来做什么……你要杀人抛尸吗?"安嘉鱼迷迷糊糊地问。她本来已经入睡,但卫风残忍地把她从温暖的被窝中叫醒,驱车超速赶到这荒山野岭。

卫风见她昏昏欲睡的样子,干脆拉住她的手:"拍照。"

安嘉鱼顿时精神了,她看着两人握在一起的手,心脏扑扑乱跳。她知道他手是温暖的,却没想到在寒冬腊月里也这么暖和。

"拍……拍照啊,可我没化妆……"

卫风:"……"

安嘉鱼继续喃喃自语:"你也不早说今天是来拍照的,我不像你,底子好,这黑咕隆冬的,我又没化妆,得丑成什么样子。回头合照曝光,大家一定会说一朵鲜花插在牛粪上,要不我们改天拍吧?"

"拍白鹭,发给秦晋。"卫风记得他在车上已经和她说过了今晚的行动。

她脚步一顿,差点被地上的石块绊倒,幸而卫风拉着她,才避免了和泥土的亲密接触。

"呵呵……这样啊,我就随口说说,你真是一点幽默感都没有呢。"

之后,事情进展得比想象中顺利,虽然最后把白鹭惊起,四处乱飞,但该拍的东西都拍到了。到家后,卫风将照片匿名发到秦晋的邮箱里。做完这些已经凌晨四点了,他和安嘉鱼架不住困意沉沉睡去。

等他们醒来时,已经正午十二点。

卫风醒来的第一件事情就是打开电视。结果,电视上还是在重播秦晋参加地皮签约仪式的新闻。这时,他放在桌上的手机响了,是秦晋发来的短信:"不要做无用功,我是不会上当的,不管是地皮还是琳琅,我都不会让给你。"

他看完短信,气得差点把手机给砸了。

"安嘉鱼!"

安嘉鱼被卫风的怒吼惊醒,匆匆下楼:"吵死了!还让不让人睡觉了!"

"你亲儿子有被害妄想症你知道吗?"他指着电视控诉。

她看完新闻,再看看他的短信,总算知道了卫风不高兴的原因了。

"我也不知道你自带傲娇属性啊,不就是被秦晋猜出身份来了吗?没关系啦,人生不如意十之八九,今天不成功,还有明天,看开点,像我这样。"

卫风:"……"

第五天。

清晨七点,天际泛着晨光,一夜的雾气在晨光中慢慢散开,越来越薄,解开这座城市的模样。安嘉鱼再次被卫风以极其残忍的方式从沉沉的睡梦中叫醒,她抢回被子,重新将自己和被子融为一体。

"天塌了地震了也别叫我,我要睡觉!"

卫风立在床畔:"打电话给琳琅,把她约出来。约不出来你就别想睡了。"

安嘉鱼缩在温暖的被窝里,只露出一双眼睛:"你自己约。"

"就算她愿意赴我的约,秦晋也不肯。"

安嘉鱼又往被子里缩了一点:"你约她干吗?"

"我自有安排。"他没有耐心去说服秦晋,那就只能使用不温和的手段了。

安嘉鱼十分没骨气地妥协了:"只要她答应出来,我是不是就可以睡觉了?睡到自然醒?"

他点点头:"自然醒。"

"行。"

虽然不明所以,但她还是打着哈欠照做。她打通琳琅的电话,开了免提:"琳琅,我是安嘉鱼,今天双十二,我可以约你出来逛街吗?"

琳琅似乎还没起床,声音软软的,还带着几分睡意:"小鱼,这才七点呢……会不会早了点?我们晚一点出门吧。"

为了睡觉,安嘉鱼继续忽悠傻白甜:"我知道一家很好吃的早餐店,我们可以先去吃个早餐,然后去商场买衣服买包包。"

"那好吧,我们五四路见。"

挂断电话,安嘉鱼再次像乌龟一样缩回被子里。然后,从被子里传出闷闷的声音:"帮我把门带上。"

安嘉鱼一觉睡到了中午,如果不是刺眼的阳光,她大概可以一直睡到下午。她伸了伸懒腰,对今天的睡眠质量相当满意。

"放我出去!放我出去!"

"救命!"

"有人吗?"

安嘉鱼愣住了,这是谁在求救?她蹦下床,循着声音走去,最后贴到了墙面才确定,这个呼救声是从她的隔壁传过来的!

"为什么要抓我?"

"救命啊!"

隔壁的拍门声明显急促了起来,显得害怕又无助,简直楚楚可怜。安嘉鱼仔细一听,越发觉得这个声音耳熟。她心中隐约有了猜测,一溜烟跑下楼,卫风果然还坐在客厅的沙发上优哉游哉地看新闻。

"你是不是把琳琅绑到家里来了?"她气喘吁吁地质问。

卫风淡淡"嗯"了一声。

安嘉鱼觉得不可思议,他竟然真的绑架了琳琅:"你为什么这么做?你怎么能这么做?你不能这么做!"

他好整以暇等着她"不能这么做"的理由。

她调整好自己的呼吸,心里感慨最近的身体都被卫风养虚了,只是从楼上跑楼下,就喘成这样:"你这样做,被秦晋发现了怎么办?回头你被警察抓走,我就没靠山了。"

卫风:"……"

他以为,她至少会说出"你这样做太冒险了"或者"琳琅做错了什么,你怎么可以这样对她"之类的话。

这时候,财经新闻的重播时间到了。

"今日九时,风讯科技成功收购了大福湾附近的地皮,公司法人代表卫风出席了签约仪式,请看前方记者的详细报道……"

安嘉鱼微微一怔。

她仔仔细细地将这则新闻看完,兴奋地问:"你是怎么做到的?"

卫风朝二楼看了眼:"用你说的'不能这么做'的办法。"

她长长地"哦"了一声,原来绑架琳琅是为了阻止秦晋签约。只是没想到,秦晋不是试图营救或者报警,而是在第一时间放弃了地皮,果然是真爱。

安嘉鱼伸出大拇指:"给你一万个赞!可是,现在怎么把她放回去?如果被人发现了……"

话音未落,就被卫风的手机铃声打断了。他淡淡地看了眼屏幕,是秦晋的号码。

"已经被发现了。"

安嘉鱼鼓动道:"开免提开免提。"

卫风难得听取她的建议,开了手机的免提。

"琳琅呢?"听得出来秦晋很担心。

"她没事。"

确认琳琅平安,秦晋才将自己的情绪表露出来:"卫风,我没有报警不是因为我怕了你的手段,而是不希望琳琅难过,她不会希望自己的朋友是个绑架犯。但是,我警告你,没有下一次了!你会遭到惩罚的!嘟嘟嘟 "

安嘉鱼突然觉得卫风还挺惨的,明明知道这块地皮买不得,还要绞尽脑汁地买下。他替秦晋挡去破产危机,却还要被人骂,这剧情简直比原著中的卫风还要糟心!

卫风感受到她类似怜悯的目光,冷冷道:"别在我身上浪费同情心了,你还是同情一下你自己吧。"

"我?我怎么了?"她摸摸自己的后脑勺,不明所以。

他指了指二楼:"琳琅是我绑回来的,但她是你约出来的,现在,你得把她放回去,并且不能让她觉得被绑架了。因为按照小说的情节,今天下午她还要去风讯科技找卫风。"

她欲哭无泪:"一起嘛……我一个人搞不定的。"

卫风拿起茶几上的车钥匙准备回公司,回道:"难道你想让她发现我们在'同居'?"

安嘉鱼:"……"

花了半个小时思考的安嘉鱼,顶着卫风对她的"期许",总算想出了一个笨办法。她出门买了一个蛋糕,回到家将蛋糕点上蜡烛。打开琳琅的房间,大喊了一句"Surprise",试图营造出一种生日惊喜的氛围。

琳琅的心情像坐过山车一样,原以为是被歹人绑架,结果却是生日惊喜,尽管她的惊吓多于欣喜。

"小鱼……"琳琅欲言又止,因为今天不是她的生日,可看着好友一脸开心的模样,实在不忍心戳穿这个事情,"谢谢你,小鱼。"

她闭上眼,吹灭蜡烛,许下心愿。希望小鱼早日找到真爱,希望阿晋的父母不要再讨厌她,希望阿晋知道了自己的真面目之后还能爱她。

安嘉鱼缓缓舒了一口气,她当然知道今天不是琳琅的生日。只不过,她也知道,琳琅心地善良,绝不会说穿这个误会。

等琳琅睁眼的时候,安嘉鱼又换上了笑脸:"许了什么愿?"

琳琅摇摇头:"说出来就不灵了。"

就这样,绑架危机化解了。不过演戏就要演全套,安嘉鱼为了让傻白甜深信这是一个生日惊喜,还亲自下厨做了一顿色香味俱全的大餐,把傻白甜感动得两眼泪汪汪,直言她们要当一辈子的好闺蜜。

卫风一到公司,就开始为后续的剧情做准备。

为了让琳琅能够清楚地、彻底地窃取风讯科技的机密,他做了"全面准备",会议上的一些专业术语全都换成简单易懂的词汇。相关文件也复印了多份,在会议室、总裁办、员工办公桌都放了一份,尽量让她随处可取。

按照小说情节,琳琅是自己去风讯科技的,但是经过早上的"绑架"事件,秦晋禁止她和卫风接触,所以安嘉鱼只好助攻,将正在和秦晋闹分手的傻白甜约出来。

因为这一天的事情已经发生过,所以安嘉鱼十分清楚琳琅为什么和秦晋闹分手。但她不能像上次一样把攻略秦老爷子的办法告诉她,因为按照剧情,安慰傻白甜的任务是反派男二号的,而她是恶毒女配角。

抢戏这种事情,后果可是非常严重的。

她不想再重复过双十二了!

一路上,安嘉鱼忍着不去安慰琳琅,以工作为理由将她带到了总裁办。之后她仍旧以工作为借口,默默退场,留下足够的空间给他们叙话。然后,她做了一件很没道德的事情,趴在办公室的门口听墙脚。

琳琅一见到卫风,就忍不住吐苦水:"阿晋的父母不喜欢我,不管我怎么做,他们都不能接受我。阿晋只会叫我忍,我做了那么多,他都看不到吗?"

她越说越委屈,眼泪哗哗地流下来。

"今天早上我只是去了一趟小鱼家,结果回去的时候,阿晋就说了我一顿,好像我做了什么难以原谅的错事一样。他以前从来不会对我这么大声说话,我觉得他变了,他可能厌烦我了,不爱我了……"

卫风敷衍地"嗯"了一声。

琳琅听到这个答案,哭得更伤心了:"他果然不爱我了。"

他完全不知道琳琅在说什么,刚才那一大段,他根本没有听进去,现在更不知道她在哭什么。而趴在门口偷听的安嘉鱼顿时急了,这台词根本不对嘛!她立马站起来,走到玻璃墙那边,用口型提醒他"标准"答案。

接收到安嘉鱼援助的卫风立刻说了一句:"秦晋是爱你的。"

这句话立马止住了琳琅的哭声:"真的吗?"

解除危机的安嘉鱼继续趴到门上偷听。

卫风集中注意力听琳琅讲话,这简直比工作还难,他抓不住她话里的重点,只能附和:"真的。"

"你怎么知道?你有爱的人吗?"

这个问题瞬间将安嘉鱼的心提到了嗓子眼,她紧张得咽了口口水,屏气凝神等着卫风的答案。

卫风知道安嘉鱼必定蹲在门口偷听,所以刻意压低声音道:"还在追。"

安嘉鱼听不清卫风的声音,顿时急了,恨不得破门而入。她溜到唯一一面的玻璃墙面去偷看,却见琳琅正抱着卫风,似乎在说着什么悄悄话,这画面看起来异常清新美好,拍下来都能直接当桌面用了。

安嘉鱼简直难以置信,居然都抱上了!她气得转身而去,心里嘀咕着,这都是什么破剧情?

这个下午,琳琅顺利地拿到了风讯科技的商业机密。而安嘉鱼,没等卫风下班就气冲冲地回家了。

夜幕降临,一辆银色轿车缓缓靠近别墅,安嘉鱼站在二楼的窗边,看到卫风从车里走下来,风姿从容,缓步而行,端是入画景色。他似乎察觉到她的目光,微微抬头,朝她的方向看去,她慌忙闪到一旁。

她干吗要心虚!

安嘉鱼生气地一把拉过窗帘,盖住了外面的景和人。

卫风看着露出微光的窗户,扶了扶眼镜,微微一笑。他进家门后也不急着找她,只是慢条斯理地热着牛奶,等着大鱼主动上钩。

果然牛奶刚热好,鱼儿就迫不及待地出现了。

安嘉鱼倚靠在厨房左门框上,故作淡定:"你回来了?"

"嗯。"

她又换到右门框上:"下午顺利吗?"

卫风不疾不徐地"嗯"了一声。安嘉鱼被他的冷淡反应磨得有点急躁,开始表露出真实情绪:"你没有什么要说的吗?"

他将牛奶一点不落地倒进玻璃杯,刚好一杯:"我要说什么?"

她彻底被激怒:"你要说什么我怎么知道!"

"那你想让我说什么?"卫风摸摸杯子,有点烫手。

安嘉鱼走进厨房:"我下午都看到了。"

他直视她的眼睛："那你看到了什么？"

她被卫风看得有点心虚，是啊，她有什么资格质问他。他未婚琳琅未嫁，他们就算有什么感情发展也没什么不对。

"琳琅她有秦晋了……"

"你说得对，继续。"卫风点点头。

安嘉鱼鼓足勇气："所以，就算我们要走剧情，也不应该去破坏她和秦晋，对不对？我们不能因为一己私利就伤害无辜的人。"

"我做了什么超出剧情之外的事情吗？"卫风反问。

安嘉鱼一怔，小说里似乎也有琳琅抱着卫风痛哭的情节，她吃醋过头了，都忘了原本的剧情就是这样。

"而且按照之后的剧情，我不仅会拥抱琳琅，还会亲她，对她无条件的好。"他看着安嘉鱼惨白的脸色，顿了一下，继续道，"但我做这些，是为了送你回家。安嘉鱼，你不是想回家吗？或许到了这个故事的结局，你就可以回家了。"

安嘉鱼握紧双拳，喊道："我不想！"

"可是我不那样做，你就不能回家了。"他指出残酷的现实。

"那就不回家了。"她脱口而出。

卫风继续问："你的意思是……就算我们走不到结局，回不到现实也没关系？"

"对，我不要回家了！我不要你对琳琅好，也不要你对她做那些亲密的事情！"哪怕是演戏也不行，只要想到他要抱着别的女人，将那些对她的好统统送给其他人，她就难受得不行，所以她宁可不回三次元！

卫风的嘴角微微上扬，眼中也浮起暖暖的笑意："傻姑娘，喝了牛奶早点睡。"

她怔怔地接过牛奶，不是很明白他的意思。她算是表了白，他怎么什么表示都没有。难道这是沉默地拒绝，可看着又不像。

"不是想知道我怎么回答琳琅的吗？"

他看着傻乎乎的安嘉鱼，微微一笑："我说还在追。不过，你设定的人鱼族是不是拥有祝福的能力,下午你的女主角才祝福了我,晚上就成真了。"

这晚,喝了热牛奶的安嘉鱼还是失眠了,她翻来覆去地想着这句话,直到天色大亮才总算想明白了。

她觉得,要不是她理解能力一百分,肯定参不透这句话的潜台词。琳琅问他有喜欢的人吗,他说还在追。

那被追的人是谁?

他又说,琳琅祝福了他,晚上就成真了。意思不就是白天还在追,晚上就追上了。这不明摆着是接受了她的表白,两人要在一起的节奏吗?换成脑子不好使的姑娘,肯定没办法理解卫风的话,闷骚成这样也是少见了。

第八章·用浮夸的演技拯救世界

男主角和反派不死不休的宿命不是你设定的吗？

秦晋将卧房的窗帘拉得严严实实，他看着床边瑟瑟发抖的琳琅，心疼不已。但是他不明白，为什么她的族人要追杀她。

"是因为我吗？因为你爱上了没有尾巴的人类。"

"不是！"

不是因为她爱上了人类，也不是因为她擅自离开了深海。可是她怎么敢说出真相，那么不堪而丑陋的真相。不，她没有勇气，也畏惧那张平凡至极的脸。然而她的族人已经找到她了，她的谎言还能维持多久？

——《来自深海的人鱼》第八章

两天后的慈善晚宴。

安嘉鱼依旧穿了那套浅蓝色鱼尾礼服，依旧是卫风的女伴，依旧一推开门就吸引了全场的目光。不同的是，这次她已经不紧张了，她要做的就是按照原剧情，扮演好顾九九的角色。只是看着傻白甜女主角，她有些尴尬。

毕竟她们现在还是好朋友，可是等下却要打她一巴掌。

琳琅对安嘉鱼纠结的心情完全不知，她跟秦晋的感情柳暗花明，得到秦家老爷子的支持，整个人一扫前日的阴郁，眉梢眼角满满都是笑意。所以见到好友的第一件事情，自然是跟她分享自己的喜事。

身为作者,能亲耳听到女主角讲述剧情外的故事,可谓新鲜。

提到秦晋父母的时候,琳琅露出几分担忧:"他们只是因为爷爷的关系才接受我,小鱼你们人类……嗯,我是说你们碰到这种情况,都是怎么化解的?"

"放心吧,秦晋父母越反对,秦晋就会越爱你。"安嘉鱼浑然不在意道。没有这些反对,怎么能衬托出他们是真爱呢?就像时间倒流到双十二之前那样,他们没有经历任何坎坷,最后却分手了。

不过看傻白甜那么苦恼,安嘉鱼还是说了几个小说里琳琅攻下秦晋父母的办法。

两人就这么边聊边吃,安嘉鱼十分心宽地把正事抛在脑后,直到卫风将她拖走:"顾九九爱的人是秦晋,但是你一整晚都和琳琅腻在一起。"

"……"安嘉鱼无言以对。

"为了剧情的发展,我建议你吃饱了就干正事。"

所谓的正事就是顾九九利用商业利益威胁秦晋和她订婚,但遭到他的拒绝。安嘉鱼为难地说:"可我不是顾九九,我也没有顾家做后台,拿什么威胁他?"

"你有风讯科技。"

她歪着脑袋看他,不明所以,随即反应过来,乐不可支,他的就是她的,这个设定她很满意。

"好,那我去了。"

刚走两步,她又转过头道:"给我加油。"

卫风好笑地说了一句:"加油。"

此时秦晋正在和其他公司的老总聊天,安嘉鱼就站在一边等着,时不时看他几眼,于是这些个商场老狐狸笑着拍拍他的肩膀走了。此前秦晋对她尚有一分愧疚,但刚才见她与卫风一同入场,且形迹亲密,便怀疑她也参与了琳琅绑架一事,于是心里的那一点愧疚瞬间就荡然无存,还添了几分浓浓的厌恶。

安嘉鱼一看秦晋的脸色，就知道他在想什么。可她也没辙，小说里顾九九就是秦晋的真爱粉，她也得一样对待他。

她露出一个微笑，走近他的身边，举起酒杯："好久不见。"

出于绅士风度，秦晋没有转身就走或者恶言相向，只是冷冷地回了一句："你好。"

安嘉鱼举着酒杯碰杯也不是，不碰杯又尴尬，她后悔选了这样礼貌的开场白，太苍白无力了。她把手里的酒一饮而尽，说道："我有话对你说。"

"请说。"

她努力表现出恶毒女应有的气场，微抬着下巴看他："我手里掌握了很多风讯的机密，包括卫风非法操盘、偷税漏税、做假账等证据。只要你离开琳琅，和我订婚，我就把这些东西都交给你，帮你扳倒卫风。"

秦晋听完这一番话，看她的眼里露出几分不齿，他义正词严道："没想到，你是这样的人。我就算要赢卫风，也是堂堂正正地打败他，不需要这种肮脏的手段。还有，没有任何事情可以让我放弃琳琅，你不要妄想了。"

安嘉鱼在心里给他点赞，说得好！不愧是她家的男主角！然而她脸上却露出一个失望的表情，用浮夸的演技愤怒道："琳琅只会是你的负担。"

秦晋摇摇头："你不会懂的，琳琅是我的幸运。像你这样的人，是不懂感情的。你太可怜了。"

"那就让我们拭目以待。"安嘉鱼撂下这一句话，就按照原剧情那样，愤怒离去。一转身，她就对上卫风晦暗不明的眼神，似乎带着几分不悦，但他们离得有些远，她也看得不是太真切，只是脑中忽地闪过一个念头——卫风是不是也会像她一样吃醋？

就像她不希望他对琳琅好，他也不想看到她"痴恋"秦晋。

那晚似是而非的表白后，他们重新制订了战略计划，走剧情可以，但是他不能和琳琅发生肢体上的任何接触，不然她就罢工。当时卫风似笑非笑地睨着她，说了一句："那你是不是要以身作则？"

所以，他现在是吃醋了吗？

宴会的剧情进展得十分顺利。

很快就到了拍卖的环节，"柯伊诺尔"作为压轴拍卖品出场，吸引了全场的目光，即便是见惯了宝石的人鱼族琳琅也为之侧目。秦晋见状，便决定将钻石拍下来送给她当求婚礼物，他要让所有人知道他爱琳琅！

竞拍十分激烈，价格一路飙升，最后只剩下卫风和秦晋在争夺。

安嘉鱼扯了一下卫风的手："做做样子就行了，你一口气加一千万，把我家男主角吓跑了怎么办？"

"你倒是关心他。"卫风神色冷沉道。

"我可不想重复一次今天的剧情，再对有自恋属性的男主角表白。"

卫风闻言，神色微缓，却依旧没有退出竞拍，直到秦晋喊出一个天价之时，他才放弃。他心中估算了一下，这个价格应该是秦晋能拿出来的全部资金。剧情只规定秦晋要拍下钻石，但并没要求价格。

剧情存在漏洞，不就是给人钻的吗？

安嘉鱼用手捅了一下卫风："比上回成交价高出两倍，你这是存心要让秦晋大出血吧。"

"剧情没崩不就行了。"

"……"

过了一会儿，安嘉鱼又问："所以你今晚为什么针对秦晋？"

"男主角和反派不死不休的宿命不是你设定的吗？"

安嘉鱼："……"

他们闲聊之间，本书的高潮剧情已经开始了。秦晋拿着璀璨瑰丽的钻石，单膝下跪，向琳琅求婚。而傻白甜女主角一脸感动和意外，眼中闪烁着泪光。在会场灯光的笼罩下，在浪漫的钢琴声里，两人相拥亲吻。

画面看起来十分美好，十分小清新。

安嘉鱼也感动得红了眼眶，身为作者，能亲眼看到这一幕，真的太幸运了。不过，她此时的神态落在有心人眼中，就是难受嫉妒得红了眼，比如秦晋，目光不屑而嘲讽地从她和卫风身上扫过去,一副"你们不懂真爱"的高冷模样。

安嘉鱼无视了秦晋的鄙视,她凑近卫风道:"虽然钻石在琳琅的手里,但是我会一直记得,你也曾经送给我一颗这样的钻石。"

拍卖结束后,又该安嘉鱼上场了。

安嘉鱼趁琳琅落单,在二楼走廊参观壁画的时候,"气势汹汹且难掩嫉妒之色"地朝琳琅走过去,还没开口就先甩了琳琅一巴掌。因为她担心琳琅一开口,她就不好意思下手了。当然,她用的是巧劲,打得并不重。

莫名挨了一掌的琳琅惊愕得说不出话来,无措地看着安嘉鱼。

安嘉鱼被她看得尴尬,想着这也是为了拯救崩坏的剧情,拯救男女主角的爱情,不然他们悲剧了,自己和卫风同样也要悲剧。每天重复过同一天的生活,真的很崩溃,追的偶像剧不更新了,连载的小说也看不到结局了,不管买了什么东西,第二天醒来都会消失,永远看同样的新闻报纸,甚至不能出门旅行,因为一到午夜十二点,这个世界就会自动刷新,把他们免费送回"新手村"——卫风的别墅。

"小鱼你为什么打我?"琳琅茫然地问,"是不是我做错了什么?"

自我感觉演技棒棒的安嘉鱼,用愤怒又嫉妒的语气说道:"我爱秦晋。打从我见到他的第一眼,我就不可自拔地爱上了他,但是因为你,他对我视而不见,还将我赶出公司,你说为什么?"

琳琅难以置信地看着安嘉鱼:"原来……你真的喜欢阿晋……"

"是啊,我喜欢他,我根本不想当你的好朋友,你明知道我喜欢他,还不断在我面前秀恩爱,你知道我心里多难受吗。你到底是真的傻,还是故意刺激我呢?琳琅,从今以后,我们就……就是敌人了!"

"你在做什么?"秦晋匆匆赶来,心疼地将琳琅护在身后,对安嘉鱼吼道。

安嘉鱼被他吓了一跳,眼泪都被这声怒吼惊了出来:"我在做什么,你看不到吗?"

这种时候都不忘演戏,敬业的安嘉鱼默默地给自己点了一个赞。

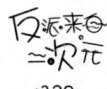

或许她以后可以考虑去当演员?

"秦晋你没有良心,当初你需要我的时候,是怎么说的?可后来琳琅一和你闹别扭,你就把我赶出公司!我没钱没家没身份证,比流浪狗还惨,这都是拜谁所赐!"安嘉鱼回想了一下流浪街头的惨况,努力表现出原文的绝望凄楚,"如果你不救我,不带我回家,不那么照顾我,我就不会变成今天这副讨人厌的样子!"

最后这句台词,是小说里的原话。

是的,小说里顾九九和秦晋的第一次见面,是因为顾九九离家出走,半夜被几个小混混围堵,秦晋刚巧经过,英雄救美了一把,并将她带回家。这个时候男女主角还不认识,顾九九也才十六岁。

年少相遇,一见钟情。

可惜顾九九不是女主角,落了一个不甚美满的结局。

"你……"秦晋闻言就愣住了,心底的那一抹内疚之情又被勾起。

琳琅见状,不由得又犯了女主角特有的疑心病,以为秦晋和好友之间真的有什么暧昧情愫,情绪一下子就崩溃了。她惨白着脸推开秦晋,跑出宴会厅,只想找一个没人的地方好好哭上一场。

秦晋想追出去,却被安嘉鱼一把拉住。她一边阻拦秦晋,一边在心里对傻白甜女主角说"对不起"。

恶毒女配这种角色还真不好演啊。

她今天的任务可是很艰巨的,不仅要和傻白甜开撕,还要刻意营造她和男主角有暧昧的氛围,让傻白甜误会秦晋,从而推动他们的感情发展!

"放手!"秦晋生气道。

安嘉鱼摇摇头,接下去是卫风的戏,怎么能让秦晋破坏:"我不放!"

秦晋试图甩开她,奈何安嘉鱼跟狗皮膏药一样,甩都甩不开。眼见卫风追着琳琅跑出大厅,他心里一急,就加大了力度。安嘉鱼本就瘦小,被大力一甩,后退了几步,踩到楼梯的边沿,跟跄了一下,整个人就失去重心,滚下楼去了。

所幸整个会场都铺了厚实柔软的地毯,安嘉鱼没受太严重的伤,但还是没能避免磕到脑袋。秦晋也是一惊,迅速跑到安嘉鱼身边,查看伤势。为了能让卫风顺利完成英雄救美的戏码,她扶着脑袋,假装头晕。同时,她无比悔恨自己当初写下的狗血剧情,导致现在她要看着心上人"追求"别的女人,这种感觉实在不爽。

宾客见此情景,第一时间叫了救护车,之后便是不可避免地议论,还有人偷偷用手机拍了照。原本占着理的秦晋,瞬间成为众矢之的。

救护车到达之后,秦晋不得不陪着安嘉鱼一同前往医院。

而另一边,和安嘉鱼早有分工的卫风,追着琳琅离开会场,打着陪她散心的名义,将她带到了海边。寒风瑟瑟,月朗星稀,空气里带着海水特有的气息,又潮又冷,并不舒服。卫风无可奈何地叹了口气,安嘉鱼到底是怎么写出"夜晚海边英雄救美"的戏码?

琳琅见他叹气,以为他是在担心自己,便体贴地说:"我没事了。"

卫风将错就错:"如果你在秦晋的身边觉得委屈了,就告诉我,我帮你找一个宁静的地方,你可以看日出,看大海,看书,做任何自己喜欢的事情。"

"不,"她摇摇头,坚定地说,"我不会离开阿晋,我不能想象没有他的未来,我知道我们之间有很多的阻碍,我也知道自己和他不是一个世界的,但是我会很努力,我会尽力做好。我、我想一直陪着他,直到他渐渐老去。"

他没有任何表情,只是看看手表,心里琢磨着时间差不多到了,歹徒该出现了。

果不其然,不到五分钟,三个歹徒就直冲他们而来。

"哟,这小哥挺漂亮的啊,把钱包交出来,然后陪我们哥几个去喝几杯吧。"为首的胖子晃着匕首调戏道。

其他两人在一边"嘿嘿"淫笑。

卫风皱起眉头,这个开场白……安嘉鱼的写作风格还真是,别具一格。然而,他还没组织好语言,就被琳琅挡在了身后。

她大喝一声:"让开!"

结果对面三人愣了几秒,哈哈大笑。

其中一个黄毛年轻人撩撩刘海:"姑娘,我劝你啊,赶紧让开,我们不打女人。"

卫风往前一步,护住琳琅,轻声说道:"我来解决。"

"我跟你们说,我已经报警了!"琳琅从卫风身后探出脑袋,恐吓歹徒。

不料,那几个歹徒信以为真,相互交换了眼神后,决定动手,明晃晃的匕首在月光下闪烁着寒光,逐渐逼近卫风。

卫风离开会场的时候特意戴了眼镜,所以要撂倒几个小混混是轻而易举,但关键是,他必须受伤。于是他躲了几招后,寻了个时机,让匕首擦过右手臂。沾了血的匕首,不再晃得刺眼,却反倒把那些歹徒吓得丢了武器,一路落荒而逃。

琳琅见到卫风受伤,立刻叫了救护车。

市一医院。

急诊室内浓烈的消毒水味道让卫风很不适应,以至于缝合伤口时他始终皱着眉。本就冷漠的表情,加上紧拧着的眉,看得刚工作的小护士心惊胆战,心想是不是自己清理伤口太用力了。

"如果疼的话,你可以喊出来。"小护士小心翼翼地建议。

琳琅看着狰狞的伤口,心里本就内疚不已,闻言便哭得更凶了:"都是我不好,是我害你受伤的。"

"跟你无关。"他受伤,是为了摆脱无限循环模式,是为了走到剧情的终点,是为了找出送安嘉鱼回现实世界的办法。

过了片刻,护士终于战战兢兢地处理好卫风的伤口,她将帘子拉开,便推着车离开。正巧对面的急诊病人也刚刚检查完毕,拉开了帘子,对面二人分明就是秦晋和安嘉鱼,四人面面相觑,气氛略显古怪。

卫风看着安嘉鱼缠满纱布的脑袋,眉心一拧,冷声问道:"怎么受伤了?"

原文里可没有顾九九在拍卖会上受伤这个剧情。

"就不小心从楼梯上滚下来,没大碍,卫总你伤得怎么样?"安嘉鱼看着他的手臂,眼中满满都是担忧。

卫风的眉拧得更紧:"我没事。"

"琳琅你有没有事?"秦晋急切地走到她身边,上下查看,确定她没事,又用温柔且霸道的总裁专用语气对她解释自己和安嘉鱼真的是清白的,不要误会他一片爱意云云——作为当事人之一的安嘉鱼,听得脸都僵了。

男主角这种生物,简直没有人性啊!

什么叫作"我对那种女人没兴趣""她和你当朋友就是为了离间我们""你就是太善良了才会被人欺负"……安嘉鱼在这一瞬间,明白了卫风要把自己公司弄破产的心情,做了好事却背负骂名,真的好虐啊。

琳琅嘤嘤嘤地原谅了秦晋,然后双目含泪地看向安嘉鱼,似有千言万语,却又不知从何说起。安嘉鱼向卫风发出求助信号,小说里可没有顾九九出现在医院的剧情,下面的戏要怎么演啊?

卫风冷着一张脸道:"安嘉鱼,我们回去。"

安嘉鱼闻言,大大松了一口气,立刻跳下床,佯装失落地走到卫风身边。

"我送你们吧,谢谢你救了琳琅。"秦晋终于回到正常人的世界,客气而礼貌地向卫风表达了感激之情。然后目光转向安嘉鱼,他略带内疚地说了一声"对不起",安嘉鱼为了表现出难过的样子,低着脑袋保持沉默。

"不劳秦总费心,安嘉鱼还是由我来送吧,省得她一会儿哪里又摔了。"卫风的语气带着显而易见的嘲讽。

安嘉鱼虽然没有明说,但不用猜也知道她受伤的原因和秦晋脱不了干系。而且敢当着他的面嘲讽他的人,秦晋最近一定是过得太舒坦了。各种阴谋和手段都在他的脑袋里转了一圈,片刻之后,他就理出了一套回敬的方案。

之后一段时间里,秦晋的事业家庭都出现了各种阻力,比如谈得正好的合同被某家不知名的公司抢走,开发到一半的项目被迫停工,公司主推楼盘的代言人爆出各种丑闻。工作上连番受挫,父母又再次强迫他去相亲,连搬出爷爷这个靠山也没用。为了不让琳琅难过,他费尽心思隐瞒,加上公司的事情,简直让他焦头烂额。

当然,这是后话,暂且不提。

回家的路上,卫风冷着张脸,不论安嘉鱼说什么,他都不理睬。安嘉鱼满腹疑问,不明白他在生什么闷气,明明今天的进展很顺利。到家后,他嘱咐安嘉鱼早点休息,自己却关在书房加班。

如果是以前,安嘉鱼肯定是给自己叫个外卖,热个牛奶,吃饱喝足去睡,但是现在卫风不高兴,她就跟着难受。

她在书房门口徘徊许久,正要敲门,门就开了,卫风依旧板着脸。

"我叫了夜宵,有白灼鲍鱼、油焖小龙虾和香酥小羊排,你要不要和我一起吃?"安嘉鱼笑眯眯地邀请。

卫风看着那张写满讨好的脸,心里一软:"好。"

因卫风手臂受伤的关系,安嘉鱼主动承担起剥小龙虾的任务,剥完蘸好酱料,才放进他的碟子。他却迟迟没有动筷,很快盘里的小龙虾就垒成小山丘。

"怎么不吃?"安嘉鱼边剥边问,"不是我自夸,我可是专业剥虾二十三年,保证这虾肉完整、干净!"

卫风抬了抬他的右手臂,她立刻领悟到"圣意",夹起一个虾肉喂他。

"明天我陪你去一趟明旌的医院,做个全面的检查。"

安嘉鱼剥虾的动作一顿,突然意识到卫风不高兴的原因,他还真不是一般闷骚,不过心里却生出一股暖意:"我头上的纱布就是随便缠的,会场的地毯特别软,我哪儿都没磕到。真的,不信的话,我给你表演铁头碎鲍鱼。"

"我知道。"

她的病历和CT报告都在他手里,他刚才传给明旌看过了,确定她没有脑震荡或者其他的状况,但急诊那么仓促,只做了头颅磁共振,其他部位却没检查。她现在看起来活蹦乱跳的,能吃能喝,可万一呢?

"知道还要我去医院?"

卫风看了眼小龙虾,她立刻殷勤地投喂。他心满意足地吃完,才不疾不徐地说:"我们就是做做样子给秦晋看。"

安嘉鱼依旧满腹疑问,既然要做样子给秦晋看,为什么刚才不直接赖在医院?可是她不敢问,反派 Boss 的心情刚好一点,似乎不适合问太多。

"对了,你和琳琅散步散得如何?"她终于问出这个纠结了一整晚的问题。

卫风反问:"你和秦晋'告白'告得如何?"

"我先问的。"

"你先告白的。"她和秦晋"表白"时候,他就远远看着。

她叹了口气:"我很后悔。"

"说说看。"

安嘉鱼剥完全部的小龙虾后将一次性手套卸下来:"我当时写剧情的时候脑子进的水,都是现在我心里流的泪。"

"知错就好。"

"我们好好把剧情走完吧,我保证以后再也不这样坑你了。"安嘉鱼保证。

卫风现在的想法和她一样。他不喜欢安嘉鱼绕着秦晋转,但为了走出无限流循环的模式,却要眼睁睁地看着她"痴恋"秦晋。而他也要按照这个剧情,做自己不喜欢的事情,这样的生活太无奈了。

第二天,在卫风的坚持下,活蹦乱跳的安嘉鱼还是去医院做了全面检查。开了后门的卫风,不到一个小时就拿到了全部的检查结果,身体健康,而且……还胖了。对于这个结果,他很满意。

安嘉鱼难以置信地拿着报告单,她竟然胖了足足十斤!难怪她最近上下楼喘得厉害。

"都赖你,我都胖了!"

"自己吃得多还赖我。"他抽走她手里的报告单,省得她一直揪着体重那一栏的数字不放。其实他一点也不觉得安嘉鱼胖,比起当初在雪天里看到的瘦弱的她,他更喜欢现在有些肉嘟嘟的安嘉鱼。

安嘉鱼试图拿回报告单,卫风却把单子高高举起,她的小短腿在 187 厘米的身高面前，怎么跳都无济于事。

刚从门诊结束工作的明旌回到自己的办公室，就见到这虐狗一幕，他义正词严地谴责道："我知道你俩感情好，但是你们不要在我一个单身狗面前撒狗粮行吗？"

"不行。"卫风十分理所当然地拒绝了。

明旌无言以对。

安嘉鱼趁他们说话的时候，一个高跳，抢回报告单，躲到一边计算自己要减多少斤才比较好，冬天都到了，夏天还会远吗？等夏天来了，以她现在肉嘟嘟的身材，怎么能配得上各种漂亮的长裙短裤。

俗话说得好，冬天不减肥，夏天徒伤悲。

明旌坐回自己的位置，打开抽屉，拿出一份病历丢给卫风："小卫子，帮我写一下我的病历，就写我车祸致……致手指骨折吧。"

卫风单手接住病历，重新给他丢回去："不写，每次都叫我写病历，医院没护士吗？"

明旌又把病历丢给他："让自己的下属来造假，我这院长的面子还往哪里放？就再帮我写一个，医院的手术排得没完没了，我想休假一阵子。"

安嘉鱼拿过卫风手里的病历，拍在了办公桌上："他右手臂受伤了，写不来。"

明旌愣了一下，随即露出一个意味不明的笑："卫风没和你说，他小时候是左撇子吗？他的左手可比右手灵活多了。"

"那……"昨晚吃小龙虾的时候还要她喂？

安嘉鱼一脸疑惑地看向卫风，只见他从容道："我没说过我不能自理。"

她仔细回忆了一番，是没说过，但分明是他故意制造了这种错觉，让她误会。如果说他们交往前和交往后有什么差别，大概就是卫风更爱使唤她了。

他们现在这样，算是在交往……吧？

明旌似乎听出点什么来了，饶有兴趣地摸着下巴观察他们："是不是有什么我不知道的事情？"

卫风瞥了他一眼:"我们要走了,一会儿还有事。"

今天的剧情还没走,所以他和安嘉鱼都要抓紧时间了。

明旌巴巴地问:"你们最近神秘兮兮的,往家里打十个电话,九个没人接,你们到底在干吗?"

安嘉鱼比了个噤声的手势:"我们在拯救这个世界。"

明旌指了指门口:"出门右拐,精神科。"

卫风和安嘉鱼当然没理他,前后离开了办公室。等他们走了,明旌才想起来:"欸——回来回来!病历还没写!"

离开医院后,卫风开车送安嘉鱼去晋禾科技。

一路闲聊,卫风突然很好奇自己在这个世界里是一个怎样的结局,以往,他的下场无非就是死,只是死法花样百出。

他开着车,故作不经意:"你给我的笔记本里面,没有写到我的结局。"

安嘉鱼心虚地看车窗外的风景,这个不是她漏了,而是她不敢写,因为她担心卫风会暴走。

"这个嘛……"

卫风见她如此反应,也猜出了几分:"我又不得好死了?"

"没有!"她立刻反驳,"没有死,只是让你消失在海上而已。"

卫风微微一笑:"算你有点良心。"

到了晋禾科技楼下,安嘉鱼独自一人下车,卫风坐在车里看了一会儿,才发动引擎离开。他要去参加大福湾项目动工的剪彩仪式,明明知道这个项目会亏损,他却还得眼睁睁看着项目动工,简直糟心。

安嘉鱼这次不是来找秦晋,而是来找琳琅。

为了避免碰到秦晋,她把琳琅约到了公司附近的咖啡馆。

安嘉鱼搅着自己的咖啡,率先开口:"昨天打了你,真的很对不起。当时看到秦晋向你求婚,我有些……琳琅,你能原谅我吗?我不想失去你这个好朋友。"

"我都明白,我不怪你。"正如安嘉鱼所料,琳琅大方地原谅了她,"反倒是我,心里很过意不去,竟然让你看着我和阿晋……我……"

安嘉鱼打断她的话:"我知道你要说什么,但你不用内疚,比起别人,我更能接受秦晋和你结婚。"

琳琅不明所以,迷茫地看着她:"什么意思?"

安嘉鱼拿出一个档案袋,推到她的面前:"你看完就明白了。"

琳琅打开档案袋,里面是一些照片和资料。照片中秦晋和一个年轻漂亮的女孩面对面地坐着喝咖啡,而资料正是这个女孩的身家背景。

"她是霍氏企业总裁的长孙女,刚从美国留学回来,很得秦晋父母的喜欢。虽然你有秦爷爷当靠山,但如果秦霍两家能联姻成功,双方的事业都能更上一层楼。"安嘉鱼在一旁解说,"你手里的照片就是他们上周三在相亲的时候,被狗仔队偷拍到的。作为你的朋友,我不想你是从报纸上看到这个消息。"

"那天……他说,他是去应酬……"琳琅脸色越发难看。

安嘉鱼继续添油加醋,用沉重的语气说道:"比起照片里的女人,我更希望你和秦晋在一起,我只愿意输给你。"

"小鱼,谢谢你。但是,阿晋他,可能有自己的苦衷……"

话音刚落,安嘉鱼就看到琳琅豆大的泪珠落在牛皮袋上。

安嘉鱼的心里冒出一股子的内疚,其实秦晋是被父母骗去咖啡馆的,到了之后才发现这是一场精心策划过的相亲,他走也不是,留也不是,最后只能坦诚告诉对方,他有喜欢的人了。对方不但表示了理解,还配合他将这场相亲的戏演全给双方父母看。而现在,她却要扭曲事实来推动剧情发展。

不过她是亲妈,怎么会下手虐自己的男女主角,他们每一次的误会都是为了加深他们之间的感情。这次"顾九九挑拨离间",真正惨的人是"顾九九"。在原剧情中,顾家遭秦晋打压,差点破产。

想到这里,安嘉鱼忍不住开始担心自己的安危。

安嘉鱼完成任务回到家中之时,参加完剪彩仪式的卫风已经先她一步到家,正在打电话约琳琅今晚出海散心。

安嘉鱼从冰箱里拿出一罐冰可乐,使劲摇晃。她现在心里憋的气,大概和这听刚被摇晃过了的冰可乐差不多。之前卫风答应陪她去的旅游没有去成,现在他却要和琳琅出海,没有对比就没有伤害。

等卫风打完电话,安嘉鱼朝他拉开易拉环,白色泡沫瞬间染上他的衬衫。

"你这是在做什么?"

安嘉鱼冷哼一声:"手滑。"

"你确实手滑。"如果不是一时手滑,怎么会写出这样的剧情来。

她愣了几秒,随即反应过来:"你——"

黏糊糊的衬衣让卫风很不舒服,他从上至下解开自己的扣子,利落地将上衣脱了。安嘉鱼瞠目结舌地看着他匀称的身材,艰难地咽了口口水,他这是在给她发福利吗?

"你……你干吗……又耍流氓?"她结结巴巴地说道,虽然这流氓耍得她很欢喜。

卫风把衬衣扔在沙发上,裸着上身越过她的身边:"把衣服洗了。"

安嘉鱼的心脏扑通扑通乱跳,脸颊发烫,但她还在生气,便义正词严地拒绝了他:"我很忙,你……自己洗。"

他上楼的脚步一顿,回头慢悠悠地说:"我今晚要和琳琅出海,你在出海这段写了鲜花美酒,我是不是该花点时间准备一下?"

她气结,但又无法反驳,自己写的剧情,跪着也要走完!

"不洗,我找秦晋去!"按照剧本,他和琳琅出海,她找秦晋"捉奸"。

卫风看看手表,好意提醒:"现在才三点,你确定这个时候去找秦晋不会破坏我和琳琅出海的计划吗?"

安嘉鱼完败,抱着衣服去了阳台。

卫风和琳琅于晚餐后出海。当夜,星空璀璨,月光皎洁,海面波光粼粼,映衬着月色的迷人。游艇甲板事先用玫瑰和气球布置过,一派浪漫,海风的

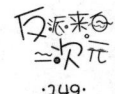

清凉夹杂着玫瑰的花香,让人心旷神怡。

但是站在船头的琳琅,想起下午她和秦晋对质的那幕,郁郁寡欢。

见过安嘉鱼之后,她又向秦晋求证了他上周三的行程,但他依旧只说是应酬。她没有继续追问,只是有些心灰意冷。为什么每一次她以为他们可以天长地久的时候,总会发生一些不好的事情?

难道这是海神对她的惩罚?

她欺骗了秦晋,所以他们的爱情才如此坎坷。

卫风递上一杯酒:"想哭就哭,没有关系。"

琳琅接过酒杯道了声谢:"不,那样子显得我太软弱了。"

"女孩子可以不用坚强。"卫风说道。在他心里,女孩子就应该像安嘉鱼那样,想哭想笑都不克制,随性自由。

她静默许久,然后转移了话题:"对了,你怎么把这里布置成这样?虽然我很喜欢,但看起来可不像是你的风格。"

因为这是幼稚作者安嘉鱼的风格。

卫风很想把一甲板的玫瑰花统统扫进垃圾桶,倒进大海,但是他不能,他非但不能,还必须在这样的气氛下"告白"。然而让他对着安嘉鱼以外的女人表白,这显然违背了他的本心。他稍稍思索,又开始钻剧情漏洞。

"琳琅,其实一直以来,我都很欣赏你。秦晋能为你做的,我会比他做得更好,他不能给你东西,我也能送给你。我无父无母,孤身一人,毕生所愿,就是求一人相伴终生,我将一生忠诚于她,与她共度一生。"

他每一句话皆是真心,只是那个"她"却不是琳琅。

琳琅怔住:"你……其实,我没有你们想的那么好,我不值得你的喜欢。作为朋友,我真的很感谢你能在我心情不好的时候第一时间赶来,我也很庆幸我能认识你。但是我喜欢的是秦晋,除了他,我不会爱上别人。"

"没有关系,只要你过得开心,什么都没有关系。"卫风打断她的话,这些"告白"的台词,比商场的尔虞我诈更让他头疼。

琳琅感动得红了眼眶:"谢谢你卫风,我……"

话音未落,海上掀起一阵巨浪,海水拍打在甲板上,弄湿了琳琅的脚。她脸色忽变,转身想跑回房内,可刚走两步,她就"砰"的一声摔倒了,随即,在月光下,她的双腿缓缓变成了泛着蓝色光泽的鱼尾。

她一脸惊慌地看向卫风:"你、你能帮我保密吗?"

卫风神色如常,语气也没有任何异常:"你放心,我会帮你保守这个秘密。"

"你不害怕吗?"琳琅问道。

她曾经以为,除了秦晋,没有人可以接受她是一条人鱼。人类对于未知的生物,更多的是猎奇和畏惧的心态,他们会想研究人鱼,破译人鱼长生的基因密码,却不会想要异类做朋友、谈恋爱。

"为什么要害怕?传说人鱼是大海的女儿,拥有最干净纯洁的灵魂。"卫风按照台词本说道,"琳琅,你应该更小心,人心的丑陋超出你的想象。"

琳琅的眼里闪着泪光:"谢谢。"

卫风看向大海,此时的海面已经风平浪静:"要不要下水?"

琳琅闻言,心里生出一股无法抗拒的渴求。自从逃到陆地,她就再也没有下过水,因为害怕在人前暴露自己的秘密。

但她是那么怀念大海的味道。

现在有卫风守着,这里离她的故乡又那么远,如果遇到危险,她可以立刻上船。想了许多之后,琳琅开心地下水了。回到海中的人鱼,十分欢快,渐渐就游远了。卫风看到她的身影消失在海中,也松了一口气。

他趁这个空当给安嘉鱼打了个电话,对方秒接。

"玩得开心吗?"安嘉鱼用不怎么开心的口气问道。

卫风的嘴角几不可见地扬起弧度,他似乎在咸咸的海风中嗅到了一丝酸味,安嘉鱼的反应让他很高兴,于是便道:"开心。"

安嘉鱼听到他说"开心",心情更糟糕了:"哦。那你们几点回来?"

他反问:"你是作者,你问我?"

"你会不会聊天啊?"

"不会。"

"嘟嘟嘟——"

安嘉鱼一气之下把电话挂了。

安嘉鱼坐在沙发上生闷气,心上人和别的女人出海,还说玩得很开心,简直不能忍。她看了眼客厅的钟,十二点不到,而卫风和琳琅凌晨四点半才会回到港口。但她一刻也不想等了,立马打通秦晋的电话。

跟琳琅失去联系的秦晋,一接到电话,就同意带安嘉鱼去港口蹲守。

当然,原剧情中的顾九九执意要跟去,是为了跟秦晋多点时间相处,以及去看琳琅被男友捉奸的场景。

一路上,秦晋始终抿着嘴不作声,而安嘉鱼心情不佳,也没有聊天的兴致,但她偏偏有使命在身,于是到了港口后,只好强打起精神"挑拨离间"。

"你怎么不问我为什么会知道琳琅和卫风出海了?"安嘉鱼抛出话题。

秦晋看了她一眼:"因为我的关注点不在你。"

他在来的路上回想起下午琳琅的话,猜到她应该是知道了他上周三相亲的事情,所以赌气和卫风出海。他相信琳琅,但是他不相信卫风,加上一直有人在追杀她,所以他心里更担心她的安危。

安嘉鱼翻了个白眼,心里腹诽道:我的关注点也不在你。

但奈何还得做出一副受伤的模样,用依旧浮夸的演技说道:"琳琅都和卫风出海了,你就不担心,她已经爱上卫风了吗?"

"我相信她。"不管琳琅是否信任他,他都不可能去怀疑她。

两人从凌晨一点等到四点半,才看到一艘游艇缓缓靠岸,甲板上一对男女的身形也渐渐明朗,看样子似乎……是在亲吻?

安嘉鱼知道,这是视觉的错位效果,但她的太阳穴还是止不住"突突"跳着。比她情绪更激动的是秦晋,他紧握双拳,浑身散发出随时准备干一架的气势。按照原剧情发展,卫风下船后被秦晋毒打一顿,为了博取琳琅的同情和好感,卫风没有还手,所以皮肉伤是免不了的,好像还断了一根肋骨。

安嘉鱼怎么可能眼睁睁地看着卫风被打,她拉住秦晋的手腕,防止他冲上前去:"我觉得不管你和琳琅之间有什么误会,还是说开一点比较好。"

"打完再说。"秦晋甩开她的手。

安嘉鱼扯着他的大衣不撒手:"你要是当着琳琅的面打卫风,就中了他的计谋,那你和琳琅之间的矛盾会更深,你真的想看到这样的结局吗?"

秦晋犹豫了一下,松开了紧握的拳头。

安嘉鱼暗暗松了一口气。

游艇靠岸完毕,卫风扶着琳琅下船,他们一上岸,秦晋就冲上前去,拉着一脸惊愕的琳琅驱车离开,完全忘记了一同前来的安嘉鱼。

冬日的海风,又冷又湿,迎面刮来,那寒气似乎能浸到骨头里,叫人直打哆嗦。安嘉鱼抄着手,站在原地,看着不远处风采卓然的卫风,想起他那一句"开心",又是一阵气血翻腾,决定要与他冷战三天!

卫风见她不说话,就晃了晃车钥匙:"你确定要和我冷战吗?"

安嘉鱼这才想起来,她的猪队友把她一个人扔在了港口,只好没骨气地开口:"回家吧。"

卫风见目的达到,就把钥匙收起来:"我们先不回去,去海上看日出。"

说起出海,安嘉鱼看了眼刚才他和琳琅下来的那艘游艇,气得鼓着腮帮说:"不看。我不喜欢这艘游艇,会晕船。"

卫风的眼中浮起淡淡的笑意,几步靠近,拉起赌气的安嘉鱼往前走,约莫百来米,在一艘标志着"AN"的游艇前停下脚步。

"我们坐这艘。"

安嘉鱼抬头,这艘游艇和刚才那艘的大小差不多,唯一不同的是,刚才那艘只标记着品牌,并没有取名,而这艘却是以她的姓来命名。

"还晕船吗?"他调侃道。

她笑逐颜开:"你见过我晕船吗?走,上去。"

游艇刚开出不到一海里,只见一缕金色穿透云层,倒映在海面上,海的边际瞬间明晰。那一抹金黄像是希望般在安嘉鱼的心里渐渐扩大,直至圆满。太阳还躲在大海后面,犹抱琵琶半遮面,但它的光辉却洒满了整个海面……

第九章·配角的自我修养

琳琅踏进海中，双腿渐渐化成鱼尾。

她看着被族人绑在礁石上的秦晋，眼中满满都是内疚和恐慌。她可以不要能赋予她美貌的项链，但她绝不能失去他。

就算是以命换命，她也认了。

琳琅在礁石不远处停了下来，因为有些话现在不说，以后就没机会说了："阿晋，你说过不管我是什么样子，都会喜欢我，这话，我可以信吗？"

"只要你是琳琅，我是秦晋，我就会一直爱着你，直到生命结束。"

琳琅眼眶一红，她有千言万语想对秦晋说，她想道歉，她想坦诚，她想告诉他，自己有多么喜欢他，可是她的嘴唇动了动，最后只说了一句"谢谢"。

她跳上了礁石，大喝一声："你们都出来吧。"

几个高大的人鱼浮出水面，为首的正是人鱼族的族长，她的同父异母兄长。

"我愿意交出项链，你们要怎么惩罚我，我都接受，但是，请放了这个无辜的人类，我们人鱼族不应该以一个人类的性命来解决内部的矛盾。"

……

最后，琳琅交出了项链，随着项链的离体，她精致秀美的容貌渐渐变得平平无奇，这才是她真实的样子。作为惩罚，她失去了鱼尾，成为一个寿命仅数十年的人类，但是秦晋爱着她，一如既往。

——《来自深海的人鱼》第十章

海上归来后，安嘉鱼满腔的浪漫情怀被浓浓的焦虑和不安替代。因为她的阻扰，"秦晋暴打卫风"这个情节没有发生，她不知道时间是不是会倒流回出海之前，或者剧情再次崩塌，发生一些他们无法预料的状况。

卫风却相当淡定，只是他的安慰并没有让安嘉鱼放松下来。

安嘉鱼惶惶不安了一整天，守着壁钟，直到十二点过去，新的一天准时来临，她才长长地舒了一口气。两人合计了一番，得出一个结论，只要他们的行为不干涉到主线剧情，改变男女主角本该有的命运，这个世界就不会崩塌。

有了这个结论，他们安排剧情的时候就不再那么束手束脚。

安嘉鱼依旧愉悦地和傻白甜当好朋友，有空了就约出来吃饭逛街。卫风也不需要像原剧情那样追求琳琅，只是吩咐助理每天送花送礼物，做足了追求的模样。当然，琳琅的反应就和小说里一样，每次都是拒绝。

"我们只能当好朋友，你不要再送东西给我。"

卫风对她的拒绝毫不在意，只是让助理把每天送的礼物换成宝石、豪车，叫围观群众看得一阵眼热，他却没有出现过一次。就这样，安嘉鱼耿耿于怀的"反派高调追女主角"的剧情，被他用这样一种方式解决。

安嘉鱼对此十分满意，少灌了好几坛子的醋。

两人的剧情都进展得十分顺利。

眨眼又到了恶毒女配和反派狼狈为奸，使计破坏男女主角感情的剧情。卫风和安嘉鱼按照计划，把秦晋和霍家千金联姻的假新闻透露给媒体，于是，铺天盖地的报道都是"秦霍联姻"，导致傻白甜女主再次和秦晋冷战。

事情的导火索自然是上一次安嘉鱼给的资料，琳琅对着报纸上的霍家千

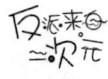

金一对比，恰恰就是照片里和秦晋喝咖啡的姑娘。到了此时，哪怕再理智再冷静的人，都要生出疑心，何况傻白甜之所以叫傻白甜，就是因为她的智商从来没有在线过。

琳琅的习惯是，一言不合就玩失踪，不给秦晋任何解释的机会。

美其名曰：各自冷静。

卫风的任务就是在男女主角冷战的时候"乘虚而入"，带着傻白甜去吃饭散心。这段剧情的重头戏是跑马，恶毒女配顾九九给琳琅的马下药，致使马匹癫狂。反派卫风本欲英雄救美，但是男主角十分恰好地赶到，救下了琳琅，并且揭穿了卫风的真面目。小说中的反派卫风因嫉妒成狂，失口说了不该说的话，导致琳琅与他决裂。

顾及安嘉鱼的心情，卫风没有叫上她一起行动。但安嘉鱼还是在他出发前，千叮咛万嘱咐，万一秦晋没有及时赶到，一定要保护好琳琅的安全。

卫风出发后，别墅里就只剩下安嘉鱼一个人。

电视上的新闻是过期的，她想看的偶像剧在除夕前更新到二十九集了，可现在网站上才开始更新第一集，在追的小说同样是这样。她倒是想利用时间倒流的机会做点什么，可是彩票的号码没有记住，股票方面她更是一窍不通。

不知道卫风有没有为破产后的生活做准备，万一他们回不到现实世界，至少要有一个容身之所。最近他们都忙着走剧情，身心俱疲，她也忘记问卫风她的身份证现在是已经办好了还是出国前才办的。

她怕自己忘记，就干脆拿出笔纸写下来。

备忘录写到一半的时候，安嘉鱼忽然想起一件事情。

小年夜那天出了一桩大事，一个白领在H广场被一男子求婚，场面浩大而浪漫，求婚台词简直催人泪下，引得围观群众欢呼不已，但是白领姑娘却十分干脆利落地拒绝了该男子。本来故事到这里就结束了，可是万万没想到，男子忽然大怒，指控这个姑娘是拜金女，因为他没钱才拒绝他，最后用刀将她捅死。

这个以偶像剧为开端的人间惨剧让安嘉鱼印象深刻。

白领姑娘死了之后,网上还有人冷嘲热讽,怪她拜金,抛弃屌丝男友,所以才会被捅刀子。可是根据知情人的澄清,这姑娘根本不认识该男子,而且她当时已经有了谈婚论嫁的未婚夫,简直就是一场无妄之灾。

安嘉鱼凭着记忆找到那姑娘的微博,发了一条私信给她:后天不要去H广场。

想了想,她又不放心地发了一条:如果有陌生人跟你求婚,立刻跑!赶快跑!千万不要傻乎乎地站在原地拒绝他!一句话都不要说,直接跑!

关掉电脑,无所事事的安嘉鱼给卫风发短信:"在干吗?"

"呵。"

"说人话!"

安嘉鱼等了足足半小时才收到卫风的短信:"不好意思让作者大大久等了,刚才你的女主角被人追杀,我去保护她了。"

安嘉鱼回了一串:"……"

所以傻白甜又被她的族人追杀了?怀璧之罪啊,她看到那条项链都想戴上试试,何况它的前主人是爱美成狂的水仙花属性,不把项链找回来,肯定不会善罢甘休。不过她一点也不为傻白甜担心,因为她的结局一定是圆满的。

如果她没有圆满,剧情一定会崩塌,然后这个世界的时间就会强制倒流。

她紧张地发了一条短信:"你有没有受伤啊?"

"朕戎马一生,何惧几个宵小之辈。"

"那陛下您什么时候回宫啊?"安嘉鱼抱着手机躺在沙发里,跟卫风有一搭没一搭地聊天,"您的三千佳丽可都在等您翻牌子。"

"胡说,朕的后宫明明只有一人。"

安嘉鱼的脸一红,抱着手机写完又删,最后干脆把脸埋进沙发里。她天马行空地乱想了一会儿,索性决定去马场看看。

跑马场建在郊外,场地广阔,依山靠水,风景独秀,是个散心的好去处。不少爱马的土豪都将自己的坐骑寄养在此处,像卫风这样在战马上打天下的帝王，对跑马更是情有独钟，闲来无事就带安嘉鱼来这里玩。

所以安嘉鱼对这个跑马场可谓是熟门熟路。

马场外的保安见到安嘉鱼，欲言又止，企图阻拦，她笑着说："卫风来了吗？我们今天约了朋友来玩。"

保安松了口气，原来不是来抓奸啊。

"卫总已经到了。"

安嘉鱼到跑马场溜达了一圈，没看到卫风和琳琅的身影，便想去更衣室看看，谁知刚进大门，就跟琳琅撞个正着。琳琅已经换好衣服，绑着高高的马尾，神色清爽，少了几分平日里的秀丽，却添了几分逼人的帅气。

这么精神奕奕，完全看不出刚经历了一场危机。

"好巧啊，你来跑马？"安嘉鱼有些尴尬地打招呼。

琳琅微微一笑："是啊，卫风也在，你要不要一起？"

安嘉鱼想到卫风一会儿要教琳琅骑马，顿时醋意横飞，便点头接受了邀约。等她换好服装，就跟琳琅前往马厩挑选马匹。

工作人员见到两位女士，愣住几秒，他原以为只有一个人，故而只对一匹马下药，但不料竟有两人，那被下药的马该给谁？稍稍思索后，他偷偷摸摸地把另一匹马也下了药，并且把这两匹马推荐给了安嘉鱼、琳琅二人。反正马场的教练马术精湛，给马喂的药药性也不烈，不至于出什么乱子。

不过卫总想要英雄救美的姑娘是哪一个？

安嘉鱼和琳琅一同出现在马场的时候，卫风显然有些意外，但很快恢复如常。不过，安嘉鱼有点心虚，本来说好是她带秦晋来"砸场"的，现在却变成了她给秦晋发短信，自己先跑来骑马。

按照原剧情，卫风教琳琅骑马，而顾九九一个人玩耍。

卫风身着白色衬衣，棕色马甲；琳琅则是高领白衬衣、黑色骑士服；两人是同款黑色高筒马靴，一教一学，看上去十分合拍。看着如此和谐的画面，安嘉鱼无心学习，目光始终跟着他们二人走。

尽管知道这是"剧情"需要，但她心中的醋意还是越发浓烈。

她借口去盥洗室，偷偷给秦晋打了电话。

等安嘉鱼回到跑马场，琳琅已经上马了，教练牵着绳子，跟在她身边。而卫风抄手站在一旁，似笑非笑地看着她。

安嘉鱼被他看得不自在，先声夺人道："你怎么不陪着琳琅？剧情崩了怎么办？"

"怕某人淹死在醋缸子里。"他一本正经道。

"胡、胡说八道！"其实她已经做好被醋淹死的心理准备，只是没想到卫风不按剧情走了，直接把琳琅扔给马场的教练。

卫风笑了笑："你可真别扭。"他顿了一下，又冲她说，"过来，今天教你怎么控制马速。"

"你这样不好。"安嘉鱼小声道。

"如果你不笑着说这句话，可能会更有信服力。"

安嘉鱼："……"

卫风一本正经地指导安嘉鱼，奈何她被美色所迷，压根没注意听。她环顾左右，见四下无人，就凑近卫风，迅速地亲了他的脸一下。

"你这样不好吧？"他淡笑着说。

"哪里不好？"

卫风用那双幽深的眸子盯着她，不疾不徐道："你在一个不适宜的场合，挑战了一个男人的忍耐力。"

安嘉鱼脑子转了两圈，蓦地就明白了。

她不敢再分心，努力集中注意力听卫风说话。二十分钟后，在卫风的指导下，她已经能像模像样地策马奔腾。她看了一眼琳琅的方向，不得不说，琳琅是很有天分的学生，居然可以自己控制缰绳了。

想当初，卫风教了她一整天，她才勉强学会上马。

"琳琅，你学得真快。"安嘉鱼策马经过她身边的时候，冲她笑着喊道。

"你比较厉害，我都不敢跑。"

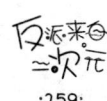

两人隔空喊了几句，似乎觉得有趣，齐齐笑了出来。此时此景，有蓝天白云，有青山绿柳，伴着两人的灿烂笑颜。

过了一会儿，琳琅的马匹就出现问题，本来只是闲庭信步，现在却发狂似的跑起来。琳琅只是初学者，很难控制这样的速度和平衡。

"琳琅！"

安嘉鱼不忍直视，秦晋怎么还没来？她焦虑地看向卫风，不管不顾道："先救人！"

卫风闻言便纵身上马，拉着缰绳，策马追赶。

就在此时，秦晋终于姗姗来迟，他一眼就看到在马上摇摇欲坠的琳琅，目眦欲裂。他立刻牵来另一匹马，纵马追赶琳琅。卫风见状，便拉着缰绳停下，退到一边。而刚松了一口气的安嘉鱼，却跟着出状况。

她的马也跟发疯似的奔跑起来，她下意识拉紧缰绳，马却完全没有停下的意思，反倒速度加快。

"啊！救命！"

"安嘉鱼！"

"卫风救命啊！"安嘉鱼在马背上左摇右晃，好几次都差点被甩下来。

卫风策马追赶，紧随其后，不消片刻就赶上安嘉鱼。他向安嘉鱼伸出手，但她为了不掉下马背，匍匐在马上，直不起身。眼看着黑马开始狂躁，卫风便纵身一跃到她的马上。从后背环住她，拉住缰绳。

另一边，秦晋也借鉴了卫风的办法，翻上琳琅的马背，控制住局势。

四人两马，在场地驰骋又一圈又一圈，终于，马累了，又或许是药效过了，在一片尘土飞扬中，仰着马蹄停下来。

惊魂未定的安嘉鱼刚下马，就见秦晋牵着琳琅怒气冲冲而来。见状，她忍不住偷乐，这个"女主角看穿反派真面目，两人决裂"的大高潮终于要来了！而在这个剧情之后，小说里反派和女主角的对手戏就大大减少了！

"你是不是应该解释一下，为什么马会受惊？"秦晋质问。

卫风省略了剧情中反派的大段台词，十分干脆地承认："是我做的手脚。"

琳琅一脸惊愕。

秦晋继续逼问："秦霍两家联姻的假新闻是不是也是你散布出去的？"

"什么？那是假新闻？"琳琅激动道，她居然又一次误会了秦晋。

卫风点头："不用问了，全都是我做的。"

安嘉鱼本被卫风护在身后，此时主动站到他的身边："还有我。"所以快点和我们决裂吧决裂吧，快点过你们的小日子去吧！

秦晋对她露出鄙夷的神情："狼狈为奸。"

"为什么？"琳琅不可置信。

"为了拆散你和秦晋啊。不过现在既然你们都知道了，我们也没有什么好隐瞒的，我喜欢秦晋，卫风……卫风那啥你，从慈善晚宴到联姻谣言，再到马匹失控，都是我们做的，秦晋是无辜的，他没有答应联姻，他也始终只爱你一个人。琳琅，这种男人，你如果不珍惜的话，就让给我吧。"安嘉鱼添油加醋了一番。

受到双重背叛的琳琅，眼中闪烁着水光。她看着眼前的两个人，心里难受极了。她有许多的困惑和不解，可是她怕自己一开口就会哭出来。秦晋见状，心疼不已，便拉着琳琅的手离开马场。

走了几步，秦晋转身道："我和琳琅不会分开的。"

安嘉鱼心道：不分开才好，要是你们分开，这个世界就崩了。

看着他们二人离开的背影，安嘉鱼缓缓舒了一口气："我们也撤吧。"

"走吧，该准备破产了。"卫风淡淡揶揄道。

安嘉鱼忍不住笑出来："是啊，该准备破产了。破产之后，你想做点什么？不如我们去旅游吧，新西兰怎么样？"

卫风拉着她的手："可是我们没钱了。"

安嘉鱼心里一暖，他说的是"我们没钱了"，而不是"我没钱了"，但想到是她害得卫风破产，又生出浓浓的愧疚。

"你生气吗？如果不是我手贱，你就不会破产了，我们就可以去环游世界。"

"红颜祸水,我不破产怎么能体现你的重要性?"卫风安慰道。

安嘉鱼将这句话默认为褒奖之词:"你夸人的手法好别致。"

卫风淡淡反驳:"爱一个人就让他破产,论别致,我到底是不如你。"

安嘉鱼:"……"

在原剧情中,女主角得知反派阴险狡诈的真面目后,就单方面和反派决裂了,但是痴恋女主角的反派怎么会就此作罢?他处处和秦晋对着干,不计代价地和秦晋抢生意,作死手段堪称花样百出。

所以从跑马场回来后,卫风就开始走这段无厘头的剧情。

曾经的商业巨子,却要像弱智一样把自己的公司整破产,简直糟心。

而秦晋在卫风"对付"他之后,就派保镖严密保护琳琅,不给卫风接近的机会。眨眼寒冬逝去,春暖花开,日子逐渐暖和起来,"大福湾项目"在三月被叫停,卫风的公司陷入了危机,最后宣告破产,连别墅都被抵押。

当安嘉鱼拉着行李和卫风离开别墅的时候,忍不住懊恼,为什么要把卫风写破产呢?

"我们是穷光蛋了吗?"她可怜兮兮地问。

卫风点点头:"是的,拜你所赐,我又一次破产了。不过,我们还有一艘游艇,出海吧,走完最后一个剧情,我们的戏份就结束了。"

把行李放到明旌借给他们住的公寓里,两人轻装上阵。

对于卫风的破产,明旌充满了困惑,外界报道的是他为了一个女人和秦晋针锋相对,导致决策失误而破产。可是他明明在和安嘉鱼交往并且同居,为什么还要抢秦晋的女朋友,最重要的是为什么安嘉鱼也时不时地纠缠秦晋一下?

两人无所解释,只道:"佛曰,不可说。"

那艘被命名为"AN"的游艇安安静静停在港口,阳光下,白色的船体闪闪发亮。安嘉鱼不知道卫风怎么留下这艘游艇的,也不知道为什么在他众多的游艇中会是这一艘,但是她看着蓝色的"AN"字,心里被照耀得很暖。

登上游艇的时候是下午六点,夕阳正好,半轮红日倒映于海面,金光灿灿。海平面散发着柔和的光泽,温柔得令人忍不住深陷其中。不时有海鸥飞过,留下清脆的鸣叫。安嘉鱼站在船头,欣赏着美景,心里头却有些茫然。

他们还能回到现实世界吗?

如果一直被困在这个世界,他们以后又要怎么过?她应该先去找一份工作,再把之前卫风送给她的礼物挂到网上去卖,虽然有些舍不得,可是他们现在缺钱。也不知道卫风对以后有什么打算,重新创业还是有其他规划?

卫风从安嘉鱼的身后抱住她:"别担心。"

一阵海风吹过,带着丝丝凉意。

她往卫风怀里靠了靠:"我一点也不担心,因为我身后有你。"

这个人曾是一代君王、一方军阀,驰骋疆场、杀伐决断,有这样的人相伴,她何须畏惧前路茫茫,只要把自己交给他,他就一定能带她抵达彼岸。或许彼岸有风,有雨,可她愿意与他携手同行。

夕阳虽好,但落幕之快令人惋惜,落日之后的大海,只剩下广阔无垠的寒意。

海雾忽起,遮云蔽日。

卫风戴上夜视镜在船头眺望许久,这雾起得突然,贸然返航不知会遇上什么危险,为了安全起见,他决定停航一夜。

翌日,晨曦照耀大海,浓雾渐散。

安嘉鱼难得起了个大早,披了件大衣去甲板上看日出。刚出船舱,她就怔住了。她狠狠掐了一把自己的大腿,痛得红了眼眶,才敢确定这不是海市蜃楼。

她"哒哒哒"地跑回船舱。

"卫风,快起来!"

急促的敲门声吵醒了卫风。他穿戴整齐后打开房门,还没来得及开口,

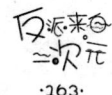

就被安嘉鱼一把拉住,去了甲板。

刚睡醒的卫风还不适应光亮,用手背挡住了晨光。

安嘉鱼兴奋地说:"你快看那里!"

卫风眯着眼,从指缝中看到一块宣传牌——"栽得梧桐树,引得凤凰来。——岚城政府(宣)",竟然是岚城!

"我们回来了!"安嘉鱼已经激动得没有其他言语了。

卫风负手而立:"终于结束了吗?"

"结束了,当然结束了!"

"是吗?如果你不再写小说的话,应该是结束了……"他微妙地停顿。

安嘉鱼秒懂:"保证不写了,相信我。我,安嘉鱼在此保证,为了我和卫风未来的幸福生活,就此封笔!"

当初卫风第一次出现的时候,就像天方夜谭中的故事,但当自己真正经历了之后她才知道,这简直是重大事故。

她很喜欢写小说,但她还是决定放弃。

"可惜你送我的礼物都没有带回来。"安嘉鱼有些惋惜地说。他们都以为走完出海的剧情还要返航,所以哪会随身携带重要物件。早知道她就拖个大行李箱上船了,把能带回来的东西都带回来!

卫风淡淡道:"做人不能太贪心,你既然带回了我,还有什么不满足的。"

安嘉鱼:"……"

她以前怎么没发现卫风除了腹黑毒舌,还自恋呢?

安嘉鱼推开家门,一切看上去都和刚离开家的时候一样,只是花瓶里的花枯萎了,桌上的水果干瘪了,家具上蒙着薄薄的灰,灰尘在阳光中肆意飞舞,证明主人许久不曾归家。她把客厅的台历翻了一页,他们在书里经历了一个寒冬,可现实世界里只不过过去了七天而已。

也幸好只过去了七天,不然她就成失踪人口了。

安嘉鱼打扫好家里的卫生,下楼买了一堆柚子,水果店老板开玩笑道:"姑娘,我卖了这么多年水果,像你这么爱吃柚子的我还是头一回遇到。"

安嘉鱼:"……"

谁吃得下八个柚子啊,她只是要用柚子皮煮水洗澡而已!

"我拒绝。"当安嘉鱼抱着几颗柚子出现在卫风的家里时,他毫不犹豫地拒绝了她的提议——用柚子水驱除晦气。

她不管,径直走向他家厨房,利落地将柚子皮剥下,洗干净备用。她自己的那锅柚子水也还在自家灶上煮着呢。

卫风跟着走进去,又剥开一个柚子。

"不用这么多,三颗够了。"安嘉鱼劝阻道。

他不疾不徐地笑道:"不够,两个人洗,这么一点怎么够?"

她一时间没悟出深意来,等想明白,脸红得跟熟虾子似的:"知不知道耍流氓是犯法的!我回家冲晦气去了,你自己煮!"

洗过澡后,安嘉鱼却又出现在隔壁。

因为她一从浴室出来,就接到卫风的电话:"粤式早茶,过来吃。"

所以,安嘉鱼很没志气地被一顿早餐引诱了。

事实证明,她的选择是对的,冲着这一桌子的早点,她就愿意为之折腰。

"虾黄饺、肠粉、豉蒸凤爪、马拉盏、榴莲酥、桂花糕、蛋挞、葱油饼、豆沙包、栗子奶露、杨枝甘露……啧啧啧,你怎么不把人家一整个店搬过来呢?"安嘉鱼边吃边调侃。

卫风单手撑着下颚,看她狼吞虎咽的样子,觉得格外赏心悦目。他就纳闷了,自己的高标准严要求碰到安嘉鱼怎么就没有了?

"谁说我没搬?"

"哈?"

这时,几个身着白制服、头戴高帽子的人从厨房走出来,为首较为年长的一位,恭恭敬敬地向卫风汇报道:"餐点都做好了,我们就先回店里了。"

"嗯,辛苦了。"卫风点头示意。

而后,一排人齐刷刷地离开。安嘉鱼怔住,他还真是把一整家店弄来了。

"你不会叫外卖吗?"安嘉鱼用疑问句提出肯定的建议。

"有差别吗?"

她拍案而起:"当然有差别啊!差很多钱好吗?"

此话一出,她自己先被震住了,他的钱她瞎操心什么。

"我的意思是,你赚钱那么辛苦,还是不要浪费的好。"

卫风不以为意:"我负责赚钱养家,你负责……"

"貌美如花?"安嘉鱼接过话茬。

"你负责吃。"

安嘉鱼:"……"

虽然有点生气,但竟然没有办法反驳。

吃到一半的时候,安嘉鱼忽然停筷。她想起上一次吃粤式早茶,是和明旌一起去新开张的港式茶餐厅。当时快过年了,街上十分热闹,熙熙攘攘,许多店铺的门口都贴了春联,一片融融的春节气息。

明旌还送了她一套仕女娃娃。

"我们走得那么仓促,也没和明旌好好道别,他肯定很担心。"安嘉鱼有些难过,"说不定会去报警,或者找私家侦探找我们。"

想起唯一的好友,卫风的情绪也有些低落。

他经历了那么多个世界,除了明旌,再无知交好友。他曾经计划过,如果能找到回现实世界的办法,就带明旌一起走。枉费他做了诸多安排,却一个也没派上用场,他们竟然以这样一种无法预料的方式离开二次元。

"在那个世界,明旌是什么样的结局?"卫风问道。

"我没写他的结局。"安嘉鱼有些庆幸这一点,"小说里对明旌的描写不多,好像只提过两三次。他的设定是你的家庭医生,你们关系是好是坏都没有交代过。"

卫风也松了一口气。

"要不我给明旌重写一个圆满的人生,他有什么愿望吗?"她提议道。

"书里再圆满的人生也是虚构的。"卫风想起当初的自己,"现在这样就很好,或许我们会成为好友,就是因为他是不受剧情控制的路人甲。不管他在那个世界过得好坏,全凭他自己的意愿来选择,而非我们强加给他的圆满。"

安嘉鱼蔫蔫地"哦"了一声:"我有点想明旌了。"

卫风也不知如何安慰她,他同样怀念另一个世界的明旌。

吃饱喝足后,安嘉鱼就和卫风家的沙发连体了,打了个饱嗝开始刷朋友圈,她本以为一周没上微信,一定会有很多人找她,却没想到只有阿蔡留言给她。

等着被猪拱的大白菜:安小鱼,我最近桃花运来了,遇到了一个特别帅的男人。我一定要把他拿下,等我成功了就第一时间告诉你!如果你联系不上我,不用担心,我只是去追男人了。

安嘉鱼内心是悲伤的,她失踪一周竟然没人发现!她的朋友对她是有多放心!她只好自我安慰,这是阿蔡对她的信任。

不过,她的朋友圈竟然收到10个@,她高兴地向卫风展示:"看,我的朋友们还是很惦记我的!"

卫风顺手点开,似笑非笑地把手机屏幕转给她,然后就回房补觉去了。

安嘉鱼逐条查看,才知道他的表情是什么意思,@她的内容只有两种,安慰她的——"@南有嘉鱼 亲爱的没有关系,三条腿的蛤蟆不好找,两条腿的男人满街跑,擦干眼泪!"

以及批判卫风的——"@南有嘉鱼 劈腿的男人靠不住,坚决不能原谅他!有钱了不起啊?分手!坚决分手!"

事实上,她的朋友圈里不@她的,也基本和她有关,例如"成家太太miss雯:乌鸦飞上枝头也成不了凤凰,这才多久,就从枝头摔下来了。所以说,女人最重要的是提升自己,你若盛开,蝴蝶自来,而不是攀高枝,垂涎不属于自己的东西。"

所有朋友圈的新动态配图都是同一张照片,港口游艇上并立的一对男女,男人被拍到了正脸,能够清晰地辨认出来是卫风;而女人因为晨光从侧面照

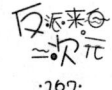

耀的关系，加上角度不佳，只拍到模糊的侧脸，但却很美，美得安嘉鱼差点没认出来这就是她自己！

所以其他人也没认出来那是她？

而高雯雯那条动态，竟还收获了二十几个赞，所有人都认为她被甩了！安嘉鱼觉得，对抗这种谣言，曝照秀恩爱是最直接有效的办法。她冲上二楼求援，奈何卫风把门上了锁，任她怎么敲也不开。

安嘉鱼也不着急，出了一趟门，买了点食材，之后就一直在卫风家客厅玩电脑等着他醒来，他总要下楼吃午饭的。

安嘉鱼给自己磨了一杯咖啡，她的很多生活习惯在不知不觉中被卫风影响，例如，她不喝速溶咖啡了。虽然她下决心要封笔，但心里还是有诸多不舍，于是登上风起小说网的作者后台，最后看一下读者留言，顺带告个别。

完结许久的《美丽俏王妃》的读者评论区竟然盖起了楼，起因是一个长评。安嘉鱼花了十分钟读完一千多字的长评，总结出文章的中心：男一王爷是个移动精子库，有了十个侧妃还不够，还娶了平民女主为妃，他不担心他的十个小妾把他老婆弄死吗？反派 Boss 皇帝哥哥也是眼瞎，放着大好江山不顾，非要和得民心的王爷抢女人，这天下要完，绝对要完！邻国皇子慕容曜，整部小说唯一一个智商在线的角色，有颜有身材，有智有谋，琴棋书画样样精通，可能作者也觉得这个配角太抢眼了，竟然让他去刺杀反派皇帝，结果却被反派 Boss 一掌打下山崖。

这个长评引起了其他读者的共鸣，盖起了几百层的楼。

"人形羊咩咩"：给一楼的点赞，分析很到位，男一男二皆低智商，我提议作者大大写个续集帮慕容曜逆袭，例如《炮灰皇子重生记》《化成冤鬼来复仇》。不然重写也可以啊，隔壁的《霸道总裁爱上我》有个反派角色就被作者大大改写了！反派逆袭激动人心啊！

"水瓶上升天秤座的双子萌到爆炸"：赞同一楼！我就纳闷了慕容曜堂堂一个皇子为什么要亲自参与刺杀行动？作者大大的智商呢？

"灭绝师太"：比起男一男二，我真的更心水慕容曜这个角色，看到他被打下山崖，我的心都要碎了，嘤嘤嘤，作者大大好残忍。

"锦衣夜行"：+1，请作者大大参考隔壁《霸道总裁爱上我》，多听听读者的心声。

"青天白日不下雨"：+2，但是……大家冷静一下，我得公正地陈述一下事实，隔壁也是南有嘉鱼大大的文啦。

安嘉鱼哭笑不得，她被评论最多的一篇文竟然是因为她把一个配角写死了，虽然她也很喜欢慕容曜这个角色，但很可惜，她不能帮慕容曜洗白逆袭。想了想，她在自己的作者专区公告栏中写道：

感谢大家长久以来的支持，今日封笔，在此告别。

安嘉鱼无奈地叹口气，明明喜欢，却不能做。然而再想想，用封笔换来她和卫风今后的太平生活，未尝不是一件好事。

安嘉鱼玩着电脑迷迷糊糊地睡过去，等醒来的时候，卫风已经在客厅了。她想起自己的目的，立马掏出手机求合影，却毫无悬念地被拒绝。

她可怜兮兮地拉着卫风的衣角："就一张……"

"我不喜欢拍照。"

可是没有合照的话，她就会变成朋友圈中的笑话，茶余饭后谈及"安嘉鱼"三个字就必定会联想到"失败"二字。

"那我还不喜欢做饭咧。"

卫风："……"

安嘉鱼眼珠子一转，想到新的办法："你帮我切菜吧，不然我今天一点心情也没有，做的饭肯定不好吃。"

他略微思索了下，比起没有午餐，他选择了切菜，但是……

卫风唯一没有被点亮的技能就是做饭，包括洗菜切菜在内，他活了几辈子都没接触过，但在安嘉鱼面前，他怎么能露怯。他像模像样地把长豆角放进水池，打开水龙头……然后，他听到安嘉鱼在他身后压抑的笑声。

卫风严肃地转过身:"笑什么?"

她见自己已经被发现,便破罐子破摔,捧腹大笑,笑着笑着就想起了那碗面条,心里暖暖的:"豆角要掐头去尾,中间掐成五六厘米的长度。我来择豆角,你洗一下里脊肉,然后切丁切圆随便切,只要是一块块的都行。"

卫风闻言便放弃了豆角,从冰箱拿出里脊肉。

"等一下。"她拿起一旁的围裙帮他系上,以免他切肉的时候弄脏衣服,"陛下你的衣服动辄五位数的天价,所以还是请您将就一下吧。"

卫风有点嫌弃地看了眼小熊围裙,却没有拒绝。

"我发现你对我的容忍度高了很多,难道这是爱的表现?"安嘉鱼笑眯眯道。

"那是你的错觉。"

"傲娇是病,得治!"

卫风淡淡地瞥了安嘉鱼一眼,她立马闭嘴。

安嘉鱼择豆角,卫风清洗里脊肉,两人肩并肩站在一块干活,有一搭没一搭地闲聊。十多分钟后,安嘉鱼把择好的豆角用清水泡着,擦干手,语重心长道:"我饿了,吃点饼干再进来,你好好切肉,作为一个全能的 Boss,你怎么能败在厨房呢?"

"别瞎操心,这天底下,就没有我不会的。"

安嘉鱼拍拍他的肩膀以示鼓励,然后离开厨房。但事实上,她刚走到厨房门口就偷偷摸摸地从兜里掏出手机,打开相机,调到前置镜头,对准正在切肉的某人和强行入镜的自己,按下快门。

她打开修图软件,一键美颜,调整滤镜,添加可爱表情,OK,修图完毕。然后打开微信,用这张照片发了朋友圈新动态,配文:今晚的午餐有菠萝咕咾肉,某人在切里脊肉,感觉做饭的男人比工作中的更帅气!

不到三分钟,收获了21条评论,但是竟然只有两个赞,来自阿蔡和小宁。

"成家太太 miss 雯"评论:你们这么快就复合了?

"南有嘉鱼"回复"成家太太 miss 雯":一直就没有分手过。

"成家太太miss雯"回复"南有嘉鱼"：卫风都和别的女人出海了，你不介意吗？

"南有嘉鱼"回复"成家太太miss雯"：哈哈，雯雯你别闹，卫风是和我一起出海的。

"成家太太miss雯"回复"南有嘉鱼"：呵呵，真的吗？我们都看到那张出海的照片了，一点也不像你呢。虽然你的条件不如卫风，不过，作为同学，我们都希望你们可以长长久久，像我和成昊一样，步入婚姻的殿堂。

"南有嘉鱼"回复"成家太太miss雯"：谢谢祝福。请吃瓜群众搬好小板凳坐等喜帖吧。

"成家太太miss雯"回复"南有嘉鱼"：呵呵。

经过一番唇枪舌剑，安嘉鱼的心里那叫一个畅快啊。她就不明白了，为什么她和成昊恋爱的时候大家都在祝福，而对象换成了卫风，就有一堆人等着看笑话呢？人心都怎么了？

安嘉鱼倚在厨房的门框上："我们俩会分手吗？"

卫风切肉的动作越发流畅，切的肉丁大小也渐渐均匀："不会。"

"我的同学都说你瞎，要是你哪天恢复光明了，你会抛弃我吗？"她问道。

卫风切肉的动作一顿，嘴角微微扬起．"我会瞎一辈子。"

安嘉鱼的脸微微发烫，这是他迄今为止说过的最接近表白的话了，可是为什么有点怪怪的。

"你知道我们回到港口的那张照片被传开了吗？大家都以为你有新欢了，坐等你和我分手呢。你说为什么别人恋爱得到的都是祝福，我和你却是'一点也不般配''绝对要分手'这样的评价？"

"匹夫无罪，怀璧其罪。"他回道。

"匹夫无罪，怀璧其罪……我是匹夫，那你就是玉璧啊。"她喃喃自语，"啧啧啧，你最近的脸皮又厚了，你算一下，我写了五本小说，就算你每一次都在三十岁的时候挂了，那你也应该有一百五十岁，你这样算不算老牛吃嫩草？"

他本可以再老一百五十岁的："废话那么多，赶紧把豆角洗了，我肉都快切好了。"

"等一下嘛，我回一个消息。"

安嘉鱼发完朋友圈之后，小宁就发了信息过来，一连几条。

小宁：你总算出现了，我给你打了好几个电话，都打不通，你去哪里呢？

小宁：你是出门玩了吗？怎么也不和我说一声或者和人事部请个假。

小宁：人事部联系了你三次，也没打通你的电话。

小宁：告诉你一个不幸的消息，人事部把你辞退了，你的位置已经有人了。对了，你的东西都在我这里，我们什么时候见个面吧。

南有嘉鱼：我出了点意外……一时间也说不清楚，要不我们今晚见个面吧？

小宁：好的，下班了我去找你，正好我有其他事情和你说。那五一路小鱼小牛见，一起吃个饭。

南有嘉鱼：好的。

安嘉鱼把手机随手搁在茶几上，然后就去厨房帮忙了。午餐的时候，她如愿吃到了酸甜可口的菠萝咕咾肉，并且不忘拍照发朋友圈。

傍晚，她将卫风的晚餐做好后，提早到达和小宁约定的餐厅。这家店以鱼锅和服务闻名，各种海鲜锅做法繁多，味道正宗，服务也是一流，平时饭点过去基本都要排号。不过就算是排号，也让顾客排得很开心，这里设有专门的排号区，拿完号之后会有免费的茶水、水果和冰激凌提供，如果无聊的话，可以看看书，各种类型的书籍都有提供，另外还有专业美甲师帮女顾客美甲。

小宁要五点半才下班，等到了店里估计就要排号，所以安嘉鱼提早来占座。服务员贴心地递上菜单、茶水和橡皮筋，她说了声"谢谢"便接下了。

等了半个小时左右，小宁姗姗来迟。

点完餐，两人开始闲聊。

"你这一周都去哪里了？公司发生了很多事情。"

安嘉鱼在出门前就编好了理由："上周去朋友的老家玩，结果出了点意外，那地方交通不便，又没信号，想请假也没办法。"说完，幽幽地叹口气，"没想到，我就这样被辞退了。"

小宁深表同情："人事部因为联系不上你，所以把你当作旷工处理。起初，俞总监是不同意他们这样做的。"

安嘉鱼觉得自己真是没看错人，俞骁阳长得帅心眼也好："那后来呢？"

"第二天俞总监在开会的时候，突然晕倒，之后，空降了一个女生代替了你的位置，而俞总监现在还在医院昏迷不醒……"说这话的时候，小宁的眼里满是难过。

安嘉鱼惊道："怎么会这样？"

"医生也没检查出什么异常，我听来看望他的同学说，俞总监在大四那年出过一场很严重的车祸，当时虽然抢救过来，但足足昏迷了三个月才醒，而且完全记不得以前的事情，所以大家都在猜是不是那个时候留下的后遗症。"说着说着，小宁的眼眶就红了，"我真的好怕俞总监再也醒不过来……"

"不要担心，俞总监一定会平安无事。"安嘉鱼静默了一瞬，"明天我想去医院看他，你……要不要和我一起去？"

小宁摇摇头，拒绝了。

俞骁阳刚住院的那几天，她每天都去看他，可是每次看到自己的男神一动不动地躺在病床上，她都要难受得哭上一场。

"我明天有事，就不去了，你替我把祝福带给他吧。"

安嘉鱼点点头，应了一声好，心里却也是思绪万千，就连鱼锅的美味都尝不出来了。不管从哪个角度而言，俞骁阳都是一个值得深交的朋友，而且若非有这样一个好上司，她的职场生涯也不会如此顺风顺水。

安嘉鱼回到小区的时候已经九点了，小区的路灯幽幽亮着，而保安亭的保安似乎正在打瞌睡。因为心情不佳的关系，她没有直接回家，而是走到隔壁，敲了几下门。过了一会儿，卫风穿着宽大的睡袍给她开了门。

"回来了？"

安嘉鱼点点头，抱住他，把脑袋埋进他的胸膛。

卫风摸摸她的脑袋，轻声问道："怎么了？"

"小宁说，俞骁阳变成了植物人……在公司的时候，他很照顾我，这么好的人，怎么就莫名其妙地昏迷不醒呢？"她闷闷地说。

卫风一直觉得俞骁阳不对劲，具体哪里不对，他还没来得及查出来，但是仅仅将他当作安嘉鱼的上司来看，他可以理解她的心情。

"现在医学很发达，发展也很快，就算在国内治不好，不一定国外的医疗也做不到。"

安嘉鱼离开他的怀抱，点点头。被卫风这么一说，她又觉得俞骁阳有希望了。

"浪奔——奔奔奔——浪流——流流流——万里滔滔江水永不休……"安嘉鱼的手机铃声依旧没有变。

她看着来电显示——母上大人，不知为什么总有种不祥的预感。

"妈……"

"你没有什么要说的吗？"电话那头的声音带着一丝兴奋但却强装冷静。

安嘉鱼一脸迷茫："说什么？"

"你真的不打算亲自告诉我和你爸吗？"

她认真思索，最近有什么能够惊动母亲大人的事，好像也就是失业了。

"不就是一份工作嘛，我保证，不出一周，一定再找一份更好的！"

电话那头的声音忽然提高了几个分贝："什么？你失业了？什么时候的事情？为什么没和家里说？"

安嘉鱼欲哭无泪，为什么要不打自招呢。

"就最近。你不用担心，你女儿随你，优秀，不愁找不到新工作。"

这马屁拍得正好，安妈妈也就不计较工作的事情："你说说你，失业不和家里说，找对象了也不说，你是不是打算以后突然生个孩子带回来让我养？"

"哈哈，真幽默，怎么可能？嗯？妈……你怎么知道我有对象的？"安嘉鱼呆滞了。

听到"有对象"三个字，正在看书的卫风侧目。

安嘉鱼心虚地走到阳台接电话，因为她母上大人的声音着实洪亮："你表妹看到了你发的朋友圈，就和你大姑二姑三姑说了，你堂弟截图发给你叔叔伯伯，还圈了什么'坐等喜帖'，亲戚都说你太心急了，这才刚毕业就要结婚，跑来问我怎么回事？你说说，我多尴尬，女儿要结婚我都不知道？"

听到"朋友圈"三个字后，安嘉鱼彻底傻眼了，她发朋友圈的时候太兴奋，竟然忘记屏蔽部分组别。这下好了，按照安家的行事风格，她绝对要被逼上梁山了。

"妈……我没有要结婚，我才刚谈恋爱，'坐等喜帖'那话是我瞎说的，就是和同学开开玩笑……"

"那你发朋友圈的时候就不能屏蔽你表妹他们吗？我和你爸现在多尴尬啊？"安妈妈也玩微信，但她没有加安嘉鱼为好友，美其名曰，家庭成员之间要保持适度距离。

她真的不是故意的。

"我忘记了……怎么办……"

安妈妈顿时沉默了，自己的闺女是不是傻啊。她把电话递给安爸爸，嘴里还不住地叨念："老公，我当年生孩子的时候，你是不是把我女儿丢了，将胎盘养大了，安嘉鱼她连脑子都没有哦……"

安爸爸等在一旁许久，奈何他平日威严但实则是个妻管严，愣是不敢抢电话，现在终于拿到了话语权，他清清嗓子开始发言："不怪你妈批评你，你就是太毛躁了，小时候我就教你做事情三思而行，教了二十来年，你怎么就是没学会？"

"爸……你就狐假虎威吧……"

"老公，洗碗——"电话中传来安妈妈的声音，声不大，似乎和电话有点距离了。

安爸爸赶紧拣重点说："我和你妈商量过了，下礼拜去岚城找你，顺便见见那个臭小子。好了，就这样吧，我还有事情要忙。"

"嘟嘟嘟——"

安嘉鱼无奈地放下手机,什么有事情要忙,不就是洗碗嘛。她喃喃自语道:"那个臭小子可比你年长了百来岁……"

安嘉鱼回到客厅的时候,卫风已经放下书本了,似乎是在专门等她。

她努力地在大脑中组织语言,这才刚谈恋爱没多久,要怎么表达才能显得自己不恨嫁。

"我爸妈说……"

"我们去拜访你父母吧。"卫风打断她的话,书上说,男人在这方面应该要主动,"虽然这边才过了一周,但按照书里的时间算,我们已经交往了三个月。"说完,他又慢悠悠地补充了一句,"毕竟我年纪大不是?"

安嘉鱼:"……"

她干巴巴地笑了两声:"我刚那是随口胡说的,陛下正值青春年华,多一岁显老,少一岁显小,现在则是恰如其分啊恰如其分。对啦,我爸妈过几天就来,陛下无须御驾亲征,在家静候便可。"

他轻轻"嗯"了一声,又摇头道:"你的语文太差了。"

"……"

拍马屁可真是一门艺术啊!

第十章 · 写死男朋友的一百种方式

虐反派从不心慈手软的作者瞬间心虚了。

市一医院。

安嘉鱼一进住院部大厅就闻到浓浓的消毒水味道，混合着酒精和药味。她的鼻子向来敏感，现在又正逢换季，忍不住打了个喷嚏。

不过到了十五楼，空气就变好了。

十五楼是为家境富裕的病人而设的特殊监护区，这一层没有其他病区那么嘈杂，全部是单人病房，带有会客厅和阳台，而且每个病房都有专门的医生和护士，并配有两名护工，二十四小时轮流照看患者，从环境到医疗条件都远胜普通病房。

根据小宁发的微信，安嘉鱼很快就找到了俞骁阳的病房。

她到的时候，一个妆容精致却面带愁容的中年女人正伫立在俞骁阳的病床前祷告，双目紧闭，神色虔诚。安嘉鱼见她与俞骁阳的相貌有几分相似，便猜应该是俞骁阳的母亲或者其他长辈。她怕打扰到对方的祈祷，就站在门口等了等。

过了十多分钟，女人祈祷结束，抬头见到安嘉鱼："你是骁阳的同学？"

"我之前是俞总监的下属，昨天听说了他的事情，过来看看。"

"有心了。"

她叹叹气，面色忧愁，似乎连和安嘉鱼寒暄的精神都没有。她拿棉签蘸了水，润了一下俞骁阳有些干燥的嘴唇，然后再次和看护嘱咐了注意事项。

做完这些,她与安嘉鱼道了个别,便离开了。

护工接过安嘉鱼手里的花,有些惋惜地感慨了两句。从她的话里,安嘉鱼确定刚才的女人就是俞骁阳的母亲。因为医生提过,植物人也可能有自己的意识,希望家属可以对着他多说话,最好是他印象深刻的事情,以此刺激他的神经,所以俞骁阳的母亲每天都会抽出大量的时间来陪儿子,可惜他始终没有反应。

护工抱着花去阳台修剪,留下独处的空间给他们。

她看着躺在白色病床上的俞骁阳,胡楂被剃得很干净,衣裳很整洁,指甲似乎也已经修剪过。看得出来,他被照顾得很好,只是消瘦了许多,面色苍白,毫无血色。原先修长漂亮的手指,现在却是关节分明,青筋尽显。

不过八天没见,那个风采俊朗的俞骁阳竟变成这样。

她想起护工的话,就在床边坐下,想到哪里说到哪里:"医生说你可能听得到外界的声音,如果你真的能听到我们说话,就快点醒过来吧……对了,辜负了你的好意,我还是被开除了,不过有失有得,这几天里我可是拯救了一个世界!

"冬天好像快来了,希望今年能下雪。

"小宁暗恋你很久了,你知道吗?

"我家楼下的大黄生了一窝小奶猫,你之前说想领养一只,现在还要吗?小猫生得很可爱,很多人抢着要,我先帮你预订一只。"

这时,她看到俞骁阳的食指动了一下,她急忙跑到护士站让人通知医生。

但令人失望的是,做完相关检查,医生告诉她,患者并没有苏醒的迹象。

"我真的看到他的食指动了,再检查看看吧。"安嘉鱼坚持道。

医生安慰道:"我可以理解你的心情,但是该做的检查我们都做了,确实没有苏醒的迹象。不过你放心,我们会定期给患者检查,一有情况就通知家属。"

安嘉鱼的神色难掩失望。

医生护士离开后,病房又恢复了令人难受的安静。此时看护已经把花束修剪好，插在飘窗上的花瓶里，为冷清的病房添了一丝生气。

安嘉鱼对着昏迷中的俞骁阳又叨叨絮絮说了一些话，才离开病房。

而在她转身时，俞骁阳的手指又轻轻地动了。

却无人发现。

路过护士站的时候，安嘉鱼听到护士正在小声地讨论俞骁阳。

一个圆脸的年轻小护士不无遗憾地感慨："十八号床那么帅的一个男人，怎么就成植物人了？"

"我听吴医生说，这个患者前几年出过车祸，就在我们医院抢救的，当时昏迷了足足三个月才醒，也不知道这一次要多久……"年长一点的护士惋惜道。

安嘉鱼听到这些心里更难过了，想到自己还没有亲口向他表示过感谢，心情瞬间被乌云笼罩。

安嘉鱼离开医院的时候已经十点多了，和煦明媚的阳光让她心里的阴霾少了一点。不知道为什么，这种时候她格外想念卫风，便拿出手机，发了一条短信给他："陛下你打下的那片江山在何方位，本宫要去视察。"

不消片刻，她就收到卫风的短信："朕已做好迎接皇后娘娘的准备。"

卫风的公司，位于市中心的商业圈，离医院倒是不远，有直达的公交车，而且只有七个站的距离。安嘉鱼翻出公交卡，在站台等了一会儿，就看到自己等的公交车来了，急匆匆跟着人群上了车。

一个站又一站过去，半个小时后，安嘉鱼下车了。

她沿着路边的香樟树朝卫风的公司前进，看到不远处"安嘉经济开发集团"几个大字之时，猛地就呆住了。此时此刻，她不用看手机里的地址也能确定，这就是卫风的公司。她心里万分惊诧，他注册公司应该是八月末的事情，那时候他们才刚刚认识，他怎么会用她的名字当公司的招牌？

她左思右想，只能想到那一桩事。

当时成昊和高雯雯结婚，她沦为同学打赌的笑谈。而卫风正值创业时期，他为了表达出她这个"女朋友"的分量,所以就将公司的名字取为"安嘉",这样帮她找场子的时候,她才能显得更有魄力和面子。

智商难得在线一回的安嘉鱼,差点被感动哭了。

感动完了,安嘉鱼佯装淡定地走进公司,刚进大楼,前台就殷勤地迎上来:"安小姐好。"

安嘉鱼微微困惑,这是她第一次来公司,前台怎么认识她?估计是卫风交代过。她忽然想起在二次元世界的时候,她被保安挡在风讯科技大门之外的情形,与此一比,心里头慢慢地涌上一层暖暖的甜意。

"卫总在二十二楼,您可以乘坐专用电梯上去。"

安嘉鱼坐电梯直达二十二楼,一出电梯的门,就有女助理带她到卫风的办公室。

卫风正坐在办公室里视频通话,示意她先坐一会儿。

女助理给她端了一杯咖啡,她趁这一会儿的工夫,偷偷打量了对方,穿着保守老成,发型没染没烫,只是配合正装绾在脑后,除了手表和婚戒,没有多余的首饰,话不多,也不见她微笑,中规中矩的模样。

过了片刻,卫风结束会议。

他走过来,坐到沙发的扶手上:"偷看是不礼貌的。"

安嘉鱼心虚地回答:"我只是好奇。"她确实没想到,卫风的助理竟然不是年轻貌美的姑娘,而是严肃规矩的已婚女士。

"好奇什么?"

"就是觉得你的女助理和我想象中的不一样。"她老实交代。

"你想象中是什么样子?"

关于他的女助理该有的形象,她早在大脑中构想过一遍了:"穿着时尚,年轻漂亮,前凸后翘,婀娜多姿,嗯……大概是这样的,哦,加一条,声音嗲嗲的。"

卫风哑然,前面那些也就算了,最后一条声音嗲嗲的,能算在招助理的条件里吗?

"你到底怎么得出这个结论的?"

安嘉鱼故作无辜:"毕竟你是有后宫佳丽三千、连宫女都长得比我好看的人。可想而知,你的女助理必定是个天仙。"

"你记仇。"卫风一语戳穿。

"就是记仇,不服来战。"

"浪奔——奔奔奔——浪流——流流流——万里滔滔江水永不休……"豪言壮语配上安嘉鱼的手机铃声,出乎意料地喜感,她心里腹诽:谁这么没眼力见?

看到是阿蔡的来电,她只好愤愤地按下接听键:"你不是说追男人去了吗?不是说不联系吗?怎么这会儿有空打给我?"

"我失败了,所以我失恋了,好难过,难过得快要死掉了,求安慰——"明明没有开免提,阿蔡的鬼哭狼嚎却像是开扩音一样大声。

她把手机放远了一点:"本大仙掐指一算,你失恋没有十次也有八次了,难道还没有形成免疫吗?"

阿蔡控诉道:"嘤嘤嘤,你竟然嘲笑我,果然有了异性就没了人性!我看着你在朋友圈秀恩爱,你却看着我失恋痛哭,说好的好朋友一辈子呢?"

安嘉鱼为了自己的耳朵,赶紧安慰:"不哭不哭,晚上请你吃饭。三条腿的蛤蟆不好找,两条腿的男人满街跑,我们阿蔡美丽优秀、善良大方,还愁找不到合适的对象吗?来,让我给你一个爱的亲亲,和上一段恋情说再见。"

阿蔡破涕为笑:"一边玩去,要请也是你家卫风请,你俩都交往这么久了,也没见他请我吃饭。"

经阿蔡提醒,安嘉鱼才想起来,在同学的眼中,她和卫风在高雯雯婚礼前就已经在交往了。按照大学时某些不成文的规矩,确定恋爱关系后,就该是请吃饭环节了,可她竟然忘记了,果然假恋爱和真交往还是有区别的。

只不过,现在已经假戏真做了。

"你想吃哪家?"

"必须是棠阁餐厅啊!根据网上的评价,这家的粤菜做得简直不能再好吃了,我光是看图都要流口水!"阿蔡麻溜地报了一堆菜名。

这家餐厅安嘉鱼也知道,昨天刷上了微博热搜,是岚城唯一一家米其林三星餐厅,主打经典传统粤菜,融入了新派菜肴的风格。价格贵倒是其次,关键是位置不好订,大堂加包厢统共只设了十二张餐桌。

"你这是要坑我呢?"

"我是坑卫风,你瞎代入什么劲?你这还没嫁给他呢,就心疼上他的钱,果然是女生向外啊!"阿蔡感慨道。

安嘉鱼被她调侃得红了脸:"瞎说!就这家了,订好位置给你发短信。"

挂完电话,一抬头就看到卫风直勾勾地看着自己,她问:"干吗?"

"爱的亲亲?"他开口。

安嘉鱼一愣,这是她平时和阿蔡聊天中的常见用语:"是啊,还有爱的抱抱、么么哒,哪里不对吗?"

卫风语气坚决地说:"以后不许对别人说这些,阿蔡也不行。"

"哟——陛下您这是吃醋了?"她戏谑道,这样的机会可不多啊。

"都不是。把包厢号码发给阿蔡吧。"

"你都听到了?"

卫风把预订成功的信息转发到她手机上:"可能需要耳塞才听不到。"

她忍俊不禁,这话她得原样复述给阿蔡才行。

街上的路灯一排排亮起,点亮岚城的夜。

西北风呼呼地吹着,餐厅里却是温暖如春。卫风订的包厢是棠阁餐厅最好的位置,窗外就是漂亮的小花园,远离街道的喧嚣和人流。

点餐的时候,卫风不但把阿蔡在电话中提到的菜都点了,还加了其他几个招牌菜,像是鹅肝、蟹钳、珊汁芝麻虾和明阁脆皮鸡等。

对此,阿蔡毫不吝啬地表示了赞赏:"你家卫风记性真好,我下午照着微博推荐的那几道菜,他竟然都记住了。"

"我眼光好。"安嘉鱼得意扬扬地替卫风收下了赞美。

卫风对她的回答很满意，夹了一个虾饺放到她的碟子里，以示奖励。安嘉鱼看了一眼虾饺，向阿蔡飞了一个眼神，眼里满满都是笑意。

阿蔡回了一个鄙视的表情，夹了个饺子就这么嘚瑟，看来平时是卫风吃定安嘉鱼，而不是她驾驭了卫风，这姑娘傻的啊。

"对了，你和安嘉鱼是怎么认识的？"虽然安嘉鱼说卫风是她的读者，但她深思之后又觉得不合理，卫风这样高冷的人，怎么会去看她写的小说？安嘉鱼事先没和卫风对过口供，担心他的说法和她原先说的理由不一致，于是就在桌子底下偷偷踢了他一脚。

"这个不是说过了吗？就是……"安嘉鱼试图提醒卫风。

然而阿蔡并不买账，她打断了安嘉鱼的话："你说的和卫风说的能一样吗？"

"我们算是因为小说而结缘。"卫风不确定安嘉鱼之前的说辞，但以她的智商，不至于编的出天马行空的理由，"不过既然已经在一起了，怎么认识的就不重要了，重要的是，我和她的未来。"

卫风的这个答案不但打了擦边球，还巧妙地转移了话题。

阿蔡眼睛骨碌碌一转，这个回答好微妙。

"那你们是谁先表的白？"

安嘉鱼又心虚地踢了卫风一脚。

卫风看了眼她，自觉地回答："我先表白的。"

但是阿蔡和安嘉鱼朝夕相处四年，她的小表情哪能瞒过阿蔡的火眼金睛，她心里瞬间了然：安小鱼你可真是太没出息了！

此时卫风的手机响了，他看了一眼屏幕，抱歉道："我出去接个电话，你们先吃。"

阿蔡自然不会拦着，反倒是安嘉鱼狐疑地看了他一眼。因为她看到了来电显示——吴茜，看这名字，她能百分之百肯定对方是女人！

阿蔡见卫风走远了，就踢了安嘉鱼一脚，要不怎么说俩人是闺蜜呢，话

都不会好好说，光会踢了。

"我说你也忒没出息了吧，你就不能憋着等卫风表白吗？"

安嘉鱼知道自己没瞒过阿蔡，干脆坦白从宽了："你懂啥？我家卫风傲娇得很，等他先开口，估计你的娃都能打酱油了。"

说起这个，阿蔡忍不住开了话匣子："我连老公的影都没见着，哪儿来的娃？你又不是不知道，我刚刚失恋……那个男人简直天雷滚滚啊！啧啧啧，果然不能轻易去相亲。这个世界奇葩何其多，相亲碰到的概率尤其高。"

安嘉鱼本以为是个浪漫的邂逅，没想到竟是相亲："你是有多恨嫁，这才刚毕业就相亲上了？"

"你以为我想啊？家里催得紧啊。而且我妈给我这男人照片的时候，我一瞧，满满的霸道总裁既视感啊，我就放手去追了，结果……你能想象吗？他出车祸进医院，自称女朋友的来了十二个！整整一打啊！一个端茶一个送水，一个喂饭一个削水果，画面和谐又诡异！我拿了束花站在病房门口，跟个傻子一样，最尴尬的是，进了病房后我压根没位置站！"阿蔡的情绪激动不已。

满满的画面感让安嘉鱼忍不住哈哈哈笑了出来。

"没良心！"阿蔡塞了一片鹅肝堵住了她的嘴，"要是每个男人都像你家卫风一样有钱有颜、体贴细心，我绝对收一打。"

吐槽完，她随口问："对了，前阵子没联系，你都干吗去了呀？"

安嘉鱼吃完鹅肝，心满意足："我和卫风去拯救世界了。"

阿蔡："……"

竟然又被安嘉鱼秀了一脸的恩爱，这狗粮说撒就撒，毫无预兆啊！

"安嘉鱼！"熟悉的声音从门口传来。

安嘉鱼抬起头，寻声望去，就看到了劈腿渣男和他的真爱。

成昊小心翼翼地扶着高雯雯的腰，手里提着女士手袋，一副二十四孝好老公的模样。安嘉鱼的目光不自觉地落在了高雯雯的肚子上，因为她的孕肚实在太明显了，目测没怀六个月也有五个月，可她和成昊才结婚两个月。

高雯雯笑着走进包厢，成昊立刻帮她拉开椅子。

"好久不见啊，没想到能在这家餐厅碰到你们。"高雯雯的话里满是讥讽之意。因为这是岚城最好的餐厅，按照她对安嘉鱼和阿蔡的了解，她们绝对是打肿脸充胖子。

阿蔡也盯着高雯雯的肚子："不巧，岚城就这么大。倒是我没想到，你都怀孕了，看样子得有五六个月了吧。"

高雯雯娇羞地笑道："六个多月了。宝宝每天都在肚子里踢我好几回呢。"

安嘉鱼心里爆粗口，自己当初头顶的草原好绿啊！

"打从怀了宝宝，成昊每天都紧张兮兮的。不过这都怪我不好，前期孕吐特别严重，嘴巴也挑剔，他为了我和宝宝，愣是练出了一手好厨艺，每天变着花样给我做吃的。最近我倒是好点了，所以不想让他太辛苦，就常来这里吃饭。"高雯雯说到一半，状似无意看了安嘉鱼一眼，"没想到我这么快就要当妈妈了，安嘉鱼你呢？什么时候能喝上你的喜酒？你们俩吃饭怎么没见卫风？你和他又分手了？"

安嘉鱼顿时不高兴了，什么叫"又分手"？她和卫风就没分手过好吗？

高雯雯却以为被自己猜中了，更加肆无忌惮："不是我说你，好好找个男人谈恋爱不是挺好的，非要去攀高枝，卫风那种条件哪里是你攀得上的？"

安嘉鱼："……"

好想爆粗口啊，但看在她是孕妇的分上，她忍了！

"我和卫风挺好的，你就别替我们操心了。"

高雯雯嘲讽道："我知道你爱面子，但是分手就分手了呗，我们都是老同学了，不会笑话你的。"

"笑话什么？"卫风打完电话回来，刚到包厢门口，就听到高雯雯那句"分手就分手了呗"，心里硌硬得慌。

高雯雯见到卫风的瞬间，感觉自己的脸上"啪啪"两声作响："没……没什么。"

成昊在婚礼那天也收了卫风的名片，知道他在岚城的实力，有心攀附："卫

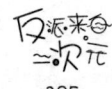

总,好久不见了。还记得我吗?"

卫风冷冷瞥了一眼成昊,坐到安嘉鱼的身边:"不记得。"

"我是小鱼的前男友!"成昊迫切地解释。

安嘉鱼:"……"

卫风:"……"

阿蔡:"……"

高雯雯不悦地掐了成昊一下,都和她结婚了,竟然还敢提这一茬。但成昊急于和卫风拉关系,他居然建议道:"今天这么巧,要不一起吃饭吧。"

卫风给安嘉鱼添上茶水:"抱歉,包厢太小,不方便。"

阿蔡看了眼八人座的餐桌,毫无原则地附议:"小,实在太小了,容不下你们两尊大佛。再说了,你们来棠阁不可能没有预约,我们就不打扰了。"

话音刚落,一个侍者出现在包厢的门口,手里还拿着点餐用的 iPad,礼貌地对成昊说道:"成先生,真的很抱歉,经过再次确认,您的预约已经超过半小时,确实已被自动取消了,还请移步。"

高雯雯嘟着嘴不高兴,安嘉鱼没有分手,她已经很不开心了,要再吃不上晚餐,她今天怎么能顺心。

"老公,我饿了,宝宝也饿了。"

成昊摸摸她的肚子,对侍者板起脸来:"胡说,我明明记得很清楚,我约的就是六点半,怎么可能超过预约时间,你们一定是记错了!叫你们经理来!"

侍者一脸无可奈何:"先生,我们每一个预约都是有记录的,你是电话预约,那么就有对应的来电录音。"

高雯雯见情况尴尬,一跺脚,气冲冲地走了。成昊狠狠地瞪了那侍者一眼,立马拎着手袋追出去。

不速之客离开后,安嘉鱼拧着的眉才舒展开来。她想起卫风的那句"包厢太小了",忍俊不禁:"睁眼说瞎话的本事倒是不小嘛。"

"那你是想把人请回来?"卫风淡淡地反驳道。

安嘉鱼给他盛了碗汤，一本正经道："当然不，我们的菜色太甜，不适合他们。"

阿蔡忍不住摇摇头："你们秀恩爱的时候考虑过我吗？"

"旁若无人。"卫风回答道。

安嘉鱼跟小鸡啄米似的点点头，夫唱妇随。

阿蔡佯装鄙视，但也替安嘉鱼感到高兴："对了，你知不知道为什么成昊当初要劈腿高雯雯？"

"听你这口气，有内幕？"她当时只是认为成昊花心罢了。

"成昊老家在十八线外的一个小农村，上面四个姐姐，为了供他上学，四个姐姐都是初中毕业就去打工。说来成昊也是争气，考上了不错的大学，大四就签约了五百强企业。听上去很励志对不对？

"但是——每个凤凰男的开始都是这么励志的！他找到工作后，就打定主意不回山沟沟了。而高雯雯，岚城人，独生女，家里在市中心有两套房，爷爷奶奶是拆迁户，也分了一套商品房。他和高雯雯在一起，不但可以在岚城落户，还不用买房。而安嘉鱼你，外地人，别说房子了，连个厕所都没有，所以，他选择劈腿了……"

听完这番话，安嘉鱼不知道做何感想，她竟然输给了一个户口。

"我可以说他渣吗？"

阿蔡点点头："我替你说，渣到不行！我也没少见凤凰男和孔雀女的组合，但是像他这样劈腿的凤凰男堪称极品。"

女人的话题一旦开始，就不会轻易结束。她们围绕"凤凰男"一词展开了热烈的讨论与讨伐，卫风只是在一旁给安嘉鱼夹菜添水，并不参与话题。

晚饭后，阿蔡马不停蹄地赶赴下一场相亲。

安嘉鱼吃得太撑，便拉着卫风到附近的广场散步消食。城市的灯火太过璀璨，以至于安嘉鱼盯着夜空瞧了半晌，也判断不出明天的天气，只能依稀看到半轮弯月隐在云层之后，星光难寻，略显清冷。

两人手牵手，并肩而行。

或许是因为今晚见到了前男友的关系，安嘉鱼的情绪有点起伏。她忽然生出几分淡淡的遗憾，如果她的初恋就是卫风该有多好。

如果时间能够像二次元世界那样倒流该有多好？

她等着他出现。

用最好的自己与他相遇。

假如时间真的倒流了，她就狠狠地拒绝成昊，不让他有机会伤害自己。然后她要努力学习，变得有内涵一点，这样卫风说不定就会对她一见钟情。可是时间倒流了，她还要写书吗？不写的话，卫风说不定不会跑出来找她算账。

安嘉鱼天马行空地乱想一通。

想着想着，又忽然想到了吴茜这个人，便气势汹汹地问："刚才吃饭的时候，那个叫作吴茜的姑娘给你打电话，你们说啥了？"

卫风侧首看她："明天我们去房产局办理过户手续。"

"你不要转移话题！我不吃这套！这姑娘的名字挺好听的嘛，茜茜？小茜？你平时都是怎么叫她的？"安嘉鱼继续盘问。

"吴助理。"

"什么？吴……吴助理？"安嘉鱼愣了一下，"哈哈哈，我刚就是开玩笑的啦，笑一笑十年少，要不我再给你讲一个笑话吧。"

卫风笑着揶揄道："小醋怡情，大醋伤胃。你可要注意身体。"

"……"

"我打算把财产全部转到你的名下。"卫风绕回正题，说出自己的打算，"我名下的不动产，包括国内的五套房子、新西兰的一套别墅和几家商铺。这些过户手续已经基本处理好，你明天只要去签个字就可以了。"

安嘉鱼听得一愣一愣："什么？"

"还有其他一些东西，像公司的股权变更、岛屿转让手续会比较烦琐，大概还需要几天的时间。"

其实这件事，他一回到现实世界就在计划了。即便安嘉鱼不再写小说，他也不敢确保自己能在这个世界一直待下去。如果他不在了，安嘉鱼怎么办？他唯一能做的就是将所有的财产转给她，确保她一生衣食无忧。

安嘉鱼惊得瞪大眼睛，进展会不会太快了，才刚刚谈上恋爱，就上交所有财产，这难道不是婚后才有可能发生的情节吗？

"为什么要给我？我不要。"

"定情信物。"卫风一本正经地说道。

安嘉鱼一愣，脸微微一红，竟然就这样被求爱了！

"你就不担心我拐了你的钱和别的男人跑了吗？"她严肃地问。

"不担心。"

"为什么？"

"你智商不足。"

"……"

显然以安嘉鱼的智商不足以说服卫风，所以他们花了一个星期的时间来做财产转移。财富来得太快，以至于她总怀疑卫风是在转移不法收入。

对此，卫风只评价了一句："情商下线。"

这天中午，安嘉鱼正在自家厨房倒腾新买的烤箱，寻思着今晚要不要做个烤鸡翅。她家里原本是没有烤箱的，但是也不知道卫风抽了什么风，给她添置了许多家电，这个烤箱就是其中一个。

安嘉鱼坐在地上，抱着烤箱看完说明书，准备一会儿上网找奥尔良烤翅的做法，此时电话响了——是母亲大人的来电。

"我和你爸已经上动车了，大概再过一小时到。你不用来接我们，我们这次是小住，所以没带什么行李。就这样了，晚点见。"

安嘉鱼还没来得及开口说话，那端的电话就已经干脆利索地挂断了。她抱着"嘟嘟嘟"的手机，有些缓不过神来，直到卫风开门进来——她觉得每天饭点给他开门挺麻烦的，索性就将家里的备用钥匙给他。

卫风轻车熟路地给自己倒了杯水，然后顺着香味走到厨房："发什么呆？"

她拍拍屁股上的灰站起来，一脸严肃："我爹妈来了，大概再过一个小时到火车站。"

卫风并不惊讶，看了眼时间说："那我们该出发去火车站了。"

安嘉鱼思索一番，虽然母亲大人说不用接，但按照她的脾气，如果不去接的话，未来几天的日子一定不好过，所以她还是决定收拾收拾去火车站。

但是卫风手里的水杯让她意识到了一个严重的问题——这个家里到处都是两个人的生活痕迹。浴室里面，粉色 Hello Kitty 刷牙杯的旁边多了一个蓝色漱口杯，洗面奶的旁边放着一把剃须刀，洗脸毛巾是两条；客厅茶几上的咖啡杯也是两个，沙发背上还随意地搭着一件男式外套，就连阳台上都飘着卫风的白衬衫。

安嘉鱼拿了个大号黑色垃圾袋，开始收收收。

卫风站在一旁，脸色铁青："看你这架势，很熟练啊。"

安嘉鱼心虚地回忆起上一次卫风消失的，她试图扔掉所有和他相关的东西，虽然最后捡回来了。

"你现在又不住我家，刷牙杯和剃须刀什么的完全用不上嘛，你也不想我爸妈在这里看到你生活过的痕迹吧。"

"呵。"

安嘉鱼收拾完毕之后，再三确认没有任何纰漏，才安心地和他前往火车站。

在去火车站的路上，安嘉鱼竟然有点紧张，明明是卫风见家长，为什么她的心脏却"怦怦"乱跳。她看着窗外一闪而过的街景，心情难以平静。他们交往之后，她一直没有什么真实感，就连他将财产转到她的名下，她也没有多大反应，倒是现在，真真实实地感觉到这个正在开车的男人是自己的对象。

"我……"

"我……"

两人相视一笑。

卫风道："你先说。"

安嘉鱼绞着手指，略略不安。卫风的脾气那么臭，如果和她爸妈相处不好怎么办。

"我妈是个颜控，应该不会为难你。但是我爸很严厉，说话也比较直接。"

卫风点点头："你父母平时有什么兴趣爱好吗？"

"我妈喜欢听戏曲，尤其是越剧，小时候她总拉着我一起听，可惜我听不懂也不喜欢；我爸是中学语文老师，前年刚退休，平时在家偶尔会练练书法，我家过年的对联就是他自己写的，还有就是和家属区其他老大爷下下围棋。"她认真回答道。

"他们是哪里人？"

"我妈是江南一带的，我爸是土生土长的安州人。"

安嘉鱼开始仔细回忆，想到什么说什么，将她爹妈的所有爱好都说了一遍，生怕错过一个细节。卫风一一记在心里，见她如此紧张，安慰了两句，却没有任何效果。不知情的人见了这情形，还以为是她要见公婆！

刚到火车站一会儿，他们就在出站口接到了人。

车站人多嘈杂，卫风便带着准岳父岳母前往订好的餐厅吃饭。这家餐厅总体风格雅致，卫风订的包厢是四人间，却格外宽敞，还有复古红木茶具，正对包厢的小轩窗，环境清幽。

点菜的时候，安家二老故意不点菜，但拗不过安嘉鱼，在宝贝女儿的坚持下，点了两道口味油腻的菜——酱鸭和东坡肉，试图误导卫风。

卫风泰然地帮他们点了菜：西湖醋鱼、荷叶粉蒸肉、龙井虾仁、丝瓜卤蒸黄鱼、蜜汁灌藕、冰糖甲鱼和西湖牛肉羹。

安妈妈吃惯了浙菜，嫁人之后把饮食习惯也带进夫家，所以她和丈夫平日都喜清淡，卫风点的这些菜很合他们的口味。

安妈妈见状，默默地给他加了十分。

对他们的口味如此了解，显然他是事先做过功课的。

安妈妈抿了口桂花茶，开始盘问："卫风啊，你和我家小鱼是什么时候

认识的?"

"有几年了。"说话期间,卫风将安妈妈的茶水添满。

安嘉鱼在一旁使劲点头,从她写出"卫风"这个人物开始,他们就算是认识了,这么算来,是有三四年了。

安妈妈对这个准女婿是越看越顺眼,相貌出挑,气质好,举止投足之间可见良好的礼仪和教养,虽然性子看着有些冷淡,但对他们二老的尊敬却是实打实的,这说明了他对安嘉鱼的重视和用心。

不过盘问还是免不了的,毕竟这是终身大事。

"听小鱼说,你是独生子,你的父母都在哪里?"

"长年在国外,我父母都很喜欢嘉鱼。"作为安嘉鱼笔下的人物,岂有不服从的道理。

安妈妈更满意了,这样一来,就没有婆媳问题。

再加二十分!

安嘉鱼感觉一群乌鸦绕着自己飞,虽然第一次见家长难免有"查户口"环节,但是自家母上大人也太不委婉了。她向安妈妈眨眨眼,示意不要这么直接,奈何安妈妈自动屏蔽她的暗示。

安妈妈本着鸡蛋里挑骨头的原则,继续提问:"小鱼说,你是开公司的,公司是做什么的?"

"都有涉及。刚起步的时候做旅游开发,现在做电子产品研发。"

"做得还挺杂的。"全程拧着眉、一副"别人欠我五千万"的安爸爸幽幽开口,"小伙子,古人云术业有专攻,你这步子还没稳,就开始跨行了,胆量倒是挺大的啊。"

安嘉鱼忍不住要开口替卫风辩白,却被他按住了手,示意她不要帮他出头。

"一来是想趁着年轻多尝试,二来行业总有饱和的时候。"

"我听懂了,就是不专一嘛。现在的年轻人是这样子的,越有钱就越离谱。"安爸爸觉得这种条件的男人基本靠不住,也不知道自家闺女是什么眼光,看上这种花枪。

安妈妈瞪了安爸爸一眼，准女婿的硬件软件都上得了台面，有什么好不满的。

午餐结束后，卫风去停车场取车，安嘉鱼带着父母在餐厅门口等他。安妈妈拉着安爸爸的手，小声嘀咕："老公啊，我觉得小伙子人不错。"

"哪儿不错了？我看他绝对是骗子！就我闺女这相貌这智商，哪能这么轻易就找到高富帅男朋友，这不瞎扯吗？"安爸爸激动道。

安妈妈开始动摇，觉得丈夫说的也有道理，安嘉鱼从小就缺心眼，卫风条件那么好，没道理看上她啊。

"那……要不我们再考察考察？"

"那是必须的！"

安嘉鱼此时无比庆幸卫风不在现场，她终于知道自己缺心眼的毛病是怎么来的，这绝对是遗传啊！

到家后，安妈妈拉着安嘉鱼进厨房洗水果，独留两个男人在客厅过招。

安妈妈压低声音道："卫风条件这么好，我觉得他和你处对象不科学啊，是不是只想和你玩玩？"

安嘉鱼："……"

她有一种被自己亲妈看低的感觉："妈！你怎么能这么说他？卫风是个人品绝对过硬的男人好吗？再说了，我也挺好的啊。"

"他有房有车有公司，父母长期在国外生活，听上去就和我们家门不当户不对，我是担心你将来的日子过得不顺心，虽然说物质条件很重要，但是再重要也比不过夫妻和睦。"安妈妈提出自己的担忧。

"卫风的车子房子公司都在我名下，您和我爹就别瞎担心了。"

安妈妈忍不住张大嘴，眼里写着"怀疑"两个大字："现在哪来这种好男人，你不是被骗了吧？电视上不是经常报道吗，骗子打着处对象的名头把无知少女骗进传销组织里去……"

安嘉鱼把手擦干："我去把房产证、公司营业执照都找出来。"

"哎，你这姑娘……我信，我信。"

安嘉鱼路过客厅的时候，看到卫风正和她爹下围棋，剑拔弩张。等她回房翻箱倒柜地找出一堆证件，再出来的时候，他们二人已经愉快地喝上茶了。她看看自己手里的证件，感觉似乎有点多余。事后，安嘉鱼偷偷地问卫风是如何讨得准岳父的欢心，他只说了四个字——投其所好。

安嘉鱼帮安妈妈把水果摆好，招呼大家吃水果，状似不经意地问道："刚才见你俩下棋，谁赢了？"

卫风正在削苹果，果皮一圈圈蜿蜒落下："伯父棋艺精湛，我输了半子。"

"年轻人嘛，还有很大的进步空间。"安爸爸乐呵呵道，"只输我半子的人也不多，你的棋艺还是值得肯定的。"

"是伯父手下留情，不然我怎么可能只输半子？"卫风把苹果切了小块，喂给安嘉鱼。

安嘉鱼："……"

擅谋者必定谋弈，作为曾经的帝王，卫风的棋艺自然精湛，而她爹是出了名的臭棋篓子，又爱悔棋……

安妈妈见他二人浓情蜜意，心里也放心了许多。她无非就是希望自家闺女找个对自己好的男人。而且卫风怎么看都是金龟婿的人选，长相、家世无可挑剔，最重要的是对安嘉鱼一心一意，体贴周到。

"对了伯母，最近有一个越剧班子来岚城巡演，朋友正好送了我几张票，伯母明天要不要去剧院欣赏一下？"

安嘉鱼瞥了一眼卫风手里的门票，心里腹诽，还朋友送的票，她赌两个苹果，绝对是听她说了母上大人爱听戏曲以后准备的。

安妈妈接过票一看，乐道："哎呀，这个班子我知道，上周就在安州演出，我都没有抢到票，可遗憾了哟。"

第二天，卫风陪着准岳父岳母听了一下午的戏曲。

安嘉鱼在剧院里听到睡着，卫风却时不时陪二老点评两句，深得他们欢心。

第三天，卫风一行人去了岚城离岛，正是他开发成旅游岛的那一座。安妈妈激动地掐了安爸爸好几下,让他嫌弃卫风"术业不专攻",这公司发展得多好啊。

安嘉鱼再次助攻,故意用嘚瑟的语气对他们说:"这岛也在我的名下了,没卫风什么事。"

安妈妈的心情无以言表,对卫风这个准女婿越发满意,原先"没必要一毕业就结婚"的想法也抛之脑后。"考察"结束后,二老安心地回了老家。

或许是安嘉鱼的助攻太成功,所以他们临走前,再三嘱咐她不要仗着卫风喜欢她就使小性子。

安嘉鱼唯有呵呵一笑。

向来是卫风欺负她,而不是她朝卫风使小性子!

也不知道是不是二老的话激起了安嘉鱼的某根反骨,他们前脚刚走,安嘉鱼就跟着闹别扭,把以前卫风"欺负"她的旧账搬出来清算。比如第一次见面就恐吓她,还整天使唤她做饭洗碗,动不动就威逼利诱……

"我觉得你可以去海角开个帖子。"

"什么帖子?你不要转移话题!"

卫风不疾不徐道:"写死男朋友的一百种方式。"

"……"虐反派从不心慈手软的作者瞬间心虚了。

第十一章·论跨次元的科学性

同样为剧情所控，他风光无限，权倾天下；他国破家亡，身首异处。

医院的走廊灯火通明，诡异安静，除了护士来回换药的脚步声，就只剩下水龙头的滴水声，"嗒嗒嗒"地在夜里格外清晰。

特殊监护区十八号房。

病床上脸色苍白的男人忽然睁开眼睛，长久卧床令他四肢无力，他硬撑着病床，慢慢坐起来，脸上浮出一丝阴鸷的笑容。

"安嘉鱼……"

安嘉鱼得知俞骁阳苏醒的消息，是在送走安家二老的第二天。当时她正百无聊赖地刷朋友圈，而卫风坐在她边上看报纸，俨然老夫老妻的模式。

小宁：男神回来上班了，我的人生又有盼头了！

刷到这条信息的时候，安嘉鱼愣了几秒。小宁的男神不就是俞骁阳吗？所以说，俞骁阳醒过来了！果然离开了公司，消息也滞后了，总监都回公司了，她才知道这一喜讯。她一边感慨着，一边和小宁确认。

得到肯定的答案后，她高兴地把手机举到卫风的面前，说："俞骁阳醒了！好像是前晚醒过来的，现在都已经回去上班了，工作狂的人生果然彪悍。"

此时她豪迈的手机铃声响了起来。

接完电话，安嘉鱼一脸茫然地请教了卫风："新锐让我回去上班，我回不回?"

以卫风的推测,这事必定和俞骁阳有关。俞骁阳住院,安嘉鱼被开除,他一回公司,她就被通知回去上班,小说都没这么巧。

"如果你想工作,不如来给我当助理,新锐那边就不要再回去了。"

安嘉鱼正要答应,手机又响了。

一看来电显示是俞骁阳的名字,她立马接通电话:"俞总监?"

电话那端的人轻轻"嗯"了一声:"好久不见。"

或许是隔着电话的关系,俞骁阳的语气听起来有一点奇怪,不过安嘉鱼一向是大大咧咧的性格,也没细想。

"听说你已经回去上班了?身体都好了吗?"

"都好了。"俞骁阳的声音仿佛带着几分暖意,"我昏迷的时候,你来过医院吧。那时我虽然不能动,但好像听到了你的声音。"

安嘉鱼惊讶地"啊"了一声,真的假的?

"嘉鱼,谢谢你。"

"不……不客气……"以前俞骁阳都是和其他同事一样喊她"小安",猛地换了称呼,总觉得哪里怪怪的。

或许是察觉到她的不自在,俞骁阳转移了话题:"人事部擅自开除你的事情,我已经听说了,我代表公司向你道歉,也希望你能回来上班。"

"不好意思啊,我已经有其他规划了。"

电话那头沉默了一会儿,才缓缓道:"我尊重你的选择,但我们手里的项目还没做完,你可以跟到项目结束吗?"

安嘉鱼迟疑了一下,看了一眼冷着脸的卫风:"我考虑一下,下午给你回复可以吗?"

"好,希望能等到一个好消息。"

挂断电话后,安嘉鱼戳了戳卫风的手臂:"虽然是公司不厚道在先,但俞骁阳算是我的伯乐,而且项目做到一半其他人也不好接手……"

"所以?"

她抱着卫风的胳膊蹭了蹭，试图以撒娇攻略他："所以我可不可以向组织申请跟完手头的项目？"

"安嘉鱼，你知道女生是怎么撒娇的吗？"他稍微停顿了下，抽回自己的胳膊，"绝对不是你这样。"

安嘉鱼："……"

她心里一万只羊驼跑过，微博上不是说每个女生都自带撒娇属性吗？为什么到她这儿就不灵了？

"那你怎么说嘛？"

卫风思索片刻，嘱咐道："注意安全，项目一结束就辞职。"

安嘉鱼翻了个白眼："我是去上班，又不是去打架，什么注意安全，你好歹要说注意劳逸结合。"

第二天，安嘉鱼准时到公司报到。

俞骁阳对安嘉鱼的回归表示了极大的欢迎，不但让她坐回原来的位置，还把替代她的空降兵调去其他部门，策划部还是原班人马，气氛一片和谐。

虽然安嘉鱼回来只是为了跟进佳运食品的策划项目，但小宁还是无比羡慕，因为她可以和男神一起工作。

"你发现没有，你是俞总监带的第一个新人，以前新人都是由陈姐带的。"小宁蹬着办公椅溜到安嘉鱼的座位边上。

安嘉鱼不假思索道："陈姐手里都带三个了，俞总监是体恤下属，所以勉强带着我这个不成器的。"

"总之，你上辈子一定拯救了宇宙！"

安嘉鱼："……"

此时安嘉鱼桌上的电话响起，打断了两人的闲聊。她一接电话，就听到俞骁阳好听的声音："嘉鱼，到我办公室来一下。"

"好的。"

其实安嘉鱼想让俞骁阳换回以前的称呼，可是他喊得那么自然顺口，她刻意提，好像显得有点奇怪，便作罢。

俞骁阳办公室的门是开着的，安嘉鱼只是象征性地敲了几下。

他将一叠资料递给她，温和道："这是佳运食品要宣传的牛排资料，目前岚城只有一家西餐厅有供应，而且是晚餐时段的特别供应，所以今天下班后，要辛苦你和我跑一趟，我们去做个调研。"

"好。"安嘉鱼接过文件。

从办公室出来后，安嘉鱼躲到厕所给卫风打了一个电话，报备晚上加班的事情。不出意外，反派 Boss 表示不高兴。

"这个项目结束了就辞职，不然我会忍不住把新锐收购了。"

安嘉鱼："……"

这个霸道总裁的语气是闹哪样啊，难道他最近不看新闻频道改成看偶像剧了吗？不对，他就是从玛丽苏总裁文里面跑出来的。

"I do"西餐厅是佳运牛排的试点餐厅，餐厅烛光摇曳，音乐曼妙，气氛暧昧，就餐的客人多是情侣。安嘉鱼本着"严肃认真"的工作原则，自动屏蔽不该入耳的情话。

"我直接去找餐厅经理拿数据吧。"想着家里还有一尊大神等着她投喂，她格外有工作积极性。

俞骁阳不急不缓地走到靠窗的餐桌前，帮她拉出餐椅："不急，我们先试试产品的味道，顺便探讨一下方案。"

安嘉鱼愣了一下，摸摸自己"咕咕"抗议的肚子，想到冒着热气的牛排，很想一屁股坐下去。

"方案我们明天再讨论吧，我两个小时内得回家，家里养了一只猫，脾气不大好，我得回家喂它吃饭。"

他的眉头几不可见地皱了一下，但很快就恢复如常："我有很重要的事情要告诉你，说完了，我送你回去。"

安嘉鱼迟疑了一下，坐下来。她敬业地掏出笔记本："那开始点餐吧，我来做记录。"

"现在不是上班时间,不需要这么严肃。放松点,我们边吃边聊。"俞骁阳微微一笑,眉梢眼角满满都是暖暖的笑意,他本就生得好看,如此一笑,更是引来诸多视线,但他只专注地看着安嘉鱼,"这家的菲力是佳运提供的,我们就点这个吧?"

安嘉鱼"嗯"了一声:"对了,刚才你说有事情要说?"

俞骁阳的手搭在椅背上,眸光幽深。他似乎是在思考如何开口,又似乎是在仔细斟酌用词。他盯着对面的安嘉鱼,看了许久许久:"或许我要说的事情,对你来说会有些突兀,也可能会吓到你……"

见他神色如此郑重,安嘉鱼的心也提了起来。

难道俞骁阳亏空了公款,却打算让她当替罪羊?所以今晚这顿饭是传说中的鸿门宴?不不不,俞骁阳可是公认的男神,怎么会这么渣。

"您说,我听着。"安嘉鱼小心翼翼道。

"我是慕容曜。"

"我好像出现幻听了。"

"我是慕容曜,俞国三皇子。"俞骁阳又重复了一遍,"去滨海出差那次,我本来就想告诉你这件事情,但一直没有机会。后来我出了一点意外,昏迷半个多月,这多像是命运的警告,阻止我与你相认。"

"慕……慕容曜……"

安嘉鱼差点就从座位上弹起来了!慕容曜!《美丽俏王妃》里面的男三号!那个被卫风一掌打下山崖生死不明的敌国皇子慕容曜。

"你没开玩笑吧?"

"我确实就是你笔下的那个炮灰男配慕容曜。"俞骁阳抄手靠着椅背,神色莫名,"我九死一生,历经磨难才谋得东宫之位,但卫风破我城池,亡我国家,此后再无俞国。我为了报仇前去卫国暗杀,却以失败而告终。"

"卫风并非恶人,只是受剧情的控制,才会出兵攻打俞国……"不管俞骁阳是不是小说里的慕容曜,她都想为卫风澄清。

"我知道。"他话里有一丝苦涩,"我也曾经身不由己地被支配,你不需要如此心急地为他辩白。"

这气氛尴尬得叫人不知道该如何化解。

"我知道一时间你很难接受我的存在,但是我希望你可以相信我。你是我在这个世界唯一的……最亲密的人。"

"咳咳——"她被水呛得直咳嗽,什么叫"唯一的""最亲密的人",虽然对于小说中的人物而言,作者是最亲近和特殊的存在,但是被俞骁阳如此直接地表达出来,她还真有点不适应,"我能问几个问题吗?"

"你问,我定当知无不言。"

"慕容曜身上的胎记在哪个部位?"她之所以提这个问题,是因为慕容曜胎记的梗还没来得及写,就把他写死了,所以这个胎记只在大纲中出现过,小说中并未提及。

"大腿内侧。"

"你母亲最喜欢什么花?"这个问题同样没有出现在小说正文中。

"曼陀罗。"俞骁阳从善如流。

虽然很惊讶,但是安嘉鱼可以确定,这人就是慕容曜。既然卫风能从二次元来到现实世界,慕容曜的出现也不是那么不可思议。

"那你是什么时候变成俞骁阳的?又是怎么变成他的?"她困惑地问,"你说上次出差就想告诉我,也就是说,你来现实世界已经有一段时间了。"

"四年。"

安嘉鱼在心里推算了一下,《美丽俏王妃》是她大一暑假写的,倒是和慕容曜的死亡时间能够对得上。

他惋惜地解释道:"四年前,这具身体的主人车祸去世,我从那之后就替代了他。俞骁阳给了我重生的机会,我也承担了他的责任。当我发现自己是你创造的角色后,一直希望能以最温和的方式告诉你,可是没想到中间发生了那么多事情,等我鼓足勇气的时候,你的身边已经有卫风了。"

安嘉鱼心道,最后一句听上去不大对劲啊。

"嘉鱼，我喜欢你。"

"我好像又幻听了……"

"我喜欢你，就让你这么难以接受吗？"他深情地注视着一脸茫然的安嘉鱼，"我并不是要强迫你接受我，或者要你立刻给我回应，我只是想告诉你这个事实。我希望在还来得及的时候，将自己的感情告诉你。"

安嘉鱼的大脑已经宕机了，她还没消化"俞骁阳就是慕容曜"的信息，又被他的告白惊得不知所措。在她过去的二十三年中，没有人这样向她表达过心意。成昊没有表白过，他用一束花就收服了她；卫风的表白含蓄得她翻来覆去想了一整夜才明白。而俞骁阳，竟然向她如此直接地表白了！

她喝光两杯冰水后，郑重道："对不起，我有男朋友了。"

感情这种事情最忌讳的就是拖泥带水，所以必须当场说明白讲清楚，才能永绝后患。她酝酿了一下用词，继续道："像你这么好的人，未来一定可以遇到合适的人。还有，很高兴能在这个世界见到你。"

俞骁阳静默了许久。

"我尊重你的选择，就像你不能阻止我的决定。"

窗外夜色沉沉，他的半张脸隐在暗中，也似乎融进了这样的夜里。他看着她，脑中闪过的却是破城那日的种种，城墙下堆满尸体，鲜血染红了整个皇城，战火四虐。

岚城的冬天格外湿冷，夜里更是寒风凛凛。清冷的路灯下，连一只飞蛾都没有，月光隐在厚厚的云层中，忽明忽灭。

安嘉鱼从俞骁阳的车上走下来，冻得打了个寒战。

小区门口的保安还没开始打瞌睡，他看到安嘉鱼走进小区，对她笑了笑，然后用探究的眼神看了一眼靠在车边目送她离开的俞骁阳。

"小姑娘，你男朋友长得可真精神。"

安嘉鱼刚想开口解释，一个比寒夜更冷冽的声音抢先一步："我才是。"

来人正是卫风，他戴着眼镜，身穿一件卡其色长款外套，盯着俞骁阳的方向看。

保安尴尬地挠挠后脑勺:"哈哈,这么一看,确实你们俩比较配。"

"谢谢。"

安嘉鱼忍俊不禁,卫风竟然为了一句奉承之言正儿八经表示感谢。

"你怎么下来了?"

"散步。"卫风回答道。

安嘉鱼翻了个白眼,睁眼说瞎话,散步能散到小区门口啊。

"然后正巧碰到我了?就顺便和我一起回家?"

他坦然应对:"对。"

"今晚好冷,我们上去吧。"她拉起卫风的手。

安嘉鱼此举是有意做给俞骁阳看,卫风似乎也察觉到了,到家的第一句话就问:"俞骁阳今晚跟你说什么?"

她捧着热牛奶,懒洋洋地窝在卫风家的沙发上,甚是惬意:"你猜。"

卫风知道她向来是藏不住秘密的,所以他也不问,她喝牛奶他就看书,慢慢消磨她的耐心。

"你猜嘛。"

他翻了一页书:"不猜。"

"你这人好无趣!"她鼓着腮帮子抱怨,"你就随便猜嘛。"

"不猜。"

安嘉鱼放弃了,心里藏了个天大的秘密,憋着好难受:"俞骁阳死了。"

"嗯?"这句话总算引起了卫风的注意,"有人占用了他的身体?"

她耷拉着眼角,表示自己不高兴了!好想上海角发个帖《男朋友智商180,恋爱好无趣怎么办》。

"你明明就猜得到!"

"谁规定猜得到就必须猜?"

"我规定的!"安嘉鱼站起来,居高临下地向卫风宣布。

卫风合上书本,淡淡地回了一句:"再说一遍。"

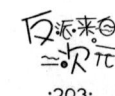

她立马认怂:"哈哈,我开玩笑的!对了,你认识慕容曜吗?"

"如果你是指《美丽俏王妃》里面的慕容曜,我确实认识。他刺杀我的时候,被我一掌打下了山崖。"

"那他死了吗?"

卫风仔细回忆起那段往事:"我派人去山崖下查过,死了。尸体我让人就地埋葬。所以他来到这个世界变成俞骁阳了?"

"Bingo!(答对了!)"安嘉鱼打了个响指,和智商高的人聊天果然轻松,"我问了他很多关于慕容曜的问题,就连我只是写在大纲里、没有出现在小说中的细节,他都能回答出来!一开始我是不信的,但是你都能跨次元,他的出现也就没什么好奇怪的。"

"他还说了什么?"

安嘉鱼一脸兴奋:"他对我表白了!我的行情也不差呀。"

"你最好离他远一点。"卫风严肃地说道。以他对慕容曜的了解,此人绝非善类。安嘉鱼对他而言,就像一颗不定时的炸弹,他不可能容忍这个威胁的存在。

她得意扬扬地凑到卫风身边:"哟——你这是吃醋了?没想到你也有今天啊。再说了,你有我了解他吗?"

卫风:"……"

卫风的话安嘉鱼到底是没听进去,她觉得那只是男人吃醋的表现,不过对于俞骁阳,她会尽量保持距离,除了工作,不与他有其他的接触。

但是俞骁阳却开始高调地追求她,每天问候的短信比蜜还甜,玫瑰自表白的第二天起就不曾断过。大小礼物不断,从可爱精致的发夹到华服宝石,跟不要钱似的往她家送,最多的一天她收到六份礼物。不过安嘉鱼全部如数退回,按照卫风给她的地址,直接打包寄到俞骁阳家里。

当俞骁阳第三次接到安嘉鱼退回的礼物时,面露不悦。

俞家大宅的管家在一旁战战兢兢地问道:"明天是否要继续送礼物?"

"继续送。"他的神情有些不甘。

被人各种追求的安嘉鱼，忽然意识到一个问题，卫风不仅没有对她表白，连追求这件事情都直接略过了。而且他们交往后的日常和交往前并没有什么差别，还是一起吃饭，一起看电视，一起去超市买东西。

简直就是结婚多年的夫妻模式了。

一点也不浪漫！

这天吃晚饭的时候，安嘉鱼就提出了抗议，而卫风只是懒洋洋地瞥了她一眼，似笑非笑道："所以你想延长追求我的过程？"

安嘉鱼无言以对："……"

吃完饭，卫风去洗碗，安嘉鱼又不死心地在门口晃来晃去。

"我觉得，既然我们注定要在一起，谁追的谁并不重要。"她严肃道，"重要的是，我们在谈恋爱啊谈恋爱。"

"所以？"

"所以你得补偿我的少女心！我们现在这样叫谈恋爱吗？你瞅瞅谁谈恋爱是这么谈的，除了吃饭就是去超市，还能不能有其他的选择了？"安嘉鱼振振有词，"你也不希望等我们老的时候，回忆起恋爱过程，居然是这么平淡无味的！"

"过来。"卫风侧首道。

"别转移话题，我不吃这套的。"

虽然嘴巴这么说，但她还是乖乖地走到卫风的身边，然后，她就毫无防备地被亲了。卫风亲完她，一脸淡定地继续刷碗。

"干吗忽然亲我？"她傻乎乎地问。

"恋爱福利。"

"……"

翌日早上，安嘉鱼正忙得昏天暗地的时候，突然收到一束鲜花和巴掌大

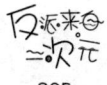

的礼盒。她以为是俞骁阳送的，还义正词严地发了短信拒绝他。然而到了中午，安嘉鱼接到卫风的电话，才知道礼物和鲜花都是他送的。

"下来，我在你公司门口。"卫风说道。

安嘉鱼跑下楼，一眼就看到立在车旁的卫风，西装革履，穿得十分正式，似乎是刚开完会的样子。他看到她，从车里拿出一束白色的玫瑰花，直接塞到她怀里。

安嘉鱼抱着花，有些蒙了："干吗又送我花？"

"补偿你的少女心。"

安嘉鱼闻言，傻乎乎地笑起来。

此时正值饭点，大厦门口进进出出都是人，几个相熟的同事见到这一幕，纷纷上前打趣安嘉鱼。她强忍着笑意，佯装矜持地回答他们的问题。

"见过家长了。"

"还没确定婚期。"

"怎么认识的？这个说来话长，以后再说吧。"

俞骁阳从大厦走出来的时候，看到的就是眼前这一幕，眸光猛地一暗。他一手插在裤兜里，一手拿着车钥匙，目光沉沉地盯着卫风。那些国仇家恨在他脑中闪过，最后定格在他坠崖的场景。

卫风似乎也察觉到他的目光，朝他看了过来。

两人的目光在半空中交会，但很快就错开了。卫风冷淡的目光激起了俞骁阳心里的戾气，同样为剧情所控，他风光无限，权倾天下；他国破家亡，身首异处。现在也是，安嘉鱼为他倾心，却视他为无物……

之后数日，安嘉鱼每天都能收到卫风的鲜花礼物，着实高调了一把，以至于公司里上上下下谁都知道她有一个男神级别的交往对象。而沐浴在别人羡慕嫉妒里的安嘉鱼，因为每天一束的鲜花犯了过敏性鼻炎。

原本的温泉度假之行，也因此改期了。

安嘉鱼痛心疾首，悔不当初。卫风见她鼻子通红，没完没了地打喷嚏，看起来可怜兮兮的，只好说："下周六再带你去玩。"

安嘉鱼叹了口气："谈恋爱可真不容易。"

"所以你的少女心得到满足了吗？"

"勉强吧。"

卫风笑望着她："你可真难伺候。"

安嘉鱼冷哼一声，不肯认下这个子虚乌有的罪名："我这是在为我们创造美好的恋爱回忆，当我们垂垂老矣，想起这些事情，一定很浪漫！"

卫风："……"

安嘉鱼高调秀恩爱的行为，却没有让俞骁阳打退堂鼓。他开始借工作之名，制造各种相处的机会，这令安嘉鱼十分苦恼。而且俞骁阳似乎也不再顾忌公司的同事，一改往常绅士体贴的作风，追求方式日渐强势。

安嘉鱼担心这么下去，迟早要被同事看出苗头。

说不定已经有人发现了……

现在唯有辞职这一个选项才能拯救她，为了早日结束佳运食品的项目，她一改往日懒散的工作风格，上班时间不开小差、不吃零食、不刷微博，尽量不和同事侃八卦，认真得跟打了鸡血似的。

"吃不吃？"小宁拿着坚果诱惑她。

安嘉鱼看了一眼，摇摇头："我改方案。"但是肚子开始抗议了，从早餐之后她就没吃过东西，早就饿得前胸贴后背。

"吃点零食又不耽误多少时间，身体是自己的，工作是公司的，要对自己好点。"小宁一口一个吃得可香了。

安嘉鱼罪恶的小手还是伸了出去："好吧，休息一会儿。"

刚吃了一个，就接到俞骁阳从内线打来的电话，让她把佳运食品的宣传预算方案送到财务科审核："我去楼上送材料，一会儿就下来，给我留点啊。"

小宁嘴巴忙着吃，就比了个"OK"的手势。

等安嘉鱼走远了，小宁才看到她放在桌上的手机，本想叫住她的，但是想想只是出去一会儿,应该也不耽误事,便没有开口。

电梯是从负一楼的地下停车场上来的,安嘉鱼抱着材料等了几分钟,它才慢慢悠悠地到达8楼。她走进去,按了15楼的键。

红色的数字两秒跳一下,之后,便停在了"13"。

安嘉鱼察觉到异常,按了一下开门键,竟然没有任何的反应。再试着选择其他楼层,同样也是这样的结果。

她按住求援警铃,试图联系值班室:"有人在吗?我被困在电梯里了!"然而没有收到任何回复。

此时她还不知道,值班室的监控画面全部出现异常,闪屏和雪花影响了安保人员。

电梯的灯忽闪忽灭,安嘉鱼不安地将手伸进口袋拿手机,这才发现手机落在了办公室。此时灯"啪"的一声灭了,她打了一个寒战,手里的资料也掉了一地。

"外面有没有人啊?"

"有人吗?"

"救命啊!有人被困在电梯了!"

她高声呼喊了半响,却没有得到任何的回应。她泄气地坐到地上,背靠着墙,心里涌起阵阵的恐慌。黑暗密闭的空间,将这些恐慌无限放大,她的脑中闪过以前看过的恐怖片,例如电梯里除了她,其实还有别人……

"有没有人——救命啊!"

此时安嘉鱼落在办公室的手机响起,小宁看了一眼,是卫风的来电。但是作为同事,她不方便帮忙接听私人电话,只好作罢。可是电话一通接着一通,"浪奔——奔奔奔——浪流——流流流——万里滔滔江水永不休……"的手机铃声响彻整个办公室。

小宁对面的同事提出了意见:"小宁,你能把安嘉鱼的手机调成静音吗?

我这刚写了几个字，思路就被打断了。"

此话一出，得到了其他同事的响应，小宁为难道："这样不好吧？"

"可是电话一直这样响很影响大家工作，要不然你帮忙接一下。"

话音刚落，手机再次响起，小宁只好接了电话："你好，我是安嘉鱼的同事，她现在不在位置上，没有带手机。"

"我是安嘉鱼的男朋友，现在有急事找她，你可以帮我叫她吗？"

作为颜控，小宁断然不会拒绝任何一个高颜值的人："好，我现在去找小安，一会儿让她给你回电话。"

"电话不要挂断。"

小宁应了一声"好"，拿着手机往外走，到了电梯口，发现有一部电梯始终停留在13楼，便嘀咕了一句："这部电梯好奇怪……"

说者无心听者有意，卫风问道："怎么个奇怪法？"

"啊？哦，那部电梯到了13楼就不动了。"

"你能到13楼看看吗？"

小宁心里疑惑，但还是照做了："不过13楼最近在装修，所以会很吵。"

她从正常运行的电梯到达了13楼，一出电梯，就听到刺耳的电钻声。地板上到处都是木屑，空气里弥漫着涂料的异味，格外刺鼻。

卫风在电话里听到声响，更加笃定心里的猜测："你让工人把机器都停一下，我怀疑安嘉鱼在电梯里。"

小宁大骇，连忙和工头沟通，暂停作业。

电钻电锯的声音一停下来，果然就听到了安嘉鱼的呼叫声。

"你先叫人通知安保部门，但不要离开现场，我现在就过去。拜托你了！"

"你放心。"

13楼的楼道有个身影躲在阴暗中，阴鸷地盯着小宁看，眼神中带着愤恨和不甘。他在原地站了许久，最后，他将手中的黑色小匣子塞进公文包，匆匆离去。

卫风到达新锐公司的时候，安保人员正在对电梯进行抢修，此时距离安嘉鱼被困将近一个小时。小宁站在电梯外，时不时地吼两嗓子，好让被困在里面的安嘉鱼知道，她一直都在外面陪她。

卫风疾步走近："安嘉鱼，能听到我的声音吗？"

"卫风！"

"卫风，我怕黑！"

"电梯会不会掉下去啊？"

听声音还很精神，卫风稍稍放心了："别害怕。我保证，十分钟之后，你就能看到我。"

"我肚子饿。"

"等下带你去吃海鲜自助。"

安嘉鱼有气无力地"哦"了一声，又问："几分钟了？"

"一分三十秒。"

卫风联系的救援队一到，他就强制暂停了新锐安保对电梯的维修，让自己的人开始营救工作。不到十分钟，便打开了电梯门，将安嘉鱼安全救出。

除了心理上的恐慌，安嘉鱼并没有任何的皮外伤，但卫风还是坚持带她回家。安嘉鱼拗不过他，只好嘱咐小宁帮她请假。

"俞骁阳在哪里？"卫风忽然问道。

安嘉鱼和小宁皆是一脸莫名，但小宁还是下意识地回答："总监出去开会了。"

卫风继续追问："在安嘉鱼离开办公室之后？"

"好像是。"

卫风紧紧拧起了眉，果然和他想的一样。在俞骁阳的身上，巧合总是特别多。当年的慕容曜看似高高在上，气度无双，实则心性狡诈狠毒，虽说他做的很多事情是受到剧情的控制，但江山易改本性难移。

计划失败的俞骁阳气急败坏地将东西扔到化工厂附近的垃圾桶里，枉费他冒险准备了硫化氢，结果却让安嘉鱼逃过一劫。但是没有关系，他有的是机会,而她不可能每一次都这么幸运。

他拿出手机,打给了安嘉鱼,语气依旧温和:"嘉鱼,我听小宁说了电梯故障的事情,你在家里好好休息,不用急着回来上班。"

安嘉鱼窝在副驾驶的位置上,有气无力地道了声谢。

闲聊几句后,俞骁阳便体贴地结束了通话,他的语气和态度没有丝毫异样,完全符合安嘉鱼心中的男神设定。

"俞骁阳跟你说什么了?"卫风一边驾车一边问道。

"他让我好好休息……"安嘉鱼侧首看他,有些迟疑地问,"你是不是怀疑电梯故障是俞骁阳弄出来的?"

卫风淡淡"嗯"了一声。

"可是我和俞骁阳又没有仇,他干吗要故意整我?"而且如果是俞骁阳做的,刚才电话里不可能一丝异样都没有。

"或许他想英雄救美。"

卫风只是这么随口一说,没想到安嘉鱼认真思考后,竟信了。卫风有些无奈,摊上这么一个情商智商都不在线的女朋友,真是太糟心了。

"俞骁阳不是你想的那么简单,总之,你早点辞职。"

"啧啧啧,陛下你吃醋了啊。"

卫风十分淡定地"嗯"了一声:"吃醋了,所以你什么时候辞职?"

"你的脸皮又厚了!"

见安嘉鱼丝毫没有将他的话听进去,卫风正色道:"安嘉鱼,你知道慕容曜是怎么成为东宫太子的吗?"

她回忆了一下小说剧情:"他一登场就是太子了。"

卫风放慢车速,将曾经的宫廷秘闻道出:"慕容曜有十八个兄弟,十三个姐妹。俞国曾出过三任女帝,所以只要是老皇帝的子女都有继位权。而慕容曜成为东宫太子后,除却远嫁的公主、双腿残废的大皇子,余下二十八人,皆成一抔黄土。"

安嘉鱼听得呆住了:"我都不记得自己写过这么血腥残暴的剧情。"

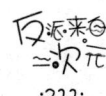

为什么自己笔下的世界，还能自动补充人物的背景？

"你没写过，不代表在那个世界没有发生过。"

"我觉得慕容曜有点……"

卫风以为她会说出"慕容曜有点心狠手辣"之类的评价，结果却听到一句："……有点可怜啊，千辛万苦谋得东宫之位，眨眼却国破家亡。辛苦奋斗二十多年，一夕化成泡影，我都忍不住同情他了。"

卫风："……"

"陛下你真是太残暴了。"安嘉鱼总结。

话题歪成这样，已经没办法继续了，卫风暗叹一口气，一手搭着方向盘，一手从口袋里拿出一个黑色手环给安嘉鱼。

"以后不管发生什么事，都在原地等我。"

安嘉鱼应了一声"哦"，边打量电子手环，边说："我又不是柯南，被困电梯这种小概率事件，不可能再出现在我身上啦。"她打量完，又问，"干吗买这种东西，又不能升值。"

"这是子公司的新产品，还没上市，先给你试用。"卫风语气平淡，实际上这款手环是专门为安嘉鱼开发的，除了普通手环具有的心率监测、记录、定位等功能外，还具备"警报"模式，只要安嘉鱼一触发"警报"功能，他的手机就能收到提醒。

"其实我喜欢红色，红色喜庆。"

卫风："……"

沉默之后，他不忘嘱咐："不管什么时候，都不要脱下来，就算是洗澡也不行。"

安嘉鱼正在熟悉手环的各种功能，随口答应下来。

但是两天后，她就后悔了。

当时她正在公司的休息室午休，正做着一个十分旖旎的梦，眼看就要和梦里的卫风进行不可描述的动作时，却被手机铃声给打断了。

安嘉鱼一看来电显示，竟是卫风，猛地生出一种秘密被当事人撞破的错觉。

"安嘉鱼？"卫风试探性地叫了一声。

她没好气地反问："做什么？"

听到她的声音，卫风心里的石头总算落地了，根据手环传输过来的数据，他监测到安嘉鱼心律失常，而她平时不爱运动，这才紧张地联系她。

"你在做什么？运动？"

"睡午觉！"

卫风略加思索，立刻明了："春梦？"

安嘉鱼一愣，手环"嘀嘀嘀"的心律失常提醒让她不自禁红了脸，做个梦而已，竟然还被监测到了。

"噩梦！就这样子！挂了！"

"别挂。"

"还有什么事？"她现在只想挂了电话，把手环摘了。

"不管什么时候，手环都不准脱下来。"卫风觉得，按照安嘉鱼的个性，顶多把手环当作首饰，但是对他而言，这是保护她的手段。

做个春梦都不安心的安嘉鱼："……"

第十二章·作者又遇男配死敌

自己笔下的炮灰男配有杀人狂的隐藏属性，还跑到现实世界来追杀作者，这简直不科学！

时间在安嘉鱼的忙碌中流逝，一晃眼，街上的树叶已经全部枯黄，只剩下光秃秃的枝干在寒风中饱受摧残。圣诞节将至，虽说少了浪漫的小雪，但节日的气氛还是相当浓重，一扫冬日的萧瑟。

俞骁阳借着过圣诞节的名号，组织了一场农家乐。

因为卫风的警告，安嘉鱼本来不打算去的，奈何小宁希望借此机会和俞骁阳有进一步的接触，硬是拉了她去壮胆。

意外的是，去了之后她发现，这个隐藏在郊外、以经营农家乐为生的村庄犹如世外桃源一般，阡陌交通，鸡犬相闻。宁静的农庄炊烟袅袅，一派恬静。村口附近还有个水库，清澈见底，碧波荡漾，不远处的山丘倒映于水面，宛如水墨画卷；三三两两的老者在边上垂钓，别有一番诗意。

安嘉鱼忍不住用手机拍下了这美丽的景致，然后用微信分享给卫风："陛下，明年踏春约吗？"

隔了一会儿，她就收到卫风的回复："皇后相邀，朕怎能辜负。"

南有嘉鱼："陛下，我尚且待字闺中，你这一口一个皇后，可是要毁我清誉啊。"

卫风："待到那时，便是朕的皇后。"

安嘉鱼盯着这条消息，脸不禁微微地泛红，眉梢眼角都染上几分笑意。

这是求婚的意思吧……不愧是卫风，求个婚也这么闷骚。她是直接答应呢，还是矜持点，假装看不懂，不行不行，万一卫风以为这是拒绝的意思就糟了。

南有嘉鱼："陛下，你这是求婚吗？"

卫风过了许久才回道："所以，你可愿当我的皇后？"

安嘉鱼捧着手机，笑得一脸灿烂，毫不矜持地回道："愿意！"

当时卫风正在开会，看到这条消息的时候，忍不住嘴角微扬，看得其他参会人员一脸莫名，只好跟着笑。

乡间路窄，所以车子到了村口就停下，所有人改为步行。说是步行，还不如说是沿路拍照，众人三三两两地合影，前进速度堪忧。

俞骁阳不得不出声提醒："现在已经十点多了，我们早上还要择菜做饭，再不快点，中午就要饿肚子了。"

听到俞骁阳发话，大部分人都收起了相机。

组织这次出游的阿进感激地看了一眼俞骁阳。他一路上没少提醒大家抓紧时间，奈何人微言轻，同事们又沉浸在兴奋中，没多少人听进去。这下俞总监发话了，他就放心地跑到小宁身边，乐呵呵地跟她讲解当地习俗。

这里路窄，三人并肩显得有些拥挤，安嘉鱼便自动退到后一排。

"嘉鱼。"俞骁阳从后面大步一跨，走到了安嘉鱼的身边。

她有些尴尬地低头，默不作声。

"我觉得你最近在疏远我。"俞骁阳开门见山，坦诚得叫人无法接招，"我只是喜欢你罢了，并没有做错什么。"

安嘉鱼看了眼前面的小宁，好在她被阿进缠住，没听到俞骁阳的话。

俞骁阳苏醒后，她明显感觉他变了很多。初见他时，朗月清风一般，待人体贴周到，仿佛四月春风，叫人不由得生出几分好感。但现在，他眼中多了几分晦暗不明的东西，行事风格也变得霸道。

就像现在，大庭广众之下，周围全是一个办公室的同事，他丝毫没有顾忌地说出这些暧昧的话，完全没想过会给她带去什么样的流言蜚语。或许他想过的，只是打算以这样的方式来离间她和卫风的感情。

她有些后悔当初回公司的决定，难道这都是俞骁阳算计好的？

又或许，这才是俞骁阳的真面目。

安嘉鱼斟酌了下用词，说："我觉得我们保持一点距离比较好，毕竟我是一个有男朋友的人。而且卫风已经和我求婚了，我也答应了。"

俞骁阳面色一沉，过了一会儿，忽地问："你就那么喜欢卫风？"

"那必须的啊。"她纠结了一会儿，自动戳破了一个谎言，"其实是我追的卫风，也是我先表的白，并不是传闻中那样，是卫风对我一见钟情。"

所以懂了吗？咱们没戏的。

这时，安嘉鱼的微信有留言提醒，她一滑手机屏幕，就是和卫风的对话框："早点回来做晚饭。"

她迅速回复："会不会聊天啊？"

哪有人刚求完婚，就让未婚妻回去做饭的！

"不会。"

俞骁阳用余光看到了他们的互动，脸上保持着微笑，眼神却越发阴鸷。

安置好行李，众人便换上鞋下地摘蔬菜，泥土的清香混合着蔬菜的清爽，让人心旷神怡。安嘉鱼平日不爱运动，但对摘蔬菜这种活动却也是兴致勃勃，她正准备大干一场的时候，小宁却拜托她拖住阿进。

"本来我想找总监一起合照的，但进村的路上，阿进一直和我聊天。别说合照了，我连和总监说话的机会都没有！"她小声地向安嘉鱼诉苦，"所以，千万拜托，一会儿下地了之后，你和阿进多说说话。"

安嘉鱼有些为难，大家都知道阿进在追求小宁，有意无意地帮他们创造相处的机会，她去搞破坏会不会引起众怒啊？

小宁却是一副"你不答应我们就断交"的模样。

没办法，安嘉鱼只好硬着头皮上了。

为了拖住阿进，她不时地向他请教一些关于蔬菜种植的问题，没想到他都能给出答案,只是有点心不在焉,频频望向小宁的方向。

而小宁,终于如愿以偿地和俞骁阳一起摘蔬菜,看他的眼神也越发闪闪发亮。只是俞骁阳同样心不在焉,时不时地朝安嘉鱼瞥一眼。

安嘉鱼被他看得尴尬,只好埋头拔萝卜,结果活动结束的时候,别人的筐里什么蔬菜都有,而她只有一箩筐的胡萝卜。

阿进一逮到小宁落单的机会,就迅速上前,殷勤地帮她拎篮筐。

俞骁阳则毫不避讳地走向安嘉鱼。

"你这是打算红烧胡萝卜、清炒胡萝卜、凉拌萝卜丝吗?"他笑着打趣道。

她低头看了一眼篮筐,自圆其说:"听说胡萝卜明目,大家都长期对着电脑,该多吃胡萝卜。"

"嗯,你说得对。"

安嘉鱼:"……"

许是蔬菜都是众人亲手采摘的关系,大家纷纷表示午餐格外美味,尽管是全素宴,却别有一番滋味。午餐之后,有人选择留在农家乐的院子里喂鸽子,也有人去了果园摘水果,只有少数人选择回民宿休息,俞骁阳就是其中一个。

安嘉鱼秉持着远离俞骁阳的原则,随便挑了一套渔具去水库钓鱼。

水面波光粼粼,水质清澈见底,里面的鱼欢快地游动。今天是个好天气,艳阳高照,时有微风拂面,让坐在岸边的几人懒洋洋地犯困。

安嘉鱼从来没有钓过鱼,来水库不过是为了打发时间,晒着暖和的太阳,她中途还打了一场瞌睡,但等大家满载而归、她连只小虾米都没有的时候,她的好胜心却被激起了。

"哈哈,小安你技术不行啊,我用眼睛都能看到,你那位置鱼是最多的,可这都两个小时了,你桶里还是只有水。"

"小安,俞总监在群里问我们要不要去大棚摘草莓,你来不来?"一起钓鱼的同事向安嘉鱼发出邀请。

安嘉鱼朝身后的同事摆摆手:"不钓到鱼,我誓死不回头。"

"那行,我们先走了,你一个人注意安全。"

"好——"

安嘉鱼优哉游哉地坐在水库边晃着双腿等鱼上钩,反正都是打发时间,在这里钓鱼总比对着俞骁阳来得自在。也不知道是不是错觉,她总觉得俞骁阳看她的眼神有点不对劲。

"糟了!"

她出门前答应卫风,每小时报一次平安,竟然给忘了。可是她忘记了,卫风竟然也不打给她,都在这钓了半天的鱼,也不见手机响。

说起手机,她摸遍全身也不见手机,难道是打瞌睡的时候掉进水里了?

她探出脑袋往水里看,各种各样的鱼成群地游动,看不到水底。她随手捡了一颗石头砸进去,溅起一阵水花,把鱼惊走。

波光荡漾中,一个倒影出现在水面,隐约可见人形。

安嘉鱼猛地被吓了一跳,正想回头,此时却见水中扭曲的倒影朝她后背伸出手,就那么轻轻一推,她便踉跄着掉进水库里。冬天冰水刺骨,寒意瞬间就钻进她的四肢百骸,弥漫至身体里的每一处。

"救……救命咳咳咳……"

她在水里胡乱扑腾着,刚开口喊了声"救命",就咕噜噜地呛了好几口水。她朝岸上拼命呼叫,却只看到一个挺拔高大的背影。

冬日的阳光中,那个背影熟悉而陌生。

这一瞬间,安嘉鱼的心也跟着变得冰冷起来。

"救命——"

谁来救救她!谁来救救她!她不想死,她还没等到卫风的表白,还没嫁给他,怎么可以死在这种地方。

如果老天愿意再给她一次机会,她一定努力点亮游泳这个技能。

不行,她不能死。

她如果死了,卫风怎么办?

安嘉鱼的求生意志十分顽强,扑腾了半晌,愣是没下沉。但泡了水的大衣就像长了手的落水鬼，拼命地将她往水底拉。

她的身体越来越重，她的脑袋也越来越沉。

都说人临死前会想起生前最美好的回忆，可是她想到的尽是卫风的嘲讽。可惜她没有机会将这个重大的发现公之于世……

安嘉鱼的意识开始模糊，身体软绵绵地下沉。

"安嘉鱼——"

恍惚中，她听到了卫风的声音。大概，是错觉吧。他还远在百里之外的市中心，或许这个时候，他正在开会、批阅文件。也许会看一看时间，思索一番晚饭的菜单。说不定有可能提早下班，去买婚戒……

可惜她的这些猜测，没有机会验证了。

她的鼻子嘴巴都灌满了水，肺部难受得要炸开了，原来溺死是这样难受……她来不及做更多的猜测，就彻底失去了意识……

安嘉鱼再次恢复意识之时，入眼就是卫风的脸。

不是错觉。

也不是到了天堂。

眼前的人确实就是卫风，湿漉漉的衬衫紧紧贴着胸膛，简直性感撩人。他抿着嘴唇，面色冷沉，将一件黑色大衣裹到她身上。所以她失去意识前听到的声音，并不是幻觉，而是卫风真的来救她了……

安嘉鱼还有诸多的疑惑，还未来得及问出口，就被他拦腰抱起。

"去哪儿？"她惨白着一张脸问。

卫风冷冷道："去给你找一身干净的衣服换上，然后回家。"

安嘉鱼在他的胸口蹭了蹭，此时不吃豆腐，更待何时。

"好，要好看的。"

"……"

"安嘉鱼，你真是个灾难体质。"

事实证明,在这样淳朴封闭的农庄里,服装的款式并不是大家关注的重点,除了遮羞和御寒,它们并不具备其他功能。

安嘉鱼看着眼前的衣服,内心是崩溃的。她是喜欢小碎花,但是不包括白底碎花高领毛衣;她也喜欢风衣,尤其是卡其色的,但是不代表她可以接受长到足以遮住脚踝的风衣;就算毛衣和风衣可以忍,但是皮裤真的不能忍!那可是条红色的皮裤啊!

等卫风换好衣服来敲门的时候,安嘉鱼还是没有换衣服的勇气。她抬头去看,微微呆住了,他穿着20世纪七十年代的中山装,尽管款式老旧,但他却穿出了复古的味道,看起来既沉稳又英俊。

"给我一个理由。"卫风看着瑟瑟发抖的安嘉鱼。

她委屈地抿着嘴,颤抖地回答道:"衣服,太丑了。"

尽管她知道这是这家主人最好看的衣服了,但是五十多岁的大妈眼里的"时尚",和她想的不是一回事啊!

他看了眼衣服,忍不住微微一笑:"看来你的审美略有提高。"

安嘉鱼翻了个白眼:"我的眼光一直都很好,看上你,就是最有力的证明。"

"那倒是。不过,就算你夸了我,这衣服还是要换。"卫风拿起毛衣,笑着问,"你是希望自己穿,还是我替你动手?"

她咬着牙,艰难地吐出两个字:"我穿。"

卫风满意地退出房间,顺便将门带上,给她留了足够的空间。

待安嘉鱼换好衣服出来,一股浓浓的城乡混合风扑面而来——碎花高领毛衣搭配红色紧身皮裤,外披一件长款土黄色风衣。

她认命地捂住自己的脸,朝大门口的车子跑去:"我们赶紧回去吧。"

卫风向这家的主人再次道谢,付了足够的钱,才回到车上。

年过半百的农妇看着二人离去的背影,不住地向老伴叨叨:"这小伙子真俊啊,你当年穿那身衣服可没这么俊。"

"胡说!"男主人一巴掌拍在桌上,"当年结婚的时候,我就是这么一身,你还说你就没见过像我这么俊的男人!"

往事被提起，农妇不好意思地掩嘴笑："都一把年纪的人了，和年轻人比个什么劲？"

"哼。"

下午到家后，卫风做了一个分析，论述俞骁阳在此次意外中可能扮演的角色，以及他的危害性。

此前他错估了慕容曤，才会同意安嘉鱼留在公司，没想到慕容曤会如此心狠手辣，想置她于死地。

"辞职。"卫风的语气是不容置疑的命令。

他以为安嘉鱼又会反驳，可这次她竟是十分认真地表示了赞同，并说道："其实落水的时候，我好像看到了俞骁阳……"安嘉鱼咬着可乐吸管，不大确定道，"而且，他最近看我的眼神也怪怪的。"

卫风给她换上一根新的吸管，欣慰道："恭喜，你的智商终于上线了。"

明明是夸奖，但安嘉鱼却感受到浓浓的嫌弃。

"可是我不明白，这是为什么呢？难道是因爱生恨？我就这么讨人喜欢吗？"

拥有"讨人喜欢"的女朋友的卫风："……"

安嘉鱼见卫风不搭话，就往他身边凑近了点："你认真看看我，是不是发现我长得还挺漂亮的？处久了，又发现我是个具有人格魅力的人？作为我的男朋友，你能不能换位思考推测一下俞骁阳的想法？"

"安嘉鱼，我收回刚才那句话。"承认她是一个有智商的人，是他的失误。因爱生恨这种事情怎么可能发生在一个为夺帝位牺牲手足的人的身上？

"说出去的话就等于泼出去的水，何况你是一个当过皇帝的人，一言九鼎。"她把话题绕回来，"既然你早就觉得俞骁阳心怀不轨，怎么不提醒我啊？"

"我没有提醒吗？"卫风抄手坐在沙发里，不紧不慢道，"可惜某人非要将我的提醒当成是吃醋，以及对情敌的诽谤。"

心虚的安嘉鱼："……"

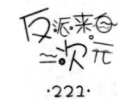

"不管怎么样,我们现在不宜打草惊蛇。慕容曜的性格看似温和,实则暴戾,你不要正面和他冲突,只说辞职,不言其他。"卫风正色道。

安嘉鱼心领神会,决定周一就去辞职。

聊完此事,她百无聊赖地翻看珠宝杂志,正好看到"柯伊诺尔"的讲解,有些惋惜地摸摸宝石图片:"不管在哪个年代,这颗光明之石都是如此耀眼,也不知道这颗宝石现在佩戴在谁的身上?"

"它带着诅咒。"卫风毫不留情地戳穿了她的幻想,"而且,在现实世界里,这颗宝石在英国政府手里。"

满满少女心的安嘉鱼:"……"

她"啪"的一声合上杂志,"柯伊诺尔"曾是卫风送给她的礼物,就算自带诅咒又怎么样!她就喜欢这颗宝石!

于是她噘着嘴,回家做饭去了,并且"不小心"手抖了几下,把菜炒咸了……

"安嘉鱼,最近超市的盐免费送吗?"卫风吃了一口熘肝尖,如是说道。

安嘉鱼摇摇头,认真地回道:"倒贴呢。"

被咸得直喝水的卫风:"……"

虽然菜很咸,但卫风还是把饭菜都吃完了。安嘉鱼对此表示惊讶,挑剔如他,竟然能将就吃下这么咸的熘肝尖。

晚餐后,卫风又喝了一大杯水,然后到阳台接了一个电话——又是吴茜的来电。虽然安嘉鱼知道她是卫风的助理,但还是敏感地察觉到,最近吴助理在非工作时段给他打电话的次数多了起来。而且,以前大多数时候,卫风都是当着她的面接电话,现在却有意无意避开她之后再接听。

安嘉鱼喝着水"路过"落地窗前,隐约听见自己的身份证号码后八位,不由得有些纳闷,房子、公司、基金都转到她名下了,还有什么事情是需要她的身份证号码?难道是在给她准备惊喜?

"嗯。最近辛苦你了。"

安嘉鱼立马转身走向其他位置,好险,差点就被发现了。

"我觉得……你最近和吴助理联系得有点频繁。"

"是吗？我没发现。"卫风淡淡地回了一句。

安嘉鱼叼着自己的水杯，无趣地走了，心里想着，卫风这种个性，就算她故意找碴也吵不起来，生活真是无趣至极。

眨眼就到了周一，策划部的众人还沉浸在周末农家乐的愉悦之中，在办公室里三三两两地聊着那天的趣事。看到安嘉鱼进来，纷纷露出一个饱含深意的笑容，转而打趣她——不知道流言是谁杜撰的，说她和卫风吵架闹别扭，然后卫风为了哄她，追到农庄来寻她，然后她被卫风以公主抱的姿势带回家。

安嘉鱼没办法解释，只能任由大家调侃。

过了一会儿，俞骁阳也到了公司，大家便各回各位，佯装认真工作。安嘉鱼盯着他的背影，脑中忽地闪过那日水中扭曲的倒影，猛地就打了一个冷战。她深深呼吸两下，鼓足勇气，拿起辞职信去办公室找俞骁阳。

"你要辞职？"

俞骁阳的脸色微微一沉，并没有接过辞职信，她只好将信搁在了桌上。

她谨记卫风的嘱咐，不要正面冲突："我要结婚了，接下去准备婚礼很忙，没办法兼顾工作，所以希望总监可以批准我的离职。"

俞骁阳的手指在白色信封上摩挲，神色晦暗不明，良久，他露出一个微笑："你是为了躲我才辞职的吗？"

安嘉鱼的小心脏扑通跳了几下，难道被发现了？

"我的追求让你感到了压力吗？我的喜欢对你造成了困扰？"

她轻轻舒了口气，原来他还没有起疑心，便顺势而下："可以这么说。因为你，我和卫风吵了好几次，我不希望他有任何的误会和不愉快。"

"我说过，我会尊重你的一切决定。"俞骁阳的语气依旧温和，"不过按照公司的人事制度，辞职报告要提早一个月交。从今天算起，一个月后，你才能离职。"

安嘉鱼欣然道了声谢，然后匆匆离开办公室。生怕多待一秒，就被他发现异常。

待她离开后,俞骁阳阴沉着脸将辞职信扔进垃圾桶。

下班后,安嘉鱼和小宁一同在公交车站等车。冬日的夜色降临得格外早,此时已是华灯初上。

小宁对她的离职表示了不舍:"你走了就没人和我一起吃零食、喝下午茶,也没人和我一起等公交车了,更没有人帮我追求俞总监……想想你不在的日子,我就好难过。"

"最后一句才是重点吧。"

打从安嘉鱼认识小宁的第一天,她就毫不掩饰对俞骁阳的喜欢。可如果他真的是将她推进水库里的凶手,那就并非良配。

她迟疑了一下,含蓄地提醒:"其实,你有没有发现你和俞总监没那么合适?你想啊,你喜欢吃辣,他喜欢清淡;你喜欢游乐场,他喜欢高尔夫球场;你喜欢的生菜他从来不吃,他喜欢的攀岩你拒绝尝试;你会追星,但是他连流行音乐都不听,你为什么要喜欢一个和自己不在一个频道上的男人呢?"

小宁狐疑地看了她一眼:"你怎么了?以前不是很支持我的吗?还当我的狗头军师,帮我出谋划策……"

"我……我只是就事论事嘛。"安嘉鱼尴尬地笑了两声,"再说了,我看阿进也不错,踏实上进,博学体贴,你就不考虑一下吗?"

阿宁叹了口气:"虽然觉得有点对不起阿进,但是我喜欢俞总监的心意是不会变的,就算他不喜欢我,我也会一如既往喜欢他。就好像是生活,不如意是肯定的,可我不会因为生活对我不好,就放弃生活,只要我不放弃,总有一天可以得到回报。"

安嘉鱼正想反驳,此时看到对面马路有人在向她们招手,定神一看,正是阿进。显然小宁也看到了,颇为无奈道:"怎么办?"

还能怎么办?当然一起走咯,比起俞骁阳,明显他更合适小宁。

"嘟——"

响亮的喇叭声唤回了安嘉鱼的注意力,一辆黑色SUV停在了她们面前,里面的人摇下车窗，赫然是她避之不及的俞骁阳。

"我送你们回去吧。"俞骁阳笑着说道。

"不用麻烦了，我们……"

安嘉鱼的话才说到一半，就被小宁狠狠地掐了一把，被迫噤声。她无奈地看看对面：阿进同学，我尽力了。

小宁接过话茬："她的意思是，如果俞总监不嫌麻烦的话，我们就恭敬不如从命了。"

俞骁阳笑着下车，绅士地把后排的车门打开："这是我的荣幸。"

小宁开心地坐进去，见安嘉鱼仍站着不动，再看看马路对面的绿灯已经亮起，阿进一路小跑着过马路，便有些焦急地催促道："小安……"

安嘉鱼认命地叹口气，上了车。

一路上小宁叽叽喳喳地和俞骁阳探讨各种话题，气氛还算和谐。安嘉鱼沉默地看着窗外的街道，忽然发现按照行驶的路线，小宁会先到家。

"俞总监，你能不能先送我回家再送小宁？"她提议道，"我到点回去喂猫了。"

小宁给安嘉鱼飞了一个感激的眼神，果然是中国好同事！

俞骁阳透过后视镜看了一眼安嘉鱼，淡淡说道："这个点是高峰期，现在改道可能会堵车很严重。"

小宁有些失望："那就麻烦总监先送我了。"

安嘉鱼不再说话，心事重重地看着窗外。城市灯火璀璨，如同繁星点点，但是为什么她有点心慌呢？

不到十分钟，小宁就到家了，之后车厢内的气氛变得僵冷。

俞骁阳在一家 24 小时便利店门口停下，转身对安嘉鱼说道："能帮我买罐热咖啡吗？我需要提提神。"

安嘉鱼下车买了一罐热咖啡，回来时却发现后座车门打不开了。

"坐到前面来。"俞骁阳打开车门。

她迟疑了下，把咖啡递给他："咖啡给你。我想起来要去这附近的商场办点事情,就不耽误你的时间了,谢谢你载了我一程。"

"你不是赶着回家喂猫吗?"他笑语。

这就尴尬了,果然说一个谎话需要无数个谎话来圆,她只好继续扯:"对啊,但是我想起来我家猫粮没有了,我去买一点。"

"那正好,我也要去商场买东西,一起吧。"

安嘉鱼深吸一口气,心里默念"不能起冲突、绝对不能起冲突",然后挤出一丝微笑:"我又想起来了,好像还有一包猫粮,直接回家吧。"

俞骁阳满意地示意她上车。

一路上安嘉鱼都秉持着"少说少错、不说不错"的原则,努力保持沉默,直到车子路过她家小区。没错,就是路过!因为俞骁阳没有停车!

她只好开口:"我家到了,开过头了。"

"我以为你再也不想和我说话了。"俞骁阳侧首对她微笑,"陪我兜兜风吧,我有很多话想和你说。"

"太迟回家,卫……家人会担心我。"

安嘉鱼担心提到卫风会刺激到他,就僵硬地改了口。

俞骁阳完全没有停车的意思,一踩油门,超了好几辆车。

"嘉鱼,你看起来很紧张。别害怕,我不会对你怎么样,我只是想和你说说话。毕竟在这个世界上,只有你知道我的来历,我的秘密。"

"你、你说吧,我听着。"安嘉鱼抓紧了自己的安全带,说不害怕都是假的,之前她可是差点死在水库里。只要想起那种濒临死亡的感觉,她就忍不住打冷战。而现在,她孤身跟元凶待在一起,完全是死亡的前奏啊!

"我和你说说我小时候的生活吧。"

头皮发麻的安嘉鱼:"……"

"我一出生就住在冷宫,母妃身体孱弱,长年卧病在床。为求活命,我不敢露出半分锋芒,只能装傻装笨,当其他皇子的出气筒。我受过胯下之辱、也曾与狗抢食,你永远想不到深宫之中的那些龌龊有多阴暗……我发誓,一定要登上帝位,将那些欺我辱我害我的人统统踩在脚下,以泄心头之恨。"

安嘉鱼忍不住生出一股内疚之情,虽然她没有写过这段,但是他的过去必定是根据人设和大纲的合理延伸,说到底还是她的错。

"我十三岁那年的冬天,母妃去了。"他稍稍一顿,像是在平复心情,"她虽身体孱弱,但也不该这么快撒手人寰,只因那时我少年心性,且对我父皇抱有期待,忍不住在他面前卖弄我的才学,因此遭了皇后的嫉恨……母妃去后,我便随舅父去了边关,立下赫赫战功,有了自保能力后,才敢再次回宫。"

"对不起……"安嘉鱼小声地道歉。

俞骁阳忽地急刹车,把安嘉鱼吓了一跳,他平静地看着她:"尽管你给了我一个悲惨的过去,但是依旧感谢你创造了我。当我替代俞骁阳活下来之后,我有了一个完整的家,父母对我百般疼爱,弥补了上辈子的遗憾。这是一个很和平的年代,没有烽火,没有尸骨,生活便捷安逸,我希望我的余生就这样度过,你帮我实现这个愿望好吗?"

"什么……意思?"安嘉鱼一脸茫然,她怎么帮助他?

他踩下油门,继续前进,异常笃定地说:"只有你,才能让我安度余生。"

他坚定不移的神情,让安嘉鱼生出几分恐惧:"我想回家……"

从车窗外的景致可以看出,俞骁阳已经将车开到环岛路,距离市中心越来越远。安嘉鱼心里越发恐慌,脑中闪过无数个恐怖片的结局。

——最后,他将车子开进海底,将她溺死在水中。

——她捶打着车窗,却无济于事。他转过脸,对她露出一个变态式的温柔笑容,并说:"你可以选择你死亡的方式。"

——他戴着雪白的手套,伸手扼住她的脖子。她痛苦地挣扎,却没办法挣脱。而他望着她绝望无助的神色,露出了一个满意的笑容。

安嘉鱼被想象中的场景吓到了,脸色瞬间变得惨白。

夜色沉沉,月黑风高,俞骁阳真的不会把她弃尸荒野吗?正当她犹豫着要不要跳车之际,忽然发现俞骁阳频频查看后视镜。她好奇地转身往后看去,后面紧跟着一辆黑色悍马,而驾驶座上的人不正是卫风吗?

安嘉鱼欣喜若狂,别家的男神会驾着七彩祥云去接女神,而她的男人会开着帅气的悍马来救自己。

"停车!我要下车!"

眼看卫风的车就要追上了,俞骁阳一踩油门,在转弯处把卫风甩开。但是卫风怎么可能放弃,他也加速追上,紧紧咬着俞骁阳的车不放。

"停车!"她再次喊道。

俞骁阳完全没有理会安嘉鱼,只是车速越来越快。

卫风似乎也察觉到了,到了毫无车流的路段,他瞬间提速,超过了俞骁阳的车,挡在他的面前。俞骁阳尝试突围,但是不论哪个角度都被卫风堵得死死的,而安嘉鱼在副驾驶被摇晃得快吐了。

卫风以防为主,并且慢慢减速,俞骁阳的车速也被迫降了下来,然后卫风在一个"Z"形拐弯处,一个横漂后刹住车,挡住了前路。

俞骁阳一个急刹,撞上了卫风的车,他的拳头气急败坏地捶在方向盘上。

"该死!"

安嘉鱼拍拍胸口,惊魂未定。

随即卫风下车,打开了俞骁阳的车门,安嘉鱼立刻跳下车子,扑进他的怀里。

卫风拍拍她的后背:"没事了,去车上等我。"

安嘉鱼听话地回到卫风的车里,趴在车窗上看他。没想到英雄飙车救美的戏码也能发生在她身上,现在她怎么看卫风都觉得帅。

俞骁阳阴鸷地盯着卫风:"别以为你能保护她一辈子。"

"为什么不可以?"卫风抄手而立,气定神闲道,"反倒是你,最好想想你在法庭上该怎么说才能判得轻一点。"

"呵——今时不同往日了,我不会再败于你手。"

"拭目以待。"说完,卫风重重地关上他的车门,转身离开。

俞骁阳坐在车内,看着卫风的背影,眼底满满都是不甘和怨毒。良久之后,卫风的车和人都消失在他的视野里,他阴沉着脸,用手机拨通了一个号码:"想好了吗?我和卫风不一样,从不亏待帮我做事的人。"

回到家里之后,安嘉鱼一口气喝了两大杯水,才长长地舒了一口气。卫风紧拧着眉站在一旁,问起俞骁阳发疯的起因经过。

安嘉鱼就从早上的辞职开始说起,说完,一脸茫然地补充道:"我也不知道他为什么忽然就跟疯了似的,吓死我了。"

"现在是法治社会,他还不敢明着对你下手。"

"这个安慰一点也没让我放心。"安嘉鱼拍拍心脏,忿忿不平道,"别人写小说,我也写小说,可怎么就我写的东西出现问题。自己笔下的炮灰男配有杀人狂的隐藏属性,还跑到现实世界来追杀作者,这简直不科学!"

卫风思索无果,只能道:"人品问题。"

"呵呵。"

"在还没有解决俞骁阳这个大麻烦之前,你就老老实实地待在家里,哪里也不许去。"卫风严肃道,"尤其是公司。"

"还有其他选择吗?我又不是死宅,一直待家里会很无聊。"

"有。"

安嘉鱼握拳:"我相信那一定是条光明且充满希望的路!"

"删除关于慕容曜的全部剧情。"卫风说出思索数日的推论,"他想杀你,无非就是害怕你随随便便就把他写死了,哪怕这种概率微乎其微,他也不会放过你。宁可错杀一万,也不放过一个,这就是慕容曜的作风。"

"可是我已经封笔了,一言九鼎懂吗?"安嘉鱼反驳道。

"命重要,还是一言九鼎重要?"

"好吧,显然是我的小命更重要。"她思索一番,又有了新的疑惑,"如果我删除了慕容曜的剧情,俞骁阳会怎么样?"

"可能就变回真正的俞骁阳。"

"那不就是植物人?"安嘉鱼有些于心不忍,虽然俞骁阳三番五次对她下杀手,可她一个活在法治社会的姑娘,做不出这样凶残的事情。

卫风一看安嘉鱼纠结的表情，就猜到她的想法。他一开始不提，就是考虑到她会心软。但慕容曜现在明显急了，保不准什么时候就杀了她。他活了几辈子，什么样的大风大浪没经历过，可每次收到手环发出的信息，都要吓出一身冷汗。

他可以二十四小时守着她，但无法容忍她活在随时会丧命的危险中。

"慕容曜占据了俞骁阳的身体和人生，对真正的俞骁阳而言，慕容曜就是鸠占鹊巢的那只鸠。他只是变成了植物人，并非脑死亡，可能还有苏醒的机会。"卫风不疾不徐道，"如果你是俞骁阳，你希望自己被其他人替代吗？"

安嘉鱼思索了一下，她如果发生意外，变成了植物人，肯定不希望被别人占据自己的躯体。

"我现在就去改文！"

当晚在卫风的监督下，安嘉鱼删除了慕容曜的全部剧情。她每改一处，就想起一点和俞骁阳相处的记忆，心里越发难受。

改完文，她对着电脑哭了一场："我觉得自己杀了一个人。"

"别难过。"

卫风安慰了许久，安嘉鱼也没打起精神来，整个人都是蔫的。他扫了一眼电脑屏幕，看到有未阅读的站内短信，便点开以此转移她的注意力。

安嘉鱼点开一看，惊得差点蹦起来。

南有嘉鱼你好，我是风起阅读网的编辑。有一家公司联系了我们，想出版《来自深海的人鱼》一文。如果你有意向签约，可以联系我的QQ或者微信：××××××。

"我不是看错了吧，有公司想出版我的书！"

见到她笑逐颜开的模样，卫风有点不忍心提醒她："大大，你已经封笔了。"

"封笔算什……么……啊啊啊，我已经封笔了封笔了！"安嘉鱼痛心疾首了一会儿，又高兴道，"但我可以复出啊！"

"你确定？万一我们又进入书里的世界呢？"

安嘉鱼:"……"

人生啊,为什么要这样对待她?但是她一点也不想再到书里的世界,更不想再过无限循环的生活,更更更更不想再看卫风"追求"傻白甜!

最后为了两人的安危,安嘉鱼还是含泪发了一封拒绝的短信:已封笔。

这三个字,透着一股浓郁的悲伤气息。她盯着这三个字,仿佛亲手斩断了自己成为大神的康庄大道。

小透明被出版社看上容易吗?小透明出书容易吗?

再见了,我的大神之梦。

再见了,我的成名机会。

第十三章·炮灰男配被删除之后

如果书里的炮灰配角全部跑出来找她算账，她的生活会变成什么样？

慕容曜消失了。

俞骁阳又变回了植物人。

确认这个消息的真实性后，卫风解除了安嘉鱼的禁足令。她心里内疚不已，一恢复自由就跑回公司探查"敌情"。

策划部的气氛一片低迷，直系上司再次昏迷不醒，而这一次又不知道要多久才会醒来。他们都在猜，上头可能会派人来接管俞总监的工作，如果换了其他人来坐总监的位置，会不会对他们的工作产生影响呢？

人心惶惶，暗涌浮动。

既为俞骁阳担忧，又担心自己的前途。

在任何公司，竞争都是无法避免的，尤其像新锐这样的大公司。俞骁阳的能力和才华毋庸置疑，可一个疑是身患隐疾、隔三岔五就昏迷不醒的人，如何能胜任部门主管的位置？不谈其他，就说眼前事，俞骁阳手上捏着几个重要项目，都进行到关键时刻，他这么一晕，后续工作如何推进？

大家都明白，策划部即将发生大变动。

安嘉鱼心中越发内疚，一连做了几个晚上的噩梦。一个身穿明黄太子袍的男人，面容狰狞地质问她："为什么要杀死我！"

她拼命解释："我不想的，是你先要杀我的！"

梦境的最后是慕容曜扑上来掐住她的脖子。每每这时,她就醒了。醒过来后,她便没办法再入睡。后悔吗?似乎并不。慕容曜要杀她,她只能反击。可每当想起他们相处的种种画面,她心中的负罪感就多一分。

卫风为了转移她的注意力,便带她去温泉山庄度假。

到了建于半山腰的温泉山庄,安嘉鱼的心情渐渐变得明朗起来,此处山明水净,空气清新,远离了城市的喧嚣繁华,安逸舒适。而且这个温泉山庄的主打特色之一是山中野味,新鲜、美味,完全满足了安嘉鱼的口腹之欲。

何以解忧,唯有美食。

何以解忧,唯有男色。

在温泉山庄小住几日,安嘉鱼终于摆脱了噩梦的纠缠,略略苍白的脸色以肉眼可见的速度变得红润起来。或许是卫风的开解起了作用,虽然她对慕容曜的消失还抱着浓浓的愧疚之情,却已经能坦然面对这件事情。

这大概是最好的结局。

如果慕容曜不消失,那么死的那个人就会是她。

她不是圣母,在面对生死抉择的时刻,没办法大义凛然地牺牲自己。她对这个世界还有诸多的留恋和不舍,不想被自己笔下的男配杀死。

封笔是个明智的决定。

如果书里的炮灰配角全部跑出来找她算账,她的生活会变成什么样?她稍稍想了想,顿时不寒而栗。

假期的最后一天,安嘉鱼一边恋恋不舍地收拾行李,一边刷朋友圈,还时不时地和躺在椅子上看书的卫风说两句话。

忽然看到小宁刚更新的状态:男神终于苏醒了,可是他又失忆了!

安嘉鱼呆了一下,脑袋里一片糨糊。她把手机递给卫风,茫然地问:"什么情况?现在苏醒的俞骁阳是本尊还是慕容曜?"

"两种可能。"卫风说。

安嘉鱼拱手道:"望陛下赐教!"

"第一,他是假装失忆的慕容曜;第二,他是真失忆的俞骁阳。"

安嘉鱼一拳击中他的膝盖:"你不说我也知道!"

卫风淡淡瞥了她一眼,把脚挪开,继续看书。安嘉鱼等了等,有些坐不住了:"那你说说看,我们接下去怎么办?如果他是慕容曜,肯定会继续追杀我!"

"走一步看一步。"

其实前天他就收到了这个消息,只是怕影响安嘉鱼度假的心情,便没和她提。无论对方现在是谁,敢对安嘉鱼出手,他必百分奉还!

安嘉鱼收拾完行李,忽然想起跟厨房预订了两斤腊肉,便下去取了。

看到有做好的酱鸭和烧鸡,她又买了一些。

一手鸡鸭,一手腊肉,沉甸甸的重量让安嘉鱼的心情好了起来。往回走了几步,她忽地呆住了——

朝她迎面而来的人,赫然是俞骁阳。

他戴着墨镜,穿了一身休闲装,一手拿着手机正在通话,一手拖着行李箱。他看到安嘉鱼的一瞬间,手慢慢放了下来,朝她直愣愣地走过来,面露困惑地问了一句:"你看起来很眼熟,我们是不是认识?"

见安嘉鱼一脸戒备地看着他,他又补充了一句:"我失忆了,很多事情记不清。"

"这位先生,你搭讪的手法也太落伍了吧。"安嘉鱼佯装镇定地说完这句话,拔腿就想往回跑,此时却见卫风从廊道的那头疾步走来。

卫风收到手环发来的心率变化的短信,担忧安嘉鱼出事,穿着拖鞋就出来了。看到她全须全尾地站在那儿,才松了一口气。

安嘉鱼慌慌张张地跑到他身边,脸色煞白。

而俞骁阳看到卫风,却露出了一个仿佛好友重逢的笑容。他摘下墨镜,笑着对卫风伸出手道:"卫风,你好。"

"你记得我?"卫风将安嘉鱼挡在身后,从容应对。

"不,我失忆了。"俞骁阳笑着说,"但我对卫总是……神往已久。"

"俞先生是一个人来这里度假吗？"

"并不是。"俞骁阳坦诚道，"听说你带女友来这里泡温泉，我就来看看你。你们还要在这里玩几天？可以让我加入你们的行程吗？"

安嘉鱼整个人都不好了，为什么失忆的俞骁阳忽然换了一个画风。

什么叫作"我就来看看你"，好像他和卫风很熟似的。以前他是慕容曜的时候，明明还追求过她，将卫风当成情敌。

"不好意思，我们今天就要回去了。"卫风淡定道。

"哦，这样啊，我也正打算回去，可以顺便载我一程吗？"

安嘉鱼忍不住从卫风的背后走出来："你不是刚来吗，怎么又要回去了？"

说谎都不打草稿！这绝对有阴谋！

"公司有事，叫我回去处理。"俞骁阳用愉快的语气说，"真是太遗憾了，难得出来度假一次。卫风，你送我一程吧，我付车费。"

安嘉鱼刚想张口拒绝，卫风却应下了："举手之劳，俞先生不用客气。"

回去的路上，卫风和俞骁阳相谈甚欢，而安嘉鱼一个人孤零零地坐在后面玩手机。副驾驶位被俞骁阳以"不安全"为理由霸占了，简直不要脸！经过短短的接触，她觉得现在的俞骁阳不可能是慕容曜，因为他不会对卫风那么……亲近。

什么"我们上辈子一定是好兄弟""虽然觉得有些突兀，但还是忍不住到温泉山庄见你"……说话能不能不要这么暧昧啊！难道原装版的俞骁阳好男色？安嘉鱼忍不住脑洞大开，怎么看俞骁阳都不对劲。

又或许，这是故布疑阵？虚而实之，实而虚之，好叫他们自乱阵脚。如此一想，安嘉鱼顿时毛骨悚然，又添了几分警惕。

她竖起耳朵听他们聊天，一开始卫风好像是在试探俞骁阳，可后来话题怎么就转到兴趣爱好上？而且俞骁阳下车的时候，那一副意犹未尽的神态是怎么回事啊？

"下周一起去爬山怎么样？"俞骁阳发出邀请。

"行啊。"卫风爽快地答应了。

安嘉鱼目瞪口呆。

她憋着一肚子的疑问，想等卫风主动解释，可是他似乎在思考什么，默不作声。她不敢吵他，等到家后才问："这个俞骁阳有问题吗？"

"他不像慕容曜。"他试探了一路，如果他是慕容曜，不可能不露破绽，"虽然目前来看，你的危机是解除了，但也不可掉以轻心。"

如果他是慕容曜伪装的，那么安嘉鱼就危险了。连删文都不能让他消失，还有什么手段可以对付他？其实在他的猜测里，还有一种情况，他是失忆的慕容曜。这是比较麻烦，但又不算最糟糕的情况。

"那我可以回公司上班吗？我想把手头的项目做完，就差一点点了。"

卫风斩钉截铁道："不行。"

"可是……"

"没有可是。"

"你霸权主义！"安嘉鱼气呼呼道，"你也说了危机解除，为什么还不让我回公司。知不知道我们大中华还有一个美德就是负责任！我的工作都还没交接完，怎么能当缩头乌龟躲在家里。"

"小命不想要了？"

"少恐吓我，现在这个俞骁阳根本不是慕容曜。"这是安嘉鱼找的第一份工作，也是她参与的第一个策划案，之前事态紧急，所以才不敢去公司，现在危机解除了，自然得回去把自己的活做完，要离职也要走得漂亮。

"安嘉鱼！"

"你换个角度想嘛，我回去上班，也可以趁机观察俞骁阳。"安嘉鱼眼珠子一转，"这个就叫舍不得皇后娘娘套不住狼。"

卫风紧绷着脸不说话。

有个不断要作死的女朋友，简直心累。

安嘉鱼不死心，各种撒娇卖萌，卫风还是没有答应她的要求。安嘉鱼不太开心，于是当天的晚饭，每道菜都出现了卫风讨厌的香菜和生姜。

翌日是个难得艳阳天，金灿灿的阳光照耀着这座城市的每个角落，扫去了冬日的萧瑟之意。安嘉鱼闲来无事，将被褥抱到阳台上晒太阳。刚晒好被子，她就看到穿戴齐整的卫风出现在隔壁的阳台。

"早啊，陛下。"

卫风朝她看过来："你不是最喜欢睡懒觉，怎么起这么早？"

安嘉鱼心头一跳，貌似自然道："一日之计在于晨，我起来锻炼不行啊。倒是你，再不去公司，就要迟到了。"

卫风眉心微皱，想到安嘉鱼作死的性格，有点不放心，便又嘱咐了一遍："在确定俞骁阳完全无害之前，你老实待在家里，不要到处乱晃。"

"知道了！"安嘉鱼冲他挥挥手，"陛下你快点去上朝吧。"

卫风听到她的保证，就离开了阳台。过了一会儿，隔壁传来关门的声音。

安嘉鱼站在阳台看了一会儿，见到卫风的那辆悍马驶了出来，缓缓开出小区，于是她立马提着背包冲到街上，打了一辆车直奔公司。

因为手环有定位功能，她还十分机智地将手环放在家里，以做掩护。

策划部的气氛还算轻松，可能是因为总监苏醒的关系，大家的心都安定了，见到安嘉鱼的时候，还有心情调侃她，纷纷询问她和卫风的婚期。

安嘉鱼素来脸皮厚实，却也被他们说得脸红。

请假去泡温泉，还在朋友圈爆照秀恩爱，好像是有点不太好啊……而且还是在直系上司不在期间，简直有消极怠工的嫌疑。

说来也巧，她一回来上班，俞骁阳也出现了。

"大家早上好啊。"他满脸笑意地跟大家打招呼，看起来简直就像活力满满的太阳，叫人打心里生出几分暖意。

"总监早！"

"总监你身体恢复了吗？"

"总监你还记得我是谁吗？"

此起彼伏的问候都带着浓浓的欢喜，俞骁阳一一回答后："虽然我失忆了，不过看到你们就觉得很亲切。"

"总监，我是小宁。"

"总监，我是阿达。"

大家争先恐后地自我介绍，生怕说晚了，俞骁阳就记不住他们。安嘉鱼站在人群里，看着笑容爽朗、说话语气带着几分懒散的俞骁阳，更加坚定他不是慕容曜。那个俞国的太子完全不是这个画风。慕容曜没有他开朗，也不会用这种语气说话。他总是西装革履，一副严谨专业的模样，看似温和，却从不会和下属玩闹。

一个是向日葵，一个是高岭之花。

大概就是这种感觉吧。

俞骁阳回办公室后，小宁凑到安嘉鱼身边道："我觉得总监的变化好大。"

"这样不好吗？"芯子都换了，怎么可能不变。

"倒不是不好，总监这样子怪亲切的，只是感觉哪里怪怪的，就好像，我以前不认识他一样。"小宁回答道。

安嘉鱼拍拍她的脑袋："古人说，大难不死必有后福，你的俞总监会好好的，不要太过担忧，有时间多关注关注阿进。"

阿进每天都给安嘉鱼留言，无非就是"我想约小宁吃饭，她喜欢什么样的餐厅"抑或是"小宁喜欢什么样的男生？感觉她经常提起俞总监"，要是小宁再不搭理他，她的微信估计就沦陷了，顺带打翻家里的一缸醋。

小宁摊摊手："你说得有道理，总监是吉人自有天相，干活！"

所以，阿进呢？

下班后的公交车站，安嘉鱼一如既往地和小宁等车，却再次等来了俞骁阳。不过他那黑色SUV已经换成了宝蓝色的超跑，在车流中格外显眼。可能和慕容曜的出身经历有关，他的几辆车子都是十分低调的款式，不同于现在的张扬。

是的，根据安嘉鱼一天的观察，现在的俞骁阳不仅很张扬，还很风骚。

尤其是撩妹技术，肯定满级了！

"我送你们回家。"俞骁阳摇下车窗，话里带着三分笑意七分懒散，"看到在寒风中等车的美人却不伸出援手，可不是绅士行为。"

小宁闻言，立马打开车门，拉着安嘉鱼上了车。

安嘉鱼透过车窗，隐约看到马路对面正在过红绿灯的阿进。这一幕太熟悉，简直是向她示警一般。

真是令人不安啊……

"谢谢总监，这个天气在路边等公交车真的好冷。"小宁搓搓双手。

安嘉鱼也紧跟着道谢。

俞骁阳看了眼后视镜，低声笑道："能送两位美女回家是我的荣幸。"

窗外车流如龙，车灯和路灯相互辉映。在一个红灯前，俞骁阳缓缓停住了车，他似乎察觉到安嘉鱼探究的视线，转身冲她露出一个暧昧的笑容："安嘉鱼，你从上车到现在一直盯着我，你这样，很容易让我产生误会的。"

安嘉鱼："……"

"不过你如果跟我表白，我一定不会拒绝。"

灯变绿了，车子重新上路。

"总监，你能不开这样的玩笑吗？"安嘉鱼微微加重了语气，以表明自己真的不喜欢他的幽默方式，"我盯着你看，是因为你开车速度太快了。为了我们的人身安全，建议总监可以适当放慢车速，生命宝贵，只有一次。"

俞骁阳笑了两声，懒洋洋道："好吧，看来是我自作多情了。"

安嘉鱼可以明显感觉到身边的小宁松了口气。

一路上，俞骁阳时不时的几句玩笑惹得小宁开怀大笑，连连夸赞他有幽默感，还说以前怎么没发现他如此亲切。而安嘉鱼却觉得，他完全就是勾三搭四的节奏。加上他今天在公司接触的女人，他至少夸了十个人漂亮、有气质、可爱，他还帮助理小A冲了咖啡，给同事B买了蛋糕，下班前帮秘书C叫了出租车。

和上一次的情形不一样，这次俞骁阳是先绕路送安嘉鱼回家。

她脑内的小剧场一个也没发生。

安嘉鱼一进家门,就看到坐在客厅沙发上的卫风,而他身边的茶几上放的正是手环。看了眼卫风冷得掉渣的脸色,她立刻乖觉地认错道歉。

"安嘉鱼,你简直不知死活!"卫风怒道。

"我不是完好无损地回来了吗?"为了平息他的怒气,安嘉鱼指天发誓,"我保证以后再也不把手环摘下来,要是做不到,就罚我穿书一百遍!"

为安嘉鱼操碎心的卫风:"……"

为了转移话题,安嘉鱼立刻和卫风汇报俞骁阳的状况。她一口气将今天观察到的变化说了一遍,连气都没喘一下。

"你说,他现在到底是谁?"

卫风给她递上一杯温水:"观察得这么仔细,上班没干别的了吧。"

"那是当然……呃?"安嘉鱼意识到自己的口误,立马摆出一副大义凛然的样子,"怎么可能!是部门的女同事一直在我耳边叽叽喳喳,说什么失忆的总监完全变了一个性格,比以前亲切多了,也幽默多了……这是她们说的,不是我的评价,陛下你不要吃醋哦,再说要吃醋也是我吃醋,俞骁阳对你可比我友好多了。"

"胡说八道。"卫风淡淡反驳道。

"所以……"

"所以?"

她亲了他一口,试图以美色攻略他:"所以我明天想继续去公司上班!"

卫风不为所动:"你的智商情商常年不在线,你的观察不作数。"

安嘉鱼却是铁了心,无论如何也要把项目做完。卫风无奈,又怕发生今天的事情。稍稍思索后,与她约法三章,才同意她回去上班。

"如果我把你的剧情也删除了,你会不会也消失?"安嘉鱼玩笑道。

"你可以试试。"

安嘉鱼忽然觉得周遭的空气有点冷:"别这么认真嘛,我开个玩笑。我现在就去给作者账号加密。对了,我的电脑可以藏你这里吗?我觉得我的电脑有特殊能力，不然别人写书都没问题，偏偏就我遇到这些不科学的事情？"

不科学的卫风淡淡道："放你那里我睡觉都不安心。"

眨眼到了周末。

安嘉鱼没有遭遇任何的意外。

而卫风和俞骁阳一起爬完山之后，也打消了对他的怀疑。两人合计一番，觉得可以确定现在的俞骁阳就是本尊，慕容曜是真的消失了。

安嘉鱼的死亡危机解除后，生活再次步入正轨。

本尊俞骁阳的管理方式颇为灵活，只要本职工作完成好，就算上班时间出去逛街他都不管。安嘉鱼手里的项目本就接近尾声了，她这几日闲得有点坐不住，所以包揽起下午茶的派送。下午茶大多是俞骁阳买单，他却从来不喝，说是改喝茶了。

文件收发室的棉棉闻着咖啡的香气寻来了，安嘉鱼慷慨地把俞骁阳那份给了她。

棉棉放下手里一大摞的文件报纸杂志，好奇地问："你们部门最近怎么开始征订一些奇奇怪怪的杂志，难道是公司接的项目换风格了？"

"我不知道呀。不是一直都是金融周刊之类的吗？"作为新人的时候，她还鄙视了策划部的品位，征订的杂志没有一本是时尚周刊，全是金融、电子、科技等，"我们部门最近都征订了啥杂志？"

"你慢慢看，都在这里，我就不帮你们放上报刊架了，你自己放哈，我先走啦——谢谢你的咖啡。"

安嘉鱼百无聊赖地翻了一下，喃喃自语道："哎哟喂，看起来好厉害的样子。"

《中华外科杂志》《中国医药杂志》《国际内分泌代谢杂志》等等，全是和医学相关的书籍，难道俞骁阳大学读的是医学？不对呀，听说是金融。一个金融精英竟然对医学产生兴趣，简直匪夷所思。

她拿出手机，饶有兴致地把这个发现告诉了卫风，但他似乎并不惊讶："毕

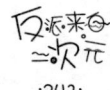

竟他不是慕容曜，兴趣爱好相差较大也不奇怪。"

"也是。"

"西环路新开了一家日料，晚上要不要去试一下？"

"好呀——那你来接我下班吧。"

当安嘉鱼数着手指等到下班的时候，在公司门口见到的却是卫风和俞骁阳相谈甚欢的场景，说好的国仇家恨、情敌见面分外眼红呢？

"周末有空吗？一起海钓怎么样？"俞骁阳的眼底满满都是欣赏和笑意。

"嗯，我也很久没出海了。"

"对了，郊外开了一家马场，我记得你喜欢跑马，就给你留了一张会员卡。"俞骁阳从裤兜里拿出一张黑色的卡片，明显不是临时起意，而是一直放在口袋里。

卫风接过会员卡，道了一声谢谢，居然没有推拒。

而俞骁阳的神情就更加愉快了："我马术也不错，你要是找不到人一起跑马，记得打电话找我，随传随到。"

他一边说着，还一边用手拍了拍卫风的肩膀。安嘉鱼以为按照卫风龟毛的性格，肯定会甩开他的咸猪手，但是他没有！

"咳咳——"安嘉鱼适时地出现。

"那我就不打扰你们了，再约。"俞骁阳很识趣地道别。

卫风回了一句："慢走。"

安嘉鱼默默地上车，系上安全带。

待俞骁阳走远，车子发动了，她忍不住问："为什么你俩一副很熟的样子？难道爬一次山，就爬出了惺惺相惜的感觉？"

卫风笑了一下："惺惺相惜？倒是有几分这样的感觉。"

安嘉鱼："……"

"除了爬山那次，我们在别的地方也见过几次，算得上投缘吧。他对我毫无敌意，奇怪的是，我也觉得他很熟悉，就像认识多年的好友。"

虽然安嘉鱼也觉得现在的俞骁阳有点熟悉，但她还是吃醋啊浑蛋。于是，心情不爽的她回了两个字："呵呵。"

另一边，俞骁阳哼着欢快的小曲儿回了家。

许是今天见到了卫风的缘故，他的心情格外愉悦。于是便亲自下厨给俞家二老做了几道菜，一家人和乐融融。

待到夜色渐浓，月朗星稀时，俞家二楼的某个房间亮起了灯。

俞骁阳坐在雪白的灯下，一手搭着椅子的扶手，一手拿着一本日记，那上面的文字十分古怪，并非任何一个国家的现行文字，更接近符号。

月光洒进窗台。

他盯着日记，露出了一个仿佛温柔的笑："南有嘉鱼，好久不见了。"

时间在安嘉鱼的忙碌中流逝，眨眼就到了她正式离职的前夕。

佳运广告策划项目即将进入到拍摄环节，其他相关工作交接给了其他同事。从8月末入职到现在，满打满算不过五个月，但到了此刻，她却有些舍不得。于是，她便和卫风商量，既然危机都解除了，不如就继续干下去。

当初卫风坚决反对她留在新锐，是因为慕容曜的关系，既然他已经消失了，也就没有反对的理由，便由她去了。

于是安嘉鱼一整天都在思索，如何含蓄地向俞骁阳表达自己要留下来的意思。

正想得入神，她桌上的电话响了。

她一接起电话，就听到俞骁阳懒散的声音："安嘉鱼，你去一下佳运食品的冷冻库，最后确认一次产品的质量问题，我们明天就开始拍摄。"

"好的。"

佳运食品的冷冻库在郊外，本该公司派车送她过去，但是等派车单都填写好了，才发现车队的车全部外出了，她只好打车过去。

冷库的位置略微偏僻，出租车足足开了一小时才到。她下车后，环顾周围，只有一间孤零零的仓库，既无人烟，也无其他建筑，一片荒凉。她忍不住有

些担心，回去的时候能不能叫到车子来接。

安嘉鱼在值班室见到了管理员，是个年近半百的大叔。

她道出来意："你好，我是新锐广告公司策划部的小安，过来看看产品，顺便和你确认明天广告拍摄要用的样品。"

"放心吧，样品我都打包好了，现在带你去看。"管理员和气地回道。

安嘉鱼紧了紧身上的大衣，跟在管理员身后去了冷库。

"大叔，这门怎么没锁？"

管理员拧开冷库的把手："这里平时连个人影都没有，我一般早上开，到了下班时间再锁，东西丢不了，放心吧。"

这不是她放不放心的问题，而是储藏环节是否合格的问题，她在思考，是否有必要把这个发现反馈给俞骁阳。

尽管早有心理准备，但走进仓库后，一股寒气迎面而来，安嘉鱼还是忍不住打了个哆嗦。她看了眼墙上的温湿度器，气温-20℃，湿度96%，温湿度倒是符合规范。

"喏，你看，这个保温箱里面就是样品，保证能用上一周，等明天我做好出入库登记就可以运到拍摄现场了。"他指着一个大箱子说道。

"我可以拍照吗？"

她打算细细检查一番，把疑似不合格的地方拍照留存。

"随便拍。那你先看，我一会儿过来锁门。"

安嘉鱼看了看手表，快到下班的点了："我五点半之前出去，不会耽误你下班。"

从消毒、清洗、照明等设备，到冷库的结霜情况，她都一一检查，无一遗漏。等她检查好，拿着笔记走向门口，却悲催地发现——门被锁了！

安嘉鱼的惊愕不过三秒，因为还记得管理员说他是五点半下班，于是她用力拍门，大声喊道："大叔，我还在冷冻库里面，帮我开门。"

"开门啊！

"再不开门，我就冻死了！

"有人吗?有人吗?"

安嘉鱼的呼叫持续了十几分钟,却没有收到任何回应。她只好认命地拿出手机向卫风求救,奈何经历了半个多小时的低温后,手机触屏已经失灵了。所以说,关键时刻还是砖头一般的诺基亚靠谱!

"冷死了!"

她搓搓手,揉揉脸,原地蹦跶了两下。她似乎能感受到冷意正慢慢透过她的衣服,钻进她的身体里,忍不住又打了几个喷嚏。她一咬牙,把手机贴身放进怀里,一边打哆嗦一边用最原始的办法拯救手机。

过了十多分钟,她感觉差不多,就将手机掏出来。

"老天你玩我吗,居然没信号了!"安嘉鱼欲哭无泪,这都是什么事啊,难道她真是百年难得一见的灾难体质?

"镇定点镇定点,安嘉鱼,千万不要慌!不要慌!你的手环还在,卫风一定会来救你的!"她自我安慰完,又差点哭了,"可是这里是郊区啊,开车都要一个小时……我肯定会被冻成冰棍的!"

不行,她得撑到卫风来救她!

安嘉鱼蹦蹦跳跳,试图以运动的方式取暖,然而并没有什么用,反而流失体力。想起背包里还有几颗巧克力,她立刻拿出来一口气吃光,之后抱着背包,将自己蜷缩成一个球。可这样依旧没有用,她冷得直打寒战,手背上的血管也呈现出可怕的紫黑色。她拼命呼气,可吹出来的气似乎都是冷的。

"安嘉鱼,坚强点!"

"还没扑倒卫风,你舍得死吗?"

"还没嫁给卫风,你舍得死吗?"

"你可是一个拯救了一个世界的人,怎么能死得这么窝囊!"

……

安嘉鱼开始努力转移自己的注意力,幻想卫风单膝下跪求婚,然后她满含眼泪地说"我愿意"……一直想到她结婚的场地、酒宴、穿什么样的婚纱,不过卫风当过皇帝,可能更喜欢她穿凤冠霞帔嫁给他……

她想了很多很多，可是越来越冷，也越来越困。

"不能睡，不能睡……"安嘉鱼狠狠地给了自己一个耳光，然后咬住自己的手，可是咬得多狠都没有痛觉。

"卫风……你再不来，我就要睡着了……"

安嘉鱼的眼皮越发沉重，意识也渐渐变得混沌。她努力想保持清醒，可仿佛另一个世界在召唤她，要她不要垂死挣扎，睡过去了，就不会如此痛苦。

卫风。

卫风。

她在心里喊着心上人，以此获得勇气。不知道过了多久，她在恍恍惚惚中听到一声"哐当"巨响，紧接着，冷库大门应声而开。一束车灯从门口照进来，雪白刺眼，她不适地闭上眼，放心地晕了过去……

安嘉鱼恢复意识之时，映入眼帘的竟是自己的裸体。她正泡在浴缸里，全身被热水温柔地包裹着，一抬头，就能在天花板中看到浴缸的全景。尽管水汽氤氲，天花板也没有亮得发光，但是完全不影响她判断出，浴缸里的人就是自己。

她脑补了一场地下交易人体器官活体取肾的戏码，慌忙摸摸自己的腰部。

"咦？"

没有伤口，反倒是手指有点僵硬。等等，她晕倒之前，明明看到了卫风，那她的衣服是谁脱的？

此时浴室的门被缓缓推开，来人正是卫风。

安嘉鱼下意识地扯了边上的毛巾护住胸口，整个人尽量往水里藏，直到水没过嘴巴。她刚要说话，就"咕噜噜"地呛了一嘴巴水。

"喝水。"

刚刚喝饱水的安嘉鱼，还是乖乖地接过水杯，边喝边观察卫风的反应。他似乎和平常没有差异，简直不是男人！

当然，安嘉鱼没胆量真冲他吼，而是弱弱地问："这里是哪儿？"

"酒店。"说这话的时候,他还看了看手表。

安嘉鱼的内心有点小荡漾:卫风居然带我来开房!

为了掩饰自己的激动,她佯装自然地道谢:"你又救了我一次欸。"

"到底是怎么回事?"卫风紧皱着眉。

他一收到手环发出的短信就赶过去,生怕晚一秒见到的就是安嘉鱼的尸首。他活了几辈子,再也没有经历过比赶去冷库的那一路更加难熬的时刻。他到的时候,她已经冻得快失去意识了,但医院距离冷库足足一个小时的车程,为了防止她冻伤的地方留疤,他便把她带到最近的酒店,进行了急救。

安嘉鱼整理了下思维,将前因后果交代清楚,然后蔫蔫道:"我觉得我可能和新锐的八字不合,隔三岔五地出状况。幸好我今天没跟俞总监说留职的事情,从现在开始,我要和这家破公司手动说再见!"

"你觉得这是意外?"

"不然呢?"

卫风没有回答,他再次看了手表,说:"三十分钟了。干净的衣服在浴架上,换上我们去医院。"

安嘉鱼蒙了:"去医院做什么?"

难道她就这么没吸引力吗?作为一个女生,她还有何面目苟活于世,还不如直接冻死算了!

卫风见她脸色忽白忽红,不知道在脑补些什么东西,无奈地解释道:"去医院处理你的冻伤,身上倒还好,但手脚和脸部都受了冻,不好好治疗的话会留疤。所以,你确定还要继续磨蹭下去?"

"你怎么知道身上还好,你个流氓!"安嘉鱼笃定,她的衣服绝对是卫风脱的!

"我以为正常女生的关注点会是'留疤'。"

不正常的女生:"……"

安嘉鱼并非不关心留疤的问题,只是有卫风在,她一点也不担心。就好像他们在小说世界里的那段时光,不管前路如何渺茫,但有他在,她便无所

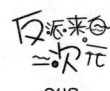

畏惧。

经过检查，医生表示应急处理做得不错，冻伤的位置不会留疤，替不安的安嘉鱼排除了毁容的可能性。上药后，她的脸和手都被纱布缠起来，看起来就和木乃伊差不多。卫风在一旁看着，眼底闪过浓浓的心疼和内疚。

他拧眉思索，安嘉鱼被锁在冷库，绝非偶然。如果没有前两回的意外，他或许会相信这是巧合。但这世上哪会有如此多的巧合，出现在同一个人的身上。如果这是一场有计划的谋杀，幕后黑手又是谁？有何目的？

他的脑中闪过一张张的脸，最后定格在慕容曜的身上。

如果是慕容曜，那动机和目的就都有了。但慕容曜的剧情已经被删除，他苏醒之后也变回了俞骁阳，又为什么针对安嘉鱼？

难道……慕容曜根本没有消失！

把安嘉鱼送到病房后，卫风去给她办了住院手续，然后又拐到附近的粥铺买了晚饭、水果，以及她喜欢吃的慕斯蛋糕。

安嘉鱼闻到香气，高兴道："我刚好饿了！"

她以为卫风会让护工来喂她吃饭，结果却是他亲手一口一口喂她喝完一碗粥，虽然动作僵硬，却没有任何尴尬。

"你是不是做了什么对不起我的事情？"她觉得卫风有点体贴过头了，这一点也不符合他高冷傲娇的人设。

卫风放下手里的碗，思索要怎么开口，毕竟这种事情他没经验。

安嘉鱼见他默不吭声，顿时脑洞大开："你爱上别人了？是我认识的人吗？你不用担心伤害我，我会很坚强的，毕竟在这世上没人比我更希望你能得到幸福！"

这番话说得慷慨激昂、大义凛然，安嘉鱼差点都被自己感动了。

正在思考措辞的卫风："……"

安嘉鱼压根就是他命里的劫。

他干脆直接将东西拿出来,安嘉鱼反射性地伸出包扎得圆滚滚胖乎乎的手,捧住他递来的东西——这是一颗粉钻,闪烁着柔和的光,和柯伊诺尔的锋芒毕露截然相反,它温柔、安静,像是春天的柳枝,冬天的雪,让人心头柔软。

　　"你干吗送我钻石?难道这是分手费?"她把钻石推出去,严肃地说,"如果钻石和你只能选一个,那我还是选你吧。"

　　"这是聘礼。"

　　这颗 12.76 克拉的粉钻是卫风费了很大心思才找到的,因为粉钻本就稀少,加上这颗钻石杂质少,实为罕见。

　　安嘉鱼捧着沉甸甸的钻石,不由得发愣,等回过神来,她才意识到,自己被求婚了……这何止是聘礼,还将是她的婚戒吧。可是,她全身被冻伤,现在活脱脱是一只木乃伊,这个求婚还真是……别致……

　　"我可不可以建议你,换个时间求婚,至少在我打扮正常的时候。"

　　"你该说'我愿意'了。"

　　安嘉鱼幽幽地叹了口气,果然 Boss 做事就是这么不讲道理,玫瑰红酒、星空气球之类的浪漫,他根本就不知道吧。先前被关在冷库的时候,她还幻想了好几个求婚的场景,却没想到,竟会是这样!

　　"但是你还没有问我要不要嫁给你?"

　　"那你嫁吗?"

　　"嫁!不管你是不是人,我都跟定你了。"

　　过了好几年,安嘉鱼才知道在传说中,粉钻还有另一个名字——丘比特的心脏,因为它可以给佩戴者带来绝世良缘,这也是卫风为什么会选择粉钻求婚的原因。当然,这些都是后话,暂且不提。

　　安嘉鱼住院期间,来了几波的探望者,策划部的同事基本都来了,送了一篮水果,以及公司聊表心意的红包——毕竟这是工伤。阿蔡在外地出差,跟她视频了两次,每次都是哈哈哈哈哈,说好的闺蜜情谊呢?

而拥有最大嫌疑的俞骁阳也来了。

他不仅来医院探望安嘉鱼，还给卫风带了礼物，一对十分精致的袖扣。从他进病房到离开，就只随口问候了两句，之后一直和卫风说话，约他跑马看画展，态度依旧热络而亲近，满满的好友既视感。

安嘉鱼整个人都蒙了。

便是卫风，也被俞骁阳的态度弄得一头雾水。

他疑心慕容曜假装失忆，可刚才一番试探，却又打消了这个可能性。他在书里和慕容曜曾多番交手，对他的性情颇为了解，完全确定现在的俞骁阳不是慕容曜。

但安嘉鱼遇险绝对不是一场意外。

安嘉鱼脱险后，他就派人去找仓库的管理员，管理员却离奇失踪了。再往下追查，发现了一件更奇怪的事情，安嘉鱼见过的那个仓库管理员根本不是佳运食品的员工，甚至没人见过他，显然这是一场谋杀。

根据安嘉鱼的描述，俞骁阳绝对是最大的嫌疑者。

可如果意图谋杀安嘉鱼的人是俞骁阳，又是出于什么样的理由呢？

第十四章·不是每个反派都有觉悟

她错过了什么？
难道是跟变态共度一生的机会吗？

出院之后，安嘉鱼投入了忙碌的婚礼筹备当中，乐此不疲。

她从不知道，原来结婚是件这么麻烦的事情。明明可以直接领证，却必须按照习俗从订婚这个步骤开始走。好不容易把订婚涉及的礼节都走完了，她又发现，准备婚礼比订婚更加烦琐。

即便有婚庆公司和吴茜在帮忙打点，但是试婚纱、拍婚纱照、选请帖等旁人无法代劳的环节，还是需要亲自上阵。

这天，吴茜挑了上百种请帖送到安嘉鱼家里。

她看得眼花缭乱，还是选不定，最后挑了几款，征求卫风的意见。

"你觉得这款好看吗？"

他看了一眼，说道："一般。"

她放下红色镂空的城堡请柬，又挑出一个粉色请柬："这个呢？"

卫风这次多看了几眼："挺好。"

安嘉鱼觉得，他能评价"挺好"，应该是过关了："那就这个了，温馨、简单、大方。"

"不再看看吗？"听说女生都非常重视婚礼，大概是追求仪式感，但安嘉鱼挑了一个小时就选定了，"如果这些都不满意，我们再找一批。"

"不用啊，这张我就很喜欢了。"安嘉鱼手里的请柬是粉色封面，中间有一个小蝴蝶结,封面上半部分是一对新郎新娘的卡通形象,里面的格式排列简洁,没有任何繁复的花纹,只要把受邀请人的名字填上就可以了。

吴茜在一旁看着他们的互动,嘴角微扬,眼里含着羡慕:"图案的位置可以替换成婚纱照,等你们拍完婚纱照,可以选一张中意的。"

"不用了,我不喜欢把自己的照片放上去,就按照原来这样吧。"她可不希望印着自己婚纱照的请柬,被别人遗忘落灰,或者随意扔进哪个垃圾桶。而且,按她对卫风的了解,他也一定这样想。

卫风略加思索:"按照我们的形象,做两个卡通人物替换上去,你觉得怎么样?"

"好呀——"

吴茜收起满桌的请帖:"那我一会儿就去联系设计师。"

"最近辛苦你了。"卫风说道。

"卫总客气了。"

"都快十二点了,要不我们一起吃午饭吧?"安嘉鱼一直想好好感谢吴茜,不过她是大忙人,想请她吃饭,她也腾不出时间。

卫风拿起大衣:"你们俩去吧,我中午约了人谈事情。"

安嘉鱼"哦"了一声,见他的领带有点歪,就站起来帮他整了一下,随口问:"晚上想吃什么,我等下去超市买菜。"

卫风刚报了几个菜名,手机便响了。他接完电话,匆匆出门。

午餐选在棠阁餐厅,因为只有两个人的关系,便没有预订包厢。她们坐在大厅最角落的一桌,刚好靠窗,外侧放着一架屏风,阻隔成一方安静的空间。

点好餐后,吴茜去了洗手间,安嘉鱼百无聊赖地翻看手机里的婚纱设计稿。这些都是卫风从国内外找来颇有名气的婚纱设计师,为她量身设计的礼服。她大致浏览了一遍,特别中意的标上记号,准备挑出十套再和卫风讨论。

"看样子,你心情很好。"

这个声音?安嘉鱼抬头,看到了面带微笑的俞骁阳,他的头发剪短了一些,看起来清爽而明朗，记忆里西装革履的俞骁阳似乎渐渐远去。

她紧张地四处张望，失望地发现，吴茜还没有回来。

"我可以坐下吗？"他格外绅士地问。

如果没有发生冷库的那场事故，安嘉鱼会邀请他一起共进午餐，但卫风说那是一场谋杀，而俞骁阳是最大的嫌疑者。她知道卫风安排了保镖保护她，所以并不怕他，再说了，光天化日，他总不会掏出一把刀子捅死她吧。

"这个座位有人了。"

安嘉鱼并不委婉的拒绝并没有让俞骁阳觉得尴尬，他自顾自坐下，依旧风度翩翩："你好像有点紧张。放松点，我只是有话要和你说。"

"我不想和你说话。"

他面带微笑，温柔地说道："但是我有话对你说。"

这种温柔的声调，让她全身发毛。

"就五分钟，在你的同伴回来之前。"他说道，"我打算辞了新锐的工作，然后去新西兰定居。找一个绿草蓝天的地方，盖一个木屋，院子里有秋千，门口有风车，养一些可爱的动物，看日出看夕阳看星星看草原。你说，这样的生活是不是很美好？"

安嘉鱼默不作声。

他定定地看着她："我知道你一定很喜欢这样的生活。"

"不仅我喜欢，大部分的人都喜欢这样听上去就很悠闲美好的生活。"安嘉鱼忍不住反驳了一句。

"所以你愿意嫁给我吗？"

安嘉鱼觉得自己似乎幻听了，这个"所以"到底是怎么冒出来的？她难道走神了，漏听了什么重要的台词吗？

"我想和你结婚，你愿意和我去新西兰吗？"他又重复了一遍。

这一次，安嘉鱼终于听清了。

"看到我手上的戒指了吗？知道这是什么意思吗？"

"所以在你正式变成卫太太之前，我向你求婚了啊。"俞骁阳用一种理所当然的语气说,"而且在我看来,我更适合你。卫风那么优秀,你配不上他。"

安嘉鱼:"……"

她觉得现在的俞骁阳有点神逻辑。

什么叫作她配不上卫风?她配不上卫风,只配得上他?这到底是哪门子的逻辑。她左思右想,还是忍不住生气了。

"你!你果然喜欢卫风!"

安嘉鱼脑补了一番,得出俞骁阳暗恋卫风,因而对她产生妒忌之情的结论。这就合理解释了他为什么要处心积虑地除掉她,明明他们之间没有什么深仇大怨。现在卫风要和她结婚了,他为了破坏他们,又跑出来向她求婚。

如果是以前的慕容曜向她求婚,勉强还能解释得通,可现在的俞骁阳和她压根就没见过几次面。谁会向一个"陌生人"求婚,这绝对有阴谋!

"不过你的招数太老了,怎么看,我都不会放弃比你更优秀的卫风。"安嘉鱼难得伶牙俐齿了一次,"所以等你变得像卫风一样好的时候,再来向我求婚吧。"

被安嘉鱼这样嘲讽,俞骁阳却丝毫没有动怒。

"总有一天,你会知道自己错过了什么。"他微笑着说完这句话,站起来离开了。

安嘉鱼看着他的背影,高贵冷艳地呵呵一声。这人哪里来的自信!凭什么一副"错过了我,你会遗憾终生"的语气?

果然是神逻辑!

吴茜从洗手间出来后,似乎并没有察觉到有人来过,安嘉鱼也没有提起,毕竟俞骁阳颜值在线,万一卫风知道后心动了,那她岂不是要哭晕在厕所。

"菜不好吃吗?你这一口牛肉吃了两分钟。"

"啊?没有。"安嘉鱼把肉咽下去,"对了,最近真的很谢谢你,要不是有你帮忙,我一定会把婚礼弄得一团乱。"

吴茜谦虚地回答:"客气了,这也是我工作的一部分,而且超出工作时间以外的,都有双薪补贴。"

"看你很熟练的样子，你结婚的时候，是自己亲手操办的吧？"

吴茜露出一个微笑，这是安嘉鱼第一次看到她笑，平时吴茜严肃得如学校教导主任一样，没想到也有如此温柔的时候。

"是的，我当时满怀期待，每个细节都亲力亲为，希望把婚礼变成我人生中最璀璨的回忆，可惜……"

她说到后面，笑容逐渐消失，取而代之的是失望和心疼。

"可惜什么？"

吴茜露出苦笑："可惜婚礼并没有如约举行，而是无期限地延迟下去。"

安嘉鱼微微一愣，不敢问发生了什么事导致婚礼延期，吴茜却打开了话匣子："我们从小学到大学都是同学，一毕业就订婚，工作两年后我们领了证，然后开始筹备婚礼。他学设计我学建筑，我负责装修我们的新家，他负责设计我的婚纱，婚礼就定在圣诞节。但是他有一天昏倒了，被诊断出血癌，我从没想过这种俗套的情节会落在我身上。"

吴茜年近三十，那她的爱人生病也有五年左右了吧，安嘉鱼没有经历过这样的事情，但如果换成卫风出事，她一定会崩溃的。

"现在的医学日渐发达，一定会治好的。"

"谢谢。"

　

除夕将近，年味渐浓，大街小巷飘荡着熟悉的"恭喜你发财，恭喜你精彩"，好一派红红火火热热闹闹的景象。而每年到了此时，结婚的人也就特别多，大约是图一个喜上加喜的寓意，所以安家二老的意思，也是希望安嘉鱼能在年前出嫁。

但是安嘉鱼怕冷，死活要拖到五月再办婚礼。

因为名分已定的关系，这年的春节卫风是在安家度过的。他的到来，受到了安家上上下下所有亲戚好友的关注，纷纷上门打听他和安嘉鱼的恋爱史——在回老家之前，安嘉鱼已经和卫风统一过口径了，首先是他主动追的她，其次是认识时间长达四年，最后一毕业就结婚，不是她恨嫁，而是他怕她跑了。

总而言之，安嘉鱼虚构的故事可以直接叫作《男神读者与小透明作者是真爱》，活脱脱一出八点档偶像剧。

虽然听上去有很多不合理的地方，但因为每个人都收到了卫风的礼物，所以表面上都十分真心地祝福了他们。送给姥姥外公等长辈的是补品，送给堂弟堂妹的全是电子产品，送给婶婶等人的是商场购物券，给叔叔伯伯送了茶、烟、酒之类的。安家妈妈一看到礼物，就夸卫风有心，肯定是特意准备的。

等安妈妈出门采办年货后，安嘉鱼一脸坏笑地说："我要去举报你，那一箱子的礼物明明都是茜姐准备的。"

"拆我的台，对你有好处吗？"

安嘉鱼歪着脑袋想了想，觉得自己好像有点白痴，只好转移话题："我家每年都看春晚，你晚上要一起吗？"

虽然春晚一年不如一年，而且外面的鞭炮声那么大，也听不清电视的声音，但过年不看春晚，就总觉得少了一点年味。

卫风轻轻"嗯"了一声，又问："明天需要陪咱爸妈去拜年吗？"

他并不喜欢被人围观，刨根问底，但为了安嘉鱼，这些都可以忍耐。至少别人家男朋友能做到的事情，他也可以为她做到。

"不用啦，我每年的初一都是睡过去的。"安嘉鱼咬着苹果坐到他的身边，笑眯眯地问，"陛下，第一次上门过年，你是不是有点紧张？"

她以为卫风会回她一句"胡说八道"，结果他面不改色地承认了。

"所以，你要如何补偿我？"

论起脸皮厚，安嘉鱼自诩第二，就没有人敢称第一。她凑近卫风，十分不要脸地反调戏回去："那给你亲一口。"

"你这是在给自己谋福利。"卫风淡定道。

安嘉鱼眼珠子一转，看着秀色可餐的男朋友，顿时起了色心："不然让我亲你一口！小卫子，我来了——"

她一边发出猥琐的笑声，一边往卫风身上扑去。

此时大门开了。

安妈妈手里拿着钥匙,目瞪口呆地看着"兽性大发"的闺女。她的身后跟着的来拜访安爸爸的学生,同样目瞪口呆。

安嘉鱼觉得这个画面有几分似曾相识的错觉。

当初的电影院,众目睽睽之下,她就是这么被人误解的——只是此时此刻,要去掉"误解"二字,因为她确实是色心大起。

苍天啊,这么尴尬的场面如何化解!

卫风坦然地抱起安嘉鱼,将她放到沙发里,开始拯救智商不在线的蠢女友:"妈,家里有红花油吗?小鱼刚才在表演防狼术,结果把脚崴了。"

"哦哦,红花油啊,在鞋柜的抽屉里。"安妈妈反应过来后,开始数落安嘉鱼,"表演防狼术都能把脚崴到,怎么蠢成这样!下次要表演,就在自己的房间玩,公众场合吓到客人怎么办?对了,你爸呢?"

安嘉鱼还蒙着,下意识道:"奶奶叫他过去写春联。"

其实真的不用特意点出"下次要表演,就在自己的房间玩"……苍天大地,她在世人心中已经是一只禽兽了吗?

正月初三,卫风因为公事先行回了岚城,而待业中的安嘉鱼则留在老家参加同学会、聚餐、各种亲朋好友的喜宴等。年年都如此,却又避无可避,尤其是一场接一场的、没完没了的喜宴,让安嘉鱼的钱包瘪了下去。

她以为自己是待嫁之身,这些场合应该就没她什么事了。

还是太天真了!

同学会副本——

"你怎么一毕业就结婚,一点当代女性的意识都没有,能不能有点出息了?找个高富帅有什么用,靠谁都不如靠自己。"

"你是不是怀上了,不然干吗急着结婚?"

"小鱼啊,我觉得,你其实可以晚点结婚。不过能理解,毕竟你家那位是高富帅,你怕人跑了也是正常的。"

喜宴副本——

"打算什么时候要个小孩?"

"早点生好!"

"我以前也不想那么早生,可有了儿子后,我觉得我的人生才有了意义。"

聚餐副本——

"你家那位那么有钱,会不会在外面养小情人?"

"唉,门不当户不对,我都替你担心。"

"以后要是……你可怎么过?你可得留个心眼,离婚也得多分割点财产。"

……

安嘉鱼原本打算等过了元宵节再回岚城,但一波又一波的攻击后,她终于扛不住,提早买了动车票跑回去。

回到自己的出租屋,身心俱疲的安嘉鱼倒头就睡。

卫风下班后,她就忍不住吐槽了这些事情:"我算是明白了,过年就是批斗大会。你要是还单着,他们一定会叫你快点找对象,苦口婆心地劝你不要太挑剔。如果你有对象了,他们就会催你快点结婚。你要是结婚了,他们就劝你快点生小孩。你要是小孩生了,他们就会关心你什么时候要二胎,给你科普生二胎的好处!"

卫风给她送上一杯温开水,她一口喝完:"人心啊!都怎么了!"

"今年春节,你可以在婆家过。"他给出一个建议。

安嘉鱼脑袋一转,明白了:"陛下,你真是太机智了!等下个春节,我就已经是一个有婆家的人,可以不用回老家了!"

"婚纱送来了,要不要试试?"

"这么快!要试要试!"安嘉鱼顿时来了精神。

卫风把客厅的几个箱子抱进来,打开后,将婚纱一一平铺到床上。安嘉鱼看得眼睛都直了,她发现实物比设计图纸惊艳了一万倍,每一套都堪称精美绝伦,想到将穿着这样的婚纱举行婚礼,此生无憾了!

"怎么办,我忽然有点想哭。"

现在只是看着婚纱就感动得想哭了,等到婚礼那一天,她会不会把妆哭花?

卫风很享受安嘉鱼的感动和欢喜,这让他觉得自己的世界是活生生的,每一帧画面都能刻在脑海中。

或许,他来到这个世界,就是为了遇到她。

安嘉鱼最先试穿了比较难驾驭的红色鱼尾婚纱,这种款式的婚纱对新娘的身材要求较高,她却穿出了令人惊艳的效果——不得不说,量身定制的优势十分突出,婚纱合身不说,还扬长避短了。设计师将胸前做了层叠设计,完全看不出她平胸;她腰细,裙子的设计将腰身的优势凸显,并且将腰线往上提高了三厘米,显得身材比例很好。

她看着镜中的自己,呆愣了许久。过了好一会儿,才问道:"好看吗?"

卫风从安嘉鱼的身后抱住她,看着镜子中的人,缓缓道:"桃之夭夭,灼灼其华。之子于归,宜室宜家。"

"陛下,你夸得太含蓄了。"安嘉鱼佯装听不懂。

就在此时,卫风的手机响了。

第一次响的时候,他们无视了;第二次响的时候,卫风直接按掉了;第三次响的时候,卫风还是没有理会。可是手机铃声一直坚持不懈地响着,简直破坏气氛。卫风忍着火气去接电话,压着声音道:"什么事?"

电话那端的人不知道说了什么,卫风微微皱起眉,说了句:"我现在就回公司。"

安嘉鱼傻眼了。

他还想临阵脱逃?简直不是男人!但是作为一个矜持的姑娘,她只能强忍失望道:"你快去忙吧。"

卫风低下头,压着她亲了又亲,最后哑着声音说:"等我回来。"

"哦。"

卫风出门后,春心荡漾的安嘉鱼在床上滚来滚去,脑内幻想各种小剧场。

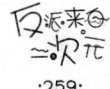

一个人笑了半天,忽然觉得这样有点傻,便给自己找了点事情来转移注意力。她给婚纱拍了照片,发到朋友圈:收到婚纱,突然有了待嫁的真实感。

底下的评论一下子炸开了。

高雯雯照旧冷嘲热讽,安嘉鱼刚好闲着,就和她唇枪舌剑了一番。

凯旋后,她爬起来整理房间。

这个房子将是她出嫁的地方,其实按照习俗,她该从家里出嫁的,但岚城和安州市,一来一返至少七个小时,显然不太实际,所以安家二老拍板,从她的出租屋接亲。

当然,不是"接"到隔壁的公寓。

安嘉鱼很好奇婚房里什么样,可是卫风神神秘秘的,连位置都不告诉她,更不要说参与装修了。她试图向吴茜打听,但吴茜的口风更紧。

正想得入神,耳边忽然响起一道短信铃声,她解屏一看,居然是卫风发来的信息:"速来和平西路白马小区13号。"

安嘉鱼怔了一下,难道这就是卫风给她准备的惊喜?

她换好衣服,满心欢喜地出了门。

半小时后,安嘉鱼到了郊外的别墅区。13号处在西北角,距离小区大门有点距离,一路进去,花木繁盛,格外怡人。

大门虚掩着,并未关得严实,她轻轻一推就开了。

入目就是地中海风格的客厅,白灰泥墙,蓝白相间的门窗,地面铺着赤陶,南墙镶了一个土黄色的壁炉。屋内随处可见鹅卵石、贝壳和玻璃珠拼接的马赛克镶嵌。窗帘、桌巾、沙发套、灯罩均是条纹格子的棉织品,素雅别致。

阳光洒进来,窗台上不知名的爬藤类植物旺盛地生长,壁炉边上的小桌子放着许多绿色盆栽,让这个蓝白色基调的屋子显得生气勃勃。

只是环顾整个客厅,却不见卫风的人影。

此时吴茜抱着一个盆栽,从落地窗外的小花园走进来:"安小姐您来了?要不要先参观一下别墅,这是卫总给您准备的惊喜。"

"卫风呢?"安嘉鱼笑着问,"公司的事情都解决了吗?"

"卫总过一会儿就到。"吴茜把盆栽放好,笑了一下,"公司那边没什么要紧的事,再说了,什么事能比讨好未婚妻来得重要。"

安嘉鱼心里生出几分古怪,吴茜从来不会跟她说这样的玩笑话。不过,也没深思。

她接过吴茜倒的水,说了一声谢谢,便一饮而尽。温度适宜的开水,刚好缓解了她干涩的喉咙:"茜姐,你脸色有点差,是不是最近太累了吗?"

"可……可能吧。"

安嘉鱼一边喝水一边说:"对了,我从老家带了很多香肠和腊肉,味道超级棒,明天让卫风带一点去公司给你。"

"谢谢安小姐。"

"不用客气,你帮了我那么多,我都没机会谢你。"安嘉鱼打了一个哈欠,"奇怪,我才起床的,怎么又困了……"

不对,脑袋也好晕!

安嘉鱼努力瞪大眼睛,可是眼前的东西越来越模糊。她手里的水杯应声掉到地上,随即身体软绵绵地倒在沙发里。她脑中尚留几分清醒,立刻就明白了过来,吴茜在她喝的水里下药了……可是为什么?

"为……什么……"她拼尽全力问出来。

吴茜走到她身边,低低说了一声"对不起",然后脱掉她的手环,戴到自己的手上。安嘉鱼想挣扎,全身却一点力气也没有,只能眼睁睁看着她换上自己的衣服、鞋子。她戴上口罩后,顿时就变成了另一个"安嘉鱼"。

她到底想干什么?

她到底要做什么?

这是一场谋杀,还是绑架勒索?

没等安嘉鱼想出一个所以然,她就抵抗不住药力,陷进了沉沉的黑暗里。她最后听到的声音,是别墅大门锁上的动静。

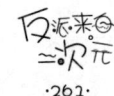

安嘉鱼恢复意识之时,是在一处陌生的地方,手脚都被绑在椅子上,无法动弹。显而易见,绑匪已经转移了阵地。她环顾四周,装潢雅致复古,窗帘挡住了外面的光线,所以她无法判断此时的天色,算不出自己昏迷了多久。

她强迫自己冷静下来思考,可是怎么想也想不明白,吴茜为什么要绑架她。是为了勒索卫风?还是另有隐情?

这里到底是什么地方?

安嘉鱼试图挣开绳索,但是徒劳无功,反倒把自己的手腕磨得生疼。不行,她必须逃走,不能留在这个鬼地方!

"建议你,不要做无谓的挣扎。"

这个声音温柔而熟悉,安嘉鱼循声望去,只见俞骁阳慢慢地从楼梯走下来,脸上带着冷漠和鄙夷,居高临下地望着她。

"是你!"

"是我。"他微微笑着,"怎么,很意外吗?"

"你为什么要绑架我?吴茜是你的人?你们是一伙的!"安嘉鱼厉声道,"你知不知道绑架是犯法的!快点放开我!"

"吴茜一直都是我的人。"他十分大方地帮她解惑,"她现在应该戴着你的手环,假扮成你,引走了那几个碍事的保镖。你猜,卫风什么时候才能发现你失踪了?"

安嘉鱼整个人都是蒙的:"我们往日无冤近日无仇,你为什么要绑架我?"

"你难道不知道吗?"他对她露出一个嘲讽的笑容,然后一个字一个字缓缓道,"南有嘉鱼。"

"你……"她惊得瞪大眼睛,"你是慕容曜!你根本没有失忆!"

"不,慕容曜已经死了。"他的眼底带着深深的怨毒,"那个曾经爱过你的慕容曜,被你亲手杀死了。"

安嘉鱼的脑子一片糨糊。

他不是慕容曜,那他为什么还要杀她?又为什么用那种语气叫她南有嘉鱼?他们之间有什么联系,难道他是在为慕容曜复仇?

茶几上摆放着一套水墨风茶具，俞骁阳开始自顾自摆弄茶具，仿佛是要招待远道而来的客人。他用热水将茶壶和茶杯洗干净后，突然抬头歉疚地微笑："差点忘了问，你喜欢喝什么茶？雪芽可以吗？此茶清热降火的效果甚好。"

"你有病啊！"

他一边微笑，一边客气地询问她的喜好，简直让人毛骨悚然。

"既然你没意见，那我今天就煮雪芽。煮茶要花点时间，我来给你说一个故事吧。"俞骁阳用小勺从茶罐里盛出茶叶，放进茶壶。

"我不听！"按照电视剧的情节发展，这个故事必定是个惊天秘密，而听完故事的人往往是要死的。她不想死，所以她不要听。

"我可没有让你选择。"他微笑着说。

俞骁阳煮茶的动作十分优美，如行云流水般，但安嘉鱼一点欣赏的心情都没有。

他一边煮茶一边说故事："一个玛丽苏小说里的炮灰男配，被反派打死后，来到了现实世界。他发现自己一生的悲惨命运，只是因为他是书里的配角。不过，他并不恨这本书的作者，某种意义上来说，是她创造了自己。他变成俞骁阳后，过得十分好，渐渐就忘记了另一个世界的恩怨。

"他甚至对命运心怀感激，多可笑啊，曾经踏着手足尸骨登上太子之位的慕容曜，居然如此天真。如果他不是这么天真，或许就不会消失了。

"最可笑的是，他竟然爱上了你。哈哈哈，他爱你！

"可是你毫不犹豫地删除了关于他的全部剧情。"

安嘉鱼顿时大骇，她看着神色冷酷的俞骁阳，满腹疑惑："你……你怎么知道慕容曜的事情？你到底是谁？"

"嘘——"他修长的食指在唇边停顿了一下，"安静地听我把话说完，做一个合格的倾听者，不然……我会忍不住提早撕票的哦。"

安嘉鱼惊恐地闭上嘴巴。

俞骁阳很满意她的表现，继续讲故事："我说到哪里了？嗯？那就从他

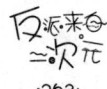

昏迷住院开始说起吧。那是你旷工的第二天，他正在公司开会，忽然就昏倒了，所有人都以为这是当年车祸的后遗症，可实际上他进了二次元，并失去了全部的记忆。"

安嘉鱼目瞪口呆，难道他也去到了人鱼文的世界里面？

"他从来没想过自己会再次进入书中的世界。毕竟他来到现实世界后，你写了那么多本书，他都没有进去，可偏偏那本叫作《来自深海的人鱼》却是一个意外。"他抬头，看了她一眼，"不要露出这么无辜茫然的神色，因为你，他被困在那个虚假的世界，饱受剧情的控制。"

"南有嘉鱼，这个故事有趣吗？"

安嘉鱼的心脏怦怦怦乱跳，她终于明白了，为什么一开始俞骁阳对她那么温和，但那次昏迷醒来后却多次对她痛下杀手。

她忽然意识到了一件严重的事情。

如果慕容曜没有死，他又是谁？

他到底成了谁？

是秦晋？还是卫风的助理？难道是女主角，所以他回来之后就恨上她了？如果是这样的话，那简直就是不共戴天的血海深仇啊！等等，他失忆后对卫风那么……那么亲昵，难道他真的……

这个猜测让安嘉鱼脸色煞白。

"还猜不出我是谁吗？枉我们在那个世界里是那么好的朋友。"他冲她露出一个温和而明朗的笑容，"安小鱼，我是……"

安嘉鱼心跳如鼓，整个人都呆住了。

好朋友……

朋友……

"你你……你是琳琅！"安嘉鱼喊出他的名字，"琳琅是你吗？"

俞骁阳的笑容僵在嘴角，他用一种看白痴的目光看着安嘉鱼，语气嘲讽："我显然高估了你的智商。我是明旌，被你们抛弃在另一个世界的那个明旌。"

安嘉鱼如遭雷击："你说什么？"

他是明旌。

怎么会是明旌想杀死她！

"你和卫风离开之后，我一直被困在你写的书里，直到所谓的男女主死亡，那个世界崩塌了，我才得以重回俞骁阳的身体。现在，知道我为什么要杀你了吗？"俞骁阳的神色再次恢复冷酷，"你删除了慕容曜的剧情，以为这样就能杀死我。可惜我命大，只是失去了那部分的记忆而已。反正也不是什么愉快的记忆，删除就删除吧。"

"对了，忘记告诉你，我一直有写日记的习惯，正确来说，是慕容曜的习惯。他喜欢将一些重要的事情用俞国的文字记录下来，所以我虽然失去了一部分记忆，但这对我并没有造成任何的影响。也不对，还是有一些影响。

"没有慕容曜的记忆，我对你、对卫风的感情也单纯了许多。

"想杀你的不是俞国太子慕容曜，而是成为明旌的慕容曜。但你偏偏删除了对你有好感的那个慕容曜，留下对你只有憎恨的我，真是傻得可怜——安嘉鱼，我不想再被你的文字操控，也不想再回到虚假的二次元。"

安嘉鱼强迫自己冷静下来。

她终于明白了，为什么俞骁阳失忆后对她毫无兴趣，反倒和卫风惺惺相惜。没有了慕容曜的记忆，他们就是认识多年的好友啊！为什么事情的真相会是这样？为什么明旌不和他们相认？现在她该怎么拯救自己！

"对不起！我不知道你是明旌，我从来没想过伤害你。我已经封笔了！你要是不相信，可以去我的专栏看看，我挂了公告的。我发誓，以后绝不影响你的生活！你放了我吧。"

见识了俞骁阳的暴力行为，安嘉鱼才发现卫风是多么善良。他只是要求修正自己的结局，然后就回到二次元，从未想过伤害她。哪怕后来因为她的关系，他又回到了小说中的世界，可仍旧愿意收留流落街头的自己，帮她寻找回去的办法。

"太迟了。"俞骁阳露出格外惋惜的神情，"我给过你机会的，可你不珍惜。现在一切都迟了。"

机会?哪有什么机会?这么重要的事情为什么没人通知她!

"什么时候的事情?"

水开了,他沿着茶壶边缘冲茶,然后轻轻刮去茶沫:"我没有失忆之前,三番五次对你表白,希望可以把你留在身边,以此代替杀戮,可你拒绝了我。而且,上次在餐厅,我给了你最后一次机会。"

餐厅?安嘉鱼努力回想了一遍当时的场景。

——不过你的招数太老梗了,怎么看,我都不会放弃比你更优秀的卫风。所以等你变得像卫风一样好的时候,再来向我求婚吧。

——总有一天,你会知道自己错过了什么。

她欲哭无泪,原来这句话不是"爱的宣言",而是死亡通知单!变态的脑回路简直深不可测!

她错过了什么?

难道是跟变态共度一生的机会吗?

"你不一定非要杀了我啊……"安嘉鱼试图劝说他,"明旌,我们一直是朋友啊,以后也可以一直当朋友……我知道你担心什么,但我已经封笔了,不会再写书,你是安全的!"

"不不不。"俞骁阳打断她的话,"要知道,只有你死了,我才能无后顾之忧地活着。我们之间,必是一生一死。所以,我只能让你死了。看在相识一场的份上,我给你选择的机会,你想怎么死?"

安嘉鱼急红了眼眶,不住地摇头:"我不要死!明旌,你冷静点!杀人是犯法的!对了,还有卫风,你们是那么好的朋友,你杀了我,想过他的感受吗?"

"当然想过。"俞骁阳不疾不徐道,"你死了,不仅我的危机解除了,卫风也能得到自由。你长得不行,智商、情商都有问题,他为什么要和你结婚?如果不是为了控制你,他为什么要牺牲自己一生的幸福呢?当然,或许一开始他会有点难过,不过世界这么大,美人何其多,没有了你,他会越过越好。"

安嘉鱼居然无法反驳。

难道她要冲俞骁阳喊一句"我们是真爱"吗？

"既然你不选，那我替你选。女人天性爱美，而死于氰化钾的尸体会格外漂亮，那就选氰化钾吧？"他说完便拿来一个医药箱，打开后，取出一支针筒。

安嘉鱼的眼泪在看到针筒的一刹那，跟断线的珍珠似的，一颗颗滚落。她还没和卫风举行婚礼，不能就这样死掉。卫风说过，不管发生什么事情，他都一定会来救她。或许，或许他已经在路上了，下一刻就会破门而入。

她要争取时间，等到卫风来救她！

"等一下，我有话要说！"安嘉鱼颤着声音喊道。

俞骁阳看了她一眼，知道这无非就是拖延时间的小把戏，可是这又有什么关系，反正她逃不掉。

"好，你说。"他坐回沙发，开始慢悠悠地抿茶。

安嘉鱼吸吸鼻子："我要跟你道歉，我不知道会发生这样的事情，我以为那些虚构的情节只属于小说。还有，我要忏悔，如果不是我手贱，你就不会遭遇不幸。明旌，看在我们是朋友的份上，你能原谅我吗？没错，我就是贪生怕死，可你要是杀了我，就会永远变成通缉犯，未来的日子只有逃亡，你真的愿意这样度过余生吗？你的生命如此宝贵，怎么舍得这样糟蹋？你放了我，我可以保证以后再也不写文。"

"很抱歉，你没有说服我。"俞骁阳重新拿起针筒，一步步走向她。

安嘉鱼屏住呼吸，汗水沿着脸颊往下滴。针头泛着银光，刺眼得让她不敢直视。她惊恐地瞪大眼睛，拼命挣扎："不要——不要杀我——"

俞骁阳蹲下来，跟她平视，目光温柔："南有嘉鱼，再见了。"

"不要——明旌，不要这样对我——求你了！"

她哭得哽咽，一脸的绝望，拼命挣扎着。她似乎已经听到了死神的脚步声，他们拿着镰刀就站在她的身边。

俞骁阳没有任何的动容，他撸起她的袖子，找准血管，毫不犹豫地扎下去。

就在此时，别墅的大门开了，一道身影闪过，冲上前踢飞了俞骁阳手上的针管。

两人一交上手，就认出彼此——果然是你。

四目相对，都露出意料之中的神色。

为了防止卫风破坏他的好事，他做了诸多安排，却没想到，卫风还是来了。

"卫风，你不要执迷不悟！杀了她，我们就都自由了，不用再担惊受怕！为什么你要阻止我！"

卫风一脚踹中他的心窝，冷冷道："我已经报警了，你还是多关心一下自己吧。"

他下手狠辣，不留余地。俞骁阳不敌，节节败退，不消片刻就落了下风。俞骁阳被卫风踹飞出去，重重地砸到墙上，然后倒了下去。

俞骁阳咳了两声，吐出一摊血。他用手背擦掉嘴角的血迹，看向卫风的神情变得愤怒。而卫风却没有看他，他冲到安嘉鱼的身边，帮她解绳子。

"安嘉鱼，你有没有哪里伤到了？对不起，我来晚了！"

"我没……卫风小心！"安嘉鱼喊了一声。

卫风下意识地转过身，看到俞骁阳正拿着一把枪，指着他的脑袋："现在，给你两个选择。要么你帮她注射氰化钾，要么我就开枪杀死你，然后再送她下去陪你，也算尽了最后的朋友情分。"

"不要开枪！他是卫风啊，他是你最好的朋友！"安嘉鱼喊道。

"快点，我倒数十声，你还不做决定，我就替你做选择。"俞骁阳冷冷地数声，"十，九，八……"

卫风挡在安嘉鱼的面前，将她护得严严实实。

"说起来，我的枪法还是你教的。"俞骁阳又倒数了两声，"虽然不算精湛，但这么近的距离杀死一个人还是绰绰有余。"

"我选第三条路。"

卫风动了，速度极快，俞骁阳反应过来，对他开了数枪，但他开枪的一瞬，手被卫风锢住，枪口朝上，正中天花板上的吊灯。在安嘉鱼的尖叫声中，卫风动作利索地夺过了俞骁阳的枪，朝他扣动扳机——

"不要!他是明旌!"安嘉鱼慌忙喊道。

卫风闻言,神色忽变,他强迫自己改变射击方向,避开了俞骁阳的心脏。

俞骁阳不可置信地捂着被子弹擦过的胳膊,眼底满满都是愤怒和失望,仿佛是不敢相信他真的对自己开枪了。

"明旌?"卫风喊了他一声。

此时别墅外面响起警笛的声音,俞骁阳愤恨地瞪着卫风,但什么都没有说,只是捂着胳膊跳窗而去。

卫风举着枪,看着他渐渐远去的背影,许久,还是放下了手。

当初别离匆匆,今日却是狭路相逢。

当初别离没有只言片语,今日亦是不曾话别。

此时此刻,卫风并不知道,这就是他和明旌的最后一次相见。

尾声·最好的你

绑架案的风波渐渐平息,安嘉鱼的心情也渐渐恢复平静。

根据现场留下的证据,警方以绑架、谋杀两桩罪名对俞骁阳发出通缉令。俞骁阳在绑架安嘉鱼之前就准备好了退路,事发当天便搭乘飞机逃往M国。或许这对卫风,对安嘉鱼,对俞骁阳来说,都是最好的结局。

但两天之后,他们看到了一则新闻。

俞骁阳搭乘的航班遇难,连飞机的残骸都找不到,乘客家属悲痛欲绝。

他们都没有想过,上次一别,竟是永别。

卫风的情绪低迷了很长一段时间,他失去了一生中最重要的好友。别离太过仓促,便成了一种遗憾。而这一份的遗憾,将随着时间逐渐加深。

时间过得非常快,眨眼就到了五月。

春意正浓,凤凰花开落满城。

婚礼前夜,安嘉鱼躺在床上翻来覆去,幻想着婚礼的每一个场景,久久无法入睡。她很期待,但又有点紧张,她在脑海中模拟婚礼现场可能出现的问题,这脑洞一开,便更加精神了,一点睡意也没有。

她干脆掀开被子,披了件外套去阳台吹风。而隔壁的阳台居然也亮着灯,卫风就站在栏杆边上喝咖啡。

安嘉鱼揶揄道:"你这是因为明天要和我结婚了,所以睡不着?"

"你这是因为要和我结婚了,所以失眠?"

她歪着脑袋故作思考:"应该是的吧,毕竟我要嫁的人是全世界最优秀的人。"

"可以理解,因为我要娶的姑娘,也是这世上最好的姑娘。"

安嘉鱼有些不好意思,笑着看向别处,远处的灯光点点和夜空的星光闪烁辉映,似乎在附议他们的话。

"你到底喜欢我什么?"

卫风微微一笑:"那你喜欢我什么?"

"我先问的!"她抗议道。

"可是……是我先爱上你的。"

璀璨的夜空下,他轻轻地望着她,眼底仿佛盛满了温柔的星光。她也望着他,不由得深陷在这一片星光之中。

此时景,是她一生中看过的最好的景。

眼前人,是她一生中遇到的最好的人。

此时此刻,春风与星光,她与她的心上人,没有比这更美好的时刻。

正文完

番外 1·死亡之后

他叫慕容曤，是亡国的皇子。

他死在一个寒冷的冬天，被自己的仇家打下悬崖，尸骨无存。他从未想过，自己还能活过来；也从未想过，自己居然是一本书里的恶毒男配。他的悲惨命运和国破家亡，不过是一段苍白的文字。

他很快接受了这个荒诞的现实，以俞骁阳的身份生活在三次元的现实世界。

他变成了俞骁阳，有慈爱的父母、风趣的朋友。这个世界太过美好，跟古书中记载的蓬莱仙境一样，没有战火，没有贫穷，人人得以安家乐业，吃得饱穿得暖。

他由衷地感激创造自己的人，无论是出于什么样的目的，他因她而诞生。

她叫安嘉鱼，是个可爱的姑娘。

他们在一家公司工作，她是他的下属。他经常忍不住关注她的一举一动，并渐渐喜欢上她。但她喜欢卫风，他的仇家——他很确定，那个男人也来到了现实世界。他不喜欢卫风，对卫风充满了浓浓的敌意，但他也知道过往恩怨不过是小说剧情，所以很快就说服自己放下了这些不愉快的记忆。

他想与安嘉鱼相认，向她表白，可冥冥之中似乎有什么力量在阻止他。

后来，她在网上写了一本新书。

他看过她写的其他小说，经常用小号给她打赏，所以从未想过自己会进入《来自深海的人鱼》的小说世界里。他在这个世界里失去了全部的记忆，以为自己就是明旌，有一个好友叫卫风。

没想到的是，安嘉鱼居然也来到了二次元。

安嘉鱼没有认出他，没有记忆的他也没有认出安嘉鱼，但他们却因为卫风而成为朋友。有一段时间，他们神神秘秘，经常做一些奇怪的决定，他十分不解——后来他恢复记忆才推断出，他们是在寻找回到三次元的办法。

有一天，他发现他们突然不见了，他一直在寻找他们，担忧他们的安全。

安嘉鱼和卫风离开大约半年后，或许是因为没有人在控制剧情，他恢复了作为慕容曜的记忆。

他知道身边的人都是假的，所以迫切地想要回到现实世界，可是他找不到办法。本来最糟糕的情况不过是在这个世界度过一生，虽然怀念现实世界的父母，也想再见见卫风，但他也只能接受命运的安排。

然而，琳琅和秦晋死了。

他们死后，整个世界停止了转动。

所有人都变成了冰冷的雕像，只有他还活着。比末日世界还要可怕，因为这个世界只剩下他一个活物。他被困住，不能自杀，不能离开。这个世界有食物，有水，可是没有任何的声音，唯有孤独与他做伴。

他每天都在寻找死亡的办法。

他不确定自己死亡之后能不能回到现实世界，但不想再这样活着。

太安静了，这个世界太安静了，除了自己的声音，什么动静也没有。他将慕容曜和明旌的记忆分割开，这样"明旌"就可以和"慕容曜"对话。明旌恨安嘉鱼，他幻想着杀死安嘉鱼的一万种办法，从此得到自由。但慕容曜舍不得，他喜欢安嘉鱼，所以两人经常因为"要不要杀死安嘉鱼"这个假定问题而争吵。

他大概疯了。

一个人的世界，太寂寞，也太可怕了。

他是谁，他还活着吗？他真的变成了俞骁阳吗？他真的叫慕容曜吗？明旌是真实存在的吗？他会不会本身就是一个疯子，现在正被人关在精神病院，这个可怕的世界只是他脑子里分裂出来的虚假空间。

他一直想，也没想出答案。

不知道过了多久，他终于死了，再次回到现世。

他从地狱归来，只想弄死安嘉鱼，不再被她的文字控制命运。他不想再进入二次元，不想日夜难安，再次失去自由。

愚蠢的慕容曜对安嘉鱼怀有爱意，试图将她留在身边，但几次表白都被拒绝。

他几次布局，想要杀死安嘉鱼，却都失败了。

安嘉鱼删除了慕容曜的记忆，她想杀死他。她猜得没错，如果她将他的角色删除，他的意识就会彻底消失。但遗憾的是，他不仅仅是慕容曜，还是明旌。慕容曜对安嘉鱼存有几分善意，但身为明旌的他只有恨。

慕容曜爱过安嘉鱼，明旌与她也是朋友，可是这并不重要。

他只想杀死她，得到彻底的自由。

他不理解卫风的想法，为什么要留着这样一颗定时炸弹，杀死她，他们都自由了，不会再被她的文字控制。

他绑架了安嘉鱼，差一点就杀死她。

但卫风救了她，并报了警。

他早就做好计划失败的准备，在警察抵达之前，登上飞往 M 国的飞机。

然而命运对他太过吝啬，飞机居然出事。坠机之前，他给卫风写了一封遗书，不知道他能不能看到。

他又死了。

他以为这次死亡就是终点，然而对他充满恶意的命运却不打算放过他——他再次恢复意识时，是在一款手机游戏里，变成了被玩家领养的"恋人"。他不畏惧死亡，却怕失去自由，如同此刻。

但总有一日，他必定离开游戏，重返现实。

番外 2 · 触不到的恋人

大雪纷飞的腊月，某律师事务所正井然有序地运营，每一位律师都以最好的精神面貌投入工作，气氛严肃庄重，直到夏加林的出现……

她顶着一头粉色爆炸卷发，化着浓重的眼妆，穿着皮衣皮裙，踩着黑色靴子，嘴里还嚼着口香糖，气势汹汹地推开了事务所的大门。

"你们老大呢？"

律政界的精英们许是从未受到过如此猛烈的视觉冲击，竟一时间哑口无言。

夏加林翻了个白眼："你们都听不懂人话吗？我说，你们的老大呢？"

前台的小姐姐战战兢兢地开口："或许……您是要找我们的所长？"

"什么所长？"夏加林不屑一顾，"哦，你们都喊所长是吧？成吧，赶紧把他给我叫出来。"

前台小姐姐正要往所长办公室打电话，所长的声音洪亮地传来："夏小姐这是闹哪样？"

"呵。"夏加林嘲讽地笑笑，"这话得我问你吧？钱呢？"

"什么钱？"他反问。

夏加林冷下脸来："别给我装傻，我的零花钱呢？为什么今年没有到账？"

所长淡淡道："您要是忘记了您母亲遗嘱上的条款，我可以提醒一下您，在您大学四年期间但凡期末考有一科不及格，当年的零花钱都会被取消。"

"胡说八道！"夏加林初中时，母亲过世了，她当时哭得死去活来，哪

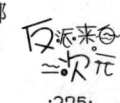

还记得遗嘱上写了什么附加条件。

她母亲过世没两年,她爹就有了新欢,并且这继母还带了个拖油瓶进门,成了她的便宜妹妹。偏不巧,这妹妹长得漂亮,学习又好,个性乖巧,懂事礼貌,夏加林每次见她都觉得无比晦气。

所长递上一份材料:"这是遗嘱的原件,您应该还认得出您母亲的字迹吧。听说下学期开学前,你们学校会组织补考,补考过了,您今年的零花钱自然会打到您的卡上。"

夏加林自然是记得母亲的字迹,恶狠狠地将遗嘱拍在桌上:"你给我等着。"

夜里,夏家二楼夏加林的卧房。

偌大的卧室,五颜六色的床铺,但床上却不见人影。因为此时的夏加林正伏在书桌前,呼呼大睡。一大堆课本散落在书桌上,但除了夏加林枕着睡觉的近代史课本上画了几行字,其余课本都崭新得如同刚印刷出来似的。

在十五分钟前,夏加林斗志昂扬地搬出了大一上学期所有课本,正要大展拳脚一番,奈何书本似有催眠功效,她不过才看了三页,就已撑不住自己的眼皮。

好在垃圾短信的提示音将她吵醒,她揉揉眼睛,伸了伸懒腰,看看课本,又看了看手机,终于还是忍不住向手机伸出了手,并自我安慰道:"我这是劳逸结合。"

夏加林打开应用市场,刷了一下近 24 小时 APP 下载排名,发现榜首是一款名为"定制恋人"的游戏,便点了下载。

当俞骁阳睁眼时,发现自己身处在一个空旷的房间,第一反应是自己被绑架了!或许飞机失事根本不是意外,而是一场计划周密的绑架?

然而,他的身上没有任何外伤,完全找不到一点经历过空难的痕迹。而这个所谓的"房间"既没门也没窗,天花板上只有偌大的英文单词"Please wait……",这让他排除了被绑架的可能性。

结合前两次离谱的经历,他怀疑这里又是安嘉鱼的某本小说中的世界。

只是不知道他这一次是什么身份?

俞骁阳摸了摸墙壁,企图寻找出口,但当他的手触碰到墙壁时,墙壁上自动出现了许多数字和符号——尽管他学的是经济学,但还是可以看出墙上那些是 C 语言代码。他微微一愣,这个场景明显不科学啊!

难道安嘉鱼这次写的是科幻小说?

正当他在心里诅咒安嘉鱼的时候,墙壁上的代码消失了,变成了一张巨大的脸。那是一张青春的脸庞,尽管浓妆艳抹,也掩盖不了它的稚嫩。

"你的恋人俞骁阳,年纪三十岁,性格温柔睿智。三十岁的老男人?我选择的难道不是小奶狗吗?"

俞骁阳看着占据整个墙壁的大脸,心中充满了疑惑。安嘉鱼又架构了什么奇奇怪怪的故事?而且,三十岁的他怎么就成了老男人?

"你是谁?"俞骁阳冷静地问。

女孩似乎有些纠结,喃喃自语:"这声音也太好听了吧,算了,不注销了。"

"你好?你能听到我说话吗?"俞骁阳再次问道。

她点点头:"听得到,这游戏的语音系统好着呢。"

"游戏?语音系统?"俞骁阳心里闪过一丝不祥的预感。

"哟嚯,这反应就和真人一样,不错啊。"

俞骁阳似乎明白了点什么,继续问:"你是谁?这是哪儿?"

"我叫夏加林,是你的金主爸爸。"夏加林因为俞骁阳真实的反应,对这款《定制恋人》的游戏产生了浓厚的兴趣,"至于你,游戏说你的名字叫俞骁阳,使命就是哄我开心,让我心甘情愿地充值。"

俞骁阳的太阳穴"突突"地跳,他大致明白了自己的处境,相比于困在安嘉鱼的书中,被困在手机游戏里似乎也好不到哪里去。

"你说话啊。"她催促道。

俞骁阳的内心充满了无力感,只想一个人静静,奈何身边有一个叽叽喳喳的"杀马特",不停地叨叨叨。

"你要是不乐意和我谈恋爱，我就把你注销，换个男朋友。"夏加林不耐烦道。

"不行！"注销了之后，他极有可能消失，不，他要回到三次元，求生欲让他快速进入了"男朋友"角色，"你只能有我一个。"

"哈？哈哈哈哈哈哈哈！"她捧腹大笑，"这老土的台词很符合你的人设欸，毕竟你三十岁了。"不过这款游戏人物好智能，跟她以前玩过的恋爱养成游戏完全不一样，居然可以和玩家直接对话。

好笑吗？笑点在哪里？

俞骁阳看着笑到满床打滚的夏加林，深感自己回归三次元的路满布荆棘。

夏加林擦了擦眼角的泪花："我逗你的，一个手机号只能申请一个恋人，我要是把你注销了，我还要再开一个手机卡，怪麻烦的。"

"哦，这样。"他笑不出来。

夏加林见他一点都不配合，严肃道："只要你不惹我生气，我就一直养着你，我什么都没有，就是有钱。但你要是敢变心，我就删了你。"

俞骁阳强打起精神，笑着点点头。他没想到，自己居然有一天会被这样子的人威胁。但为了更了解自己的处境，他和夏加林聊了很多关于这个游戏的事情。

这个游戏名为《定制恋人》，里面设置很多关卡，关卡过了会有一定奖励，但是要通关全部关卡，需要耗费大量的游戏道具，全部通关之后，会有一颗彩蛋，彩蛋的内容是——解锁并通过所有的关卡，他就能通往你的世界。

这句模棱两可的话给了俞骁阳极大的希望，他推测，只要全部通关，他就有可能回到三次元。

"你的隐藏人设难道是游戏设计师吗？为什么一直问这款游戏？这恋爱好无聊啊。"夏加林抱怨。

俞骁阳一个激灵，怕夏加林腻了这个游戏，赶紧哄道："我了解游戏设置，才能更好地帮助你通关。"夏加林是他唯一的希望，如果她放弃了他，那么他将毫无机会，所以他必须牢牢抓住这根浮木。

作为一个单纯的大小姐，夏加林不但信了俞骁阳的话，还觉得他很贴心，打从母亲去世，他是第一个为她考虑的人。

"我要去复习了，你是要一个人待着，还是要陪我？"

俞骁阳并不愿意一个人待在封闭的房间里，更何况他还有太多东西需要了解。

"我陪你复习。"

夏加林带着俞骁阳回到书桌前，絮絮叨叨道："我一个月后要补考，所以最近学习强度会比较大，没多少时间陪你。"

然而，十五分钟后，夏加林趴在课本上睡着了。

自从多了一个"定制恋人"之后，夏加林的生活变得有趣了许多。学习累了有人打气，不开心了有人哄着。俞骁阳不但颜值高，学识渊博，还风趣幽默，简直是完美恋人。

"在我进入这个游戏前，我生活在三次元。"

夏加林在听到这句话后，决定收回"完美恋人"这个评价。一个游戏人物，居然会说出这种跨次元的台词，设计师的脑袋是被门夹了吗？

但对俞骁阳来说，这是他深思熟虑后的决定。通过他的观察，夏加林并非表面那般任性刁蛮，她的内心柔软善良，与其坐以待毙，还不如尝试找个外援。

"你的人设难道是看多了网文的大叔吗？"

她上课不好好听讲的时候看了很多网文，最近尤其流行"玩个养成游戏，却发现游戏里的纸片人男友其实是真人"这种小说。

但她又不傻，小说和现实还是可以区分清楚的。

"我是认真的，我需要你的帮助。"俞骁阳一脸严肃，"我必须通关所有游戏，才能回到三次元。"

夏加林嗤之以鼻："啧啧啧，现在的商家为了骗钱当真是无所不用其极，这种滥大街的套路都敢拿出手了。"

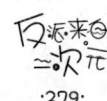

"我毕业于×××大学,回国后收到朋友的邀请,加入新锐广告公司。我的挚友是一个眼光很差的人,他叫卫风,他的妻子叫作安嘉鱼。我的家在×××小区2703,大门密码是652896。"

她撇撇嘴:"说得跟真的似的。"

夏加林知道,游戏中的台词大多是设定好的,而《定制恋人》如此个性化的游戏,恋人肯定都是智能机器人,就像 Siri 那样。所以她认为,天真的玩家要是信以为真,就会为了通关而充值。

但是,不到三天的时间,她就打脸了。

夏加林无意中在客厅看到一本过期杂志,杂志封面写着《商业精英俞骁阳遭遇空难,生死不明》,她震惊不已,而封面配图中的俞骁阳,和游戏中的俞骁阳一模一样!

原型!绝对是游戏原型!

她的第一反应是游戏公司盗用了俞骁阳的肖像权,推出了二次元恋人俞骁阳。可是俞骁阳言之凿凿,甚至连大门密码都说了出来,实在让人生疑。

夏加林找了侦探社调查,调查后发现,俞骁阳所说的都是事实。

她当下有些迟疑,忍不住跑去了俞骁阳说过的小区,结果真的用他给的密码打开了公寓的大门……

夏加林握住把手的手心微微出汗,她不知道自己是紧张还是激动,但是心脏总是不安分地跳,对门后的世界充满了好奇。

她眼睛一闭,心一横,进了屋子。整个房间都充满了俞骁阳生活过的痕迹,他的相册里记录了他从小到大的模样,最后一张是他和卫风一起爬山的合照。

夏加林觉得自己的嘴巴快合不拢了,她从未想过小说里的桥段会在现实里发生,而且当事人是个颜值身材俱佳的商业精英啊!这是什么神仙剧情!

她经过几秒的"慎重"考虑,决定不惜一切通关游戏,呃……在通过补考之后。

某日,阳光晴好,雪逐渐融化,气温骤降。号称"学习强度大到没空陪伴恋人"的杀马特大小姐在自己的皮衣皮裤外面套了一件貂毛大衣，背着五颜六色的双肩包，踩着纯白色雪地靴，和朋友逛街去了。

俞骁阳以为杀马特的朋友也都是杀马特，没想到她们不过是几个正常的大学生。逛街风格也和普通女孩子相差无几，无非就是吃吃喝喝，走走停停，买买逛逛。

但他注意到了一点，这几个女孩全部的消费，都是夏加林买单，即便当时她在忙或者不在收银台前，朋友们依旧会在原地等她来买单。

这会儿，夏加林表示要去洗手间，朋友却拉住她："你走了谁来买单呀？"

夏加林满不在乎地把自己的卡递给朋友："自己刷，没密码。"

"等一下等一下，你是不是有这家店的会员，有会员的话，今天满一万有送一个手包欸。"

她又把手机扔给了朋友："微信的卡包里面找找。"说罢，便朝洗手间走去。

夏加林一离开，几个女孩就叽叽喳喳地讨论起来了。

"我过几天要去联谊，这个包刚好搭我的新裙子。就是贵了点，居然要五千块。"

"这么贵！今天我们都买了衣服了，要不就不要买包了，回头让夏加林发现我们拿她当冤大头，得不偿失。"

"没关系啦，她那么有钱。再说了，就她那点智商，哪能发现不对劲。"

"说的也是，但凡她有点智商，就不会把自己打扮成那个德行，明明一身名牌，却穿出了浓浓的田园杀马特风。"

几个女孩子用充满恶意的语气说着。

俞骁阳自诩不是什么良善之辈，但她们的对话仍旧让他觉得不堪入耳，他忍着怒火，静静听完。

夏加林回来时，几个女孩已经人手一个包包了，并且将一个手包给了夏加林："特意给你选的。"

那个手包，正是消费满一万送的赠品。

购物结束,吃饱喝足后,几个女孩便各自散去,独留夏加林在商场里瞎逛。

"喂。"俞骁阳忍不住出声。

商场有点吵闹,为了听清楚俞骁阳的声音,夏加林拐进一家手机配件店,买了音质最好的耳机。

她给手机插上耳机:"在商城里面我一个人对着手机讲话,别人会觉得我很奇怪的,他们又不知道我手机里面养了个野男人。"

俞骁阳默然,再怎么奇怪也比不上她的打扮引人注目吧。

"你怎么不说话了?"

俞骁阳叹了口气,将方才的录音播放给她听。

这下轮到夏加林沉默了。

她坐在商城的长椅上,画着浓妆的脸看不出神色,用浑然不在意的语气道:"反正我什么都缺,就是不缺钱。"

"你早就知道了?"

"嗯……"夏加林小声回答道。

"既然你都知道,为什么你还要……"

"因为我不想变成没有朋友的奇怪的人。我妈去世后,不到两年我爸就再婚了,我多了一个继母,还多了一个妹妹,妹妹和我一个班级,大家都很喜欢她,觉得我可怜又可笑,同学也会私下议论我。我很努力地融入她们,可是她们还是不喜欢我,但是她们喜欢我给她们花钱,后来我也有了朋友,我也显得合群多了。"

俞骁阳不解,怎么会有这种人,明明知道别人喜欢的是她的钱,却还是愿意维持这种虚假的友谊?家庭的破裂明明不是她导致的,为什么她却因此自卑?

"夏加林,你不是奇怪的人。就算你没有朋友,没有妈妈,你也不是奇怪的人。因为你的钱和你成为朋友,那不是友谊,是利用;因为你的家庭嘲笑你的人,她们没有体验过你的人生,你的痛苦,她们抨击你的每个字都毫无立场。你听明白了吗?"

夏加林没有说话，因为她害怕自己一开口就暴露了自己的脆弱。

两人就这么静静待着，谁也没再吭声。

不知道过了多久，她才缓缓开口："我明白了。谢谢。"

俞骁阳担不起这声"谢谢"，因为他帮助她的同时抱着私心，他希望她可以心无旁骛地通关游戏。

"我帮你复习。"

"真的吗？那些课程你都会？"夏加林惊喜道。

他"嗯"了一声，说道："但是作为交换，你得答应我一个要求。"

"什么？"

"换个发型，换身衣服。"她的杀马特造型严重影响了他的审美。

"啊……为什么啊？"夏加林失落道，"我觉得我的打扮很好看啊，而且很酷。"

"你对'好看'二字有什么误会？"

"行吧，我答应你。但是，要是我这次补考没过，那我以后要怎么打扮你都不能拦我。"她思索道。

两小时后，夏加林脱胎换骨。

她本就五官精致，去掉了浓妆后，露出了原本清秀的模样；一头鸡窝样的头发经过造型师的手，柔顺地披在肩上；一身素色衬衫裙，搭配复古风格子大衣；脚上穿着最简单的帆布鞋。

整个人看上去清爽又舒服。

俞骁阳十分满意自己的改造："终于有点人样了。"

"喊，大叔眼光。"她拉拉袖子，又整了整领口，有些局促，"我这样子穿会不会很奇怪？要不我还是换回原来那身吧？"

原来那身才奇怪吧……

但是这话他没说出口，毕竟他还要靠着她通关游戏。

"不奇怪，而且……很好看。"

夏加林有些发怔，不自然地将耳后的头发捋到了脸颊边，遮住了发红的

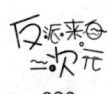

耳根。

此前，夏加林听到过很多夸奖，但是大多褒奖实际上都与她无关，"你爸爸好厉害""你妹妹好漂亮""你妈妈对你好好啊，完全看不出是继母欸""你家房子也太大了吧""你的衣服包包好多啊，我好羡慕你啊"……

那些话，都是真心的，可是没有哪句是在夸她。

"就算你不说，我也知道我很好看！"她试图掩饰自己的紧张和害羞。

俞骁阳笑笑，不与她争论，只是催促她赶紧回家复习。毕竟她只有好好复习，通过了补考，才能全身心投入游戏。

夏加林的寒假在学习和游戏中过去了一半，忙碌却充实；俞骁阳则是在辅导和游戏中度过，忙碌而……煎熬。

俞骁阳的内心充满恐慌，生怕自己回不到三次元。他并不后悔绑架了安嘉鱼，也不后悔起了要杀害她的决心，因为他无法忍受自己的命运掌握在他人手中。但没想到，他再一次陷入了命运的玩笑。

在他还没有变成明旌之前，曾经对创造了自己的安嘉鱼充满了感激，一度对她心动。他以为属于慕容曦的灾难已经结束，可是万万没有想到，他会再次进入书中的世界，变成卫风的好友明旌。

人鱼文的经历让他明白，他的命运掌握在安嘉鱼的手里。

无论他是慕容曦还是明旌，都无法接受这一点。

他应该感谢安嘉鱼删除了他脑子里属于慕容曦的记忆，淡化了他对她的感情。如果不是卫风，他已经杀死安嘉鱼，获得真正的新生。他不是卫风，无法信任安嘉鱼，毫无保留地将自己的命运交给她。

"俞骁阳，我今天碰到我爸了。"回到卧室后，夏加林对游戏里的俞骁阳说道，"他……没有发现我的任何变化，他甚至不知道我期末挂科。"

通过半个多月的相处，俞骁阳对夏加林熟悉了许多，或者可以说，她太透明了，透明到他一眼就能看穿她所有的想法。

她有一个经常不回家的父亲，一个每天操心着亲生女儿教育的继母，一个优秀得人神共愤的妹妹,一个偌大空旷却毫无人气的家。她的内心敏感脆弱,她的表现有多嚣张,她的内心就有多不安。

看着夏加林耷拉个脑袋,像一只被遗弃的小狗,俞骁阳很想摸摸她的头,给她一点安慰,可惜他现在只是个纸片人。

"夏加林,你今年才十九岁,你的人生还有很长,以后你会有想做的事情,想爱的人,想去的地方,你现在觉得很重要的东西,到那时候很可能不值一提,你现在为'不值一提'浪费的感情,都将是你未来的遗憾。"

夏加林愣了一下,捧腹大笑。她笑得红了眼眶,湿了眼角:"这是传说中的鸡汤吗?都什么年代了,怎么还有人这么安慰人的?这也太好笑了吧。"

他扶额:"开始复习吧。"

夏加林这才止住了笑,拿出了《近现代史纲要》。

"背一下五四运动的意义。"他说道。

她撇了撇嘴,皱了皱眉,几次张口,却愣是一个字都蹦不出来。

俞骁阳气得想摔课本,尽管他没有课本可摔。

"五四运动的重点昨天都画了,你是不是又没背?"

"我背了!"她辩白,"只是……我背完又忘了……"

"这个课程,虽然是你们本科期间的必修课,但是它是高中知识。"俞骁阳恨铁不成钢道。

夏加林露出疑惑的表情:"我高中……学过这个吗?"

他气极,一怒之下将游戏退出。

"至于吗?"

这是她和俞骁阳认识以来,他第一次发脾气。她委屈地看着黑黑的手机屏幕,认命地打开课本。

等到夏加林再次登录游戏的时候,俞骁阳仍旧一言不发。

"五四运动具有伟大的历史意义。第一,五四运动是一场伟大的群众爱国运动……从此,无产阶级登上了政治舞台。"

背完了五四运动的意义,他才淡淡回了一句"嗯"。

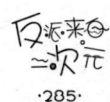

"我背完了,你怎么还不高兴?"夏加林也有点脾气了,"要是没过,也就是少了一年零花钱,我都不急,你急什么?"

因为你掌控着我的命运,他在心里回答。

"我没有不高兴。我们继续吧。"

她摇摇头:"现在换我不高兴了,哄我。"

俞骁阳叹了口气:"怎么哄?"

"和我说说你的事。"她要求。

他苦笑,说也无妨,反正说了也不会有人信。

"我以前叫慕容曜,是一本书里的恶毒配角,死后却来到现实世界,占用了俞骁阳的身体——当时他已经变成植物人好几年。后来我喜欢上了创造我的人,但她喜欢别人。如果没有后来的意外,在她结婚之后,我应该会慢慢忘记她,找个可爱的姑娘谈恋爱。"

夏加林消化完他的话,心头微微泛酸:"那你现在还喜欢那个人吗?"

"不喜欢了。"自从属于慕容曜的记忆被删除之后,他对安嘉鱼一点爱意也没有,在人鱼文中他们虽然是朋友,但他更想得到自由,"后来她写了另一本书。有一天,我突然晕倒了,没想到竟然进入了书里的世界,并失去了全部的记忆。我在书里是一个无关紧要的小配角,如果不是小说世界崩塌,日子并不难过。"

"小说世界怎么会崩塌?"她发出疑惑。

"那个世界的男女主角死亡之后,所有人都变成了雕像。只有我一个人活着。我不缺食物和水,也很安全,但我过得十分痛苦,甚至连求死都做不到。我找不到可以说话的人,也找不到回到现实世界的办法。"

夏加林听得一愣一愣的,她设身处地想了一下,觉得书里的世界太可怕了。

"那你后来是怎么回到三次元的?"

"我在那个世界过了许多年之后,有一天终于死了,我才得到解脱。"俞骁阳想到这一段的经历,十分不愉悦,"安嘉鱼掌控了我的人生,我不想再莫名其妙进入书里的世界,所以我回到三次元之后就想杀死她。但我的挚友救了她,算算时间,他们应该已经结婚了吧。可惜了……"

"可惜什么?"夏加林打翻了醋坛子,"可惜她没有选择你吗?"

俞骁阳不由得一笑:"可惜了我的挚友,安嘉鱼何德何能,可以成为我挚友的伴侣。说来遗憾,我两次都没能好好和他道别。"

"所以你喜欢的是男人?"她惊恐道。

"你脑袋里面都装了些什么?"

"装了你呀。"

复习持续到了十一点,夏加林挨不住困意,又一次趴在书桌上睡着了。在梦里,她看到俞骁阳走出了游戏……

在夏加林不断充值之下,俞骁阳在《定制恋人》游戏中已经通关了大半,他的级别逐渐升高,许多隐藏副本也被开启。他卡槽里放满了装备,背包中有大把的奖励。为了放下更多的东西,夏加林给他升级了卡槽和背包,容量是全服最大的。

趁着升级,他整理了自己在游戏中所拥有的物品,大多都没什么用处,但有一张卡片吸引了他的注意,那是一张异次元旅行券,限时三十分钟。

他对着卡片想了很多,思绪万千。假如他无法离开这个游戏,那这个卡片是他返回三次元的唯一一次机会。卡片只有一张,但他想做的事情却有很多。他想看看父母,也想和卫风好好告别,最好还能把安嘉鱼带到二次元来,让她再也不能掌握他们的人生。

这三十分钟对他来说太有限,也太珍贵了。

"你在干吗呀?"

清脆悦耳的声音打断了俞骁阳的思绪。

他不动声色地将卡片放回背包,淡淡道:"我在考虑,今晚上要不要给你出几份试卷?"

"啊——"夏加林苦着一张脸,"我最近真的有很认真学习,你给我画的重点都几乎都记住了,你就让我休息一天好不好?"

"就是因为学习了,所以才要检验一下学习成果。"他顺着她的话往下说。

她哑口无言,并且觉得他的话似乎有些道理。

考虑到夏加林的水平,卷子出得并不难,所以小测之后的结果自然是皆大欢喜。可随着时间的推移,夏加林对课本内容掌握得越来越多,她的笑容却越来越少了。

俞骁阳平日里见到的夏加林总是笑眯眯的,见多了,自然也没多大感觉。可这几日,她不爱笑了,也不爱说话了,他的心里总是有些不舒服。

他甚至开始自省,是否给了她太多压力。但给她减轻了课业后,她依旧没有变化。

年关将近,家家户户都挂上了红灯笼,贴上了大红对联;街上的人满面笑容,说着吉祥话,处处都洋溢着春节的喜悦,夏家也是一样,除了……夏加林。

这天,她一改往日睡懒觉的毛病,起了个大早,穿戴整齐下楼。还没走到一楼,她就听到了笑声,似乎是继母正在打趣夏加林的父亲,逗得妹妹忍俊不禁。

她站在楼梯上,往餐厅方向看去,一家三口正在用餐的画面和谐美好,仿佛他们三人从一开始就是一家人。画面外的夏加林,一身素色连衣裙,黑色外套,静静地站了许久,然后径直经过餐厅,走向大门口。

她在心里告诉自己,不要在意,自母亲去世后,在这个家里,她一直都是局外人。

夏加林经过餐厅时,俞骁阳看见了餐桌上的三张笑脸,对比夏加林失落的神情,他忽然有些难受。

虽然是除夕,但是天公不作美,外面阴云密布,仿佛这天随时都要塌下来。

他看看天,又看看她,有些担心:"我们要去哪里?"

"去看望我的母亲。"

墓园。

北风呼啸，吹落了树梢上最后一片叶子。光秃秃的枝丫在风里摇曳，召示着严冬的到来，本就冷清的墓园在这个时节，显得更加凄凉。

夏加林在墓碑前放下一束洁白的百合花，之后，便一直站在墓前，一言不发。

俞骁阳也沉默着，因为他不知道该如何安慰她。夏家其他人都沉浸在除夕的喜悦中，只有夏加林一人记得母亲的忌日，可想而知她是什么样的心情。

初识夏加林的时候，他只觉得她异常任性，想着利用她回到三次元后，以后也不会有交集。但相处之后，才发现她的内心善良而柔软。

她每天都偷偷给小区里的流浪猫喂食，但是又不敢让家人知道，便将猫粮猫罐头藏在了自己的卧室；去超市的时候，碰到被诬陷的中学生，她会第一时间站出来做证；被同学冷嘲热讽的时候，也不计较。

他希望她可以哭出来，也好过于强撑。

天色越来越暗，暴风雪随时可能来临。但夏加林依旧站在原地，一动不动。她没有流一滴眼泪，因为她知道没人帮她擦眼泪。

多年前的除夕，夏加林的母亲病危，她的父亲却还在公司加班。她很害怕母亲就这么去了，打了很多电话给父亲，得到的回复是"等我忙完了就马上过去"。可是直到夏加林的母亲咽气，都没能见到丈夫一面。

夏加林泣不成声，最终只有她陪着母亲走完最后一程。

等夏加林父亲到医院的时候，夏加林已经哭晕了。等她醒来，她再也没有流过一滴眼泪，之后性情大变，从一个品学兼优的三好学生变成了老师家长口中的反面教材。她本想一直这么浑浑噩噩下去，但俞骁阳出现了。

他会因为她不好好学习而生气，也会因为朋友对她虚情假意而不平，还会因为她熬夜打游戏责骂她，除去刚开始几天的温柔，更多的时候他对她是管束和教育。

因为他，夏加林时隔七年，再一次感受到被人关心、被人在意的温暖，让她突然有了勇气，做回以前的自己。

可惜，他被困于游戏之中……

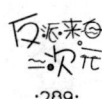

天空飘起了鹅毛大雪,夏加林伸出手,接住了一片又一片雪花,让它们在自己的掌心慢慢融化。

忽然间,雪不再落下。

她抬头看到一把伞,微微一愣。

夏加林转过身,身后之人身材挺拔,五官深邃,眼眸清亮,风采气度均是不凡,更重要的是,他有血有肉,活生生地站在她眼前!

夏加林震惊不已。

"想哭就哭吧。"

俞骁阳曾经对异次元旅行券的使用有很多设想,但没有任何一种是关于她。他不知道为什么自己会愿意将唯一的卡片用在她身上,只知道,如果是她的话,一切都值得。

他生于安嘉鱼的小说世界,被她的文字所掌控,他厌恶了这样的日子,为了摆脱自己的命运,他做了很多出格的事情。但此时此刻,他明知自己的命运被夏加林掌握着,却还将唯一通往三次元的机会用在了她的身上。

看着她瘦弱的背影,他忽然觉得,如果是她的话,将自己的命运交给她也无妨。

夏加林低下了头,死死咬着自己的嘴唇,压抑着自己的情绪。

俞骁阳小心翼翼将她头发上的雪花拂去,轻轻地摸了摸她的头。那一瞬间,夏加林积压了七年的悲痛化作一颗颗豆大的眼泪,无声地落进雪地。

不知道哭了多久,夏加林觉得双手一空,再睁眼时,俞骁阳已消失不见。她捡起落在雪地里的伞,擦干了眼泪。

暴风雪已过,乌云散去,天空出现一道白色彩虹,仿佛为不同次元架起了桥梁。

夏加林朝着彩虹的方向,坚定信念:俞骁阳,我一定会让你回来!

本书由其莎、木小木委托长沙大鱼文化传媒有限公司正式授权中国致公出版社,在中国大陆地区独家出版中文简体版本。未经书面同意,本书的任何部分不得以图表、电子、影印、缩拍、录音和其他任何手段进行复制和转载,违者必究。